LA VOIX DES OUBLIÉS

La Proie du remords, L'Archipel, 2004.

JONATHON KING

LA VOIX DES OUBLIÉS

traduit de l'américain
par Jean-Luc Majouret

ARCHIPOCHE

Ce livre a été publié sous le titre
Shadow Men
par Dutton, New York, 2004.

www.archipoche.com

Si vous souhaitez recevoir notre catalogue
et être tenu au courant de nos publications,
envoyez vos nom et adresse, en citant
ce livre, aux Éditions Archipoche,
34, rue des Bourdonnais 75001 Paris.
Et, pour le Canada,
à Édipresse Inc., 945, avenue Beaumont,
Montréal, Québec, H3N 1W3.

ISBN 978-2-35287-219-1

*Ce livre est dédié à ma mère,
en hommage à son courage,
et à la mémoire de Cindy Cusano,
une femme magnifique
qui sut être beaucoup plus qu'une simple victime.*

Pour fuir, ils avaient attendu une nuit de pleine lune, mais c'était cette même lune qui, maintenant, allait causer leur perte. La première balle déchira l'air moite comme si elle avait été tirée sous l'eau. Il entendit la détonation un quart de seconde avant que le projectile ne pénètre dans la chair de son fils, juste derrière l'omoplate, avec un bruit sourd.

Frappé en pleine course, le gamin fut déstabilisé. Son père le saisit de justesse par le bras et l'empêcha de tomber.

— Papa ?

Quelques mètres devant eux, son autre fils l'appelait, un sanglot dans la voix. À la clarté de la lune, le père put distinguer les contours du visage de son cadet et sa silhouette qui se détachait sur l'horizon. Soudain, il comprit. Par sa faute, ses enfants faisaient en ce moment des cibles parfaites.

— Mets-toi à l'abri, Steven ! Vite, dans le fossé !

Tous trois dévalèrent la butte faite de gravier et de boue des Everglades et arrivèrent au bord de l'eau, essoufflés. Du poumon transpercé de l'aîné, où l'air se mêlait au sang, s'échappaient des gargouillements. Avant d'avoir échangé un mot, ils avaient compris qui les avait pris en chasse. Ils savaient aussi que leurs chances de s'en sortir étaient minces.

— Robert ! chuchota le père, pressant contre lui son fils de dix-sept ans.

Il appliqua sa main sur le trou que le garçon avait dans la poitrine pour tenter de faire cesser la rumeur de mort qui passait au travers de sa chemise trempée de sang et de sueur.

— Oh, mon Dieu ! Robert, pardonne-moi de t'avoir amené ici !

L'autre garçon s'approcha en se frayant un chemin dans la vase, jusqu'au moment où il sentit le souffle de son père sur sa joue.

— Papa ? Comment va Robert ?

La frayeur était perceptible dans sa voix, mais son père fut incapable de lui répondre. Il n'avait jamais menti à ses fils. Ce n'était pas maintenant qu'il allait commencer.

Il tourna les yeux vers la butte de terre qu'ils avaient contribué à édifier, l'assise de la future route qu'ils étaient venus construire au cœur des marais. Il aperçut les étoiles qui les avaient tant émerveillés au cours des premières nuits passées dans les Glades, au point de leur donner le sentiment de la présence de Dieu. Et cette lune qui les avait trahis... Le remblai de la route était la seule voie possible à travers les marais pour rejoindre la civilisation. Ils n'auraient pas pu marcher sur la butte, vers la liberté, par une nuit obscure. C'est pourquoi ils avaient décidé de partir précisément cette nuit-là, en profitant, pour se guider, de la clarté de la lune reflétée par l'eau du canal et, pour marcher, de l'étroite bande de terre noire.

— Nous ne pouvons pas rester ici, Steven, lui dit son père. Nous allons traverser le canal. C'est toi le

meilleur nageur. Prends ton frère par son bras valide ;
moi, je vais le soutenir par son ceinturon. Nous allons
nager à l'indienne. Si nous pouvons atteindre la man-
grove, grâce à Dieu, nous serons à couvert.

Il perçut le hochement de tête de son fils, visible-
ment très déterminé. Habité par l'optimisme et la
vigueur de la jeunesse, il était convaincu que tout
était possible. Le père ôta sa chemise, fit un gros
nœud au milieu et le plaça sur la poitrine de son fils,
contre le trou que la balle avait fait en ressortant.
Puis il noua les extrémités dans son dos, là où elle
était entrée. Maintenant, lui aussi, il pleurait.

— Tu es prêt, Steven ? Il ne faut pas faire de bruit.

Il hésita encore un instant. Dans sa poche,
il sentit la montre en or que son propre père lui avait
donnée. Pensant qu'elle y serait mieux à l'abri, il
préféra la glisser dans sa chaussure.

Ils s'enfoncèrent dans l'eau tiède et prirent len-
tement leur élan. Les sacs qu'ils portaient se mirent
à flotter autour d'eux. Après quelques brasses éner-
giques, sans un bruit, malgré le poids de l'aîné, ils
trouvèrent leur rythme et commencèrent à progresser.

La deuxième balle toucha le sac que portait le père.
L'homme à la carabine venait de manquer sa cible.
Les fugitifs avaient maintenant dépassé le milieu du
chenal. Le cadet tirant plus fort vers la berge, le père
redoubla lui aussi d'énergie. Quelques secondes plus
tard, ils avaient pied. Le garçon ne put alors retenir
sa joie. D'une voix étouffée, il s'écria :

— Nous avons réussi, papa !

Un troisième coup de feu fut tiré. La balle pénétra
à l'arrière du cou et lui transperça la gorge, y laissant
une ouverture béante. On aurait dit la bouche du
démon en personne.

Cette fois, le père se retourna. L'homme à la carabine, son chapeau sur la tête, se détachait comme une ombre sur la voûte étoilée. Il était debout dans une barque à fond plat comme on en voit dans les Glades, celle dont il se servait toujours pour chasser. Il les avait suivis sur l'eau, épiant les trois silhouettes qui apparaissaient si nettement sur le ciel, exactement comme la sienne à cet instant. Quand il entendit le bruit familier du levier qui armait la grosse Winchester, le père, dans un ultime geste de protection, entoura de ses bras ses deux garçons, leur murmurant une prière à l'oreille et refusant jusqu'au bout de croire à l'éclair rouge qu'il avait vu jaillir sous le chapeau du tueur, à la hauteur des yeux.

1

J'étais sur la terrasse du luxueux appartement de Billy Manchester, confortablement installé dans une chaise longue. À mes pieds, l'Atlantique déroulait toutes les nuances du bleu. Turquoise près du rivage, il s'assombrissait au-dessus des récifs pour devenir bleu acier vers l'horizon. Vues d'où j'étais, c'est-à-dire du douzième étage, les différentes strates apparaissaient nettement tranchées. L'air salé de l'océan montait jusqu'à nous, porté par la houle du sud-est.

— Alors, ces lettres auraient réellement été écrites voilà quatre-vingts ans ?

J'aurais pourtant dû le savoir. Une fois que Billy avait présenté quelque chose comme un fait établi, il ne répondait plus aux questions superflues. J'essayai de rattraper ma bourde.

— Elles sont troublantes, évidemment... Mais je trouve invraisemblable que personne n'y ait fait attention depuis 1924. Pas toi ?

— Selon Mayes, personne n'a jamais ouvert la mallette de son arrière-grand-mère. Il pense même que, dans la famille, personne n'en soupçonnait l'existence.

Billy me répondait de l'intérieur de l'appartement. Pour me parvenir, sa voix devait traverser une baie vitrée.

Je tenais à la main une sortie imprimante de ce que Billy appelait « l'ultime lettre », envoyée par Mark Mayes, un étudiant d'Atlanta, accompagnée d'une demande pour que mon ami accepte d'être son avocat. Mayes disposait de tous les originaux, qu'il venait de découvrir, jaunis et près de tomber en poussière, au fond d'une armoire, dans la maison familiale. Après avoir soigneusement déplié chaque lettre, il les avait lues, ce qui lui avait fait radicalement changer d'idée à propos d'un arrière-grand-père et de deux grands-oncles, disparus depuis longtemps et dont il n'avait presque jamais été question dans les conversations familiales. Il avait ainsi acquis la conviction qu'ils étaient morts tous les trois dans les Everglades, pendant l'été de 1924, alors qu'ils travaillaient pour le compte d'une compagnie privée à la construction de la première route jamais tracée à travers les marais. Mayes avait l'intention de porter l'affaire en justice. Héritier d'une petite somme, il était prêt à la sacrifier pour payer les honoraires de Billy.

Le temps de boire deux Rolling Rock bien fraîches, j'étais au courant de tous les détails. Ou presque. En fait, je soupçonnais Billy de ménager le suspense, en bon avocat qu'il était.

— Une autre b-b-bière ?

Billy était de retour sur la terrasse, une bouteille vert foncé à la main.

— Donc, tu es allé là-bas pour voir les originaux. Et ils sont convaincants. Aucun risque que nous ayons affaire à des faux, n'est-ce pas ?

Mes déductions me surprenaient moi-même. Billy se contenta de hausser les sourcils. Je levai la main pour saisir la bouteille qu'il me tendait.

— J'avais un rendez-vous à Atlanta. J'en ai p-p-profité pour rendre v-v-visite à ce M-M-Mayes. Ce jeune homme a tout pour inspirer c-confiance. Je ne suis pas un expert, mais je c-crois qu'il faudrait se donner b-b-beaucoup de m-mal pour f-fabriquer des faux de cette qualité.

Il y avait longtemps que je ne faisais plus attention au défaut d'élocution de Billy. Il bégayait sous l'influence du stress. Au téléphone, ou quand il parlait à quelqu'un qui ne se trouvait pas dans la même pièce que lui, il n'avait aucun problème. Mais, dès qu'il avait un interlocuteur en face de lui, même un ami, les mots avaient soudain du mal à sortir de sa bouche. Ils se bousculaient sans parvenir à suivre sa pensée, toujours brillante.

— L'écriture a p-p-pâli. Mais les d-dates sont t-tout à fait lisibles et p-p-parfaitement vraisemblables. La construction du T-Tamiani T-T-Trail a connu des aléas. Elle ne s'est achevée qu'en 1926.

Billy s'assit dans la chaise longue placée à côté de la mienne. Il portait un short et une chemise de soie de marque prestigieuse. Il allongea les jambes et croisa les chevilles. Sa peau, couleur chocolat, était parfaitement lisse et soignée. Quand il fixait son regard sur l'horizon, son profil faisait irrésistiblement penser à celui d'un mannequin de mode ou d'un acteur de cinéma.

— Nous devons p-p-prendre au sérieux les hypothèses de ce jeune homme q-quant au sort de son a-a-aïeul et d-d-de ses oncles et l-lancer l'enquête.

J'avais encore ma première gorgée de bière au fond de la gorge, et j'étais en train de lever ma bouteille en me préparant mentalement à savourer la deuxième, mais le goulot resta suspendu à quelques millimètres de mes lèvres quand je réalisai ce que signifiaient ces derniers mots.

— Nous ?

Sans quitter des yeux l'horizon, Billy esquissa un sourire.

❄

Je conduisais de nouveau face au soleil, laissant la côte derrière moi, quittant le bruit, la chaleur et les voitures, mais aussi le confort et le luxe. Sur la 95, on roulait plutôt bien, c'est-à-dire pare-chocs contre pare-chocs, comme d'habitude, mais l'aiguille du compteur bloquée à cent vingt kilomètres à l'heure. La première partie du trajet fut donc relativement brève. Ensuite, je continuai vers l'ouest sur une petite route, jusqu'à l'entrée du parc naturel. Là, je garai mon pick-up sur le parking des visiteurs, en laissant ma carte d'abonnement bien en vue sur le rétroviseur. Le sol du parking était recouvert d'un tapis de coquillages. Il me fallut le traverser trois fois pour transporter toutes mes provisions jusqu'à mon canoë, retourné au pied d'un bosquet de pins maritimes, près du ponton.

À chaque voyage, je jetai un regard vers le poste du garde forestier. Impossible de déceler le moindre mouvement derrière les fenêtres. Sa vedette à moteur était pourtant à quai et, à cette heure de la journée, il devait encore être en service.

Ma carrière de flic dans les rues de Philadelphie s'était achevée trois ans auparavant, et elle avait duré dix ans au total. Jusqu'au jour où j'avais tiré sur un môme, au cours d'un braquage, dans une petite boutique du centre-ville. Il m'avait tiré dessus le premier, me logeant une balle dans le cou, et moi, je l'avais tué. Mes collègues avaient témoigné en ma faveur. Légitime défense. Des mots qui, pour moi, ne justifiaient pas la mort d'un gamin. C'est pourquoi j'avais décidé d'encaisser mes indemnités et de changer d'air. Désormais, je voulais vivre dans un endroit qui n'aurait rien à voir avec la ville où j'étais né et où j'avais grandi. Il ne m'avait pas fallu longtemps pour comprendre qu'on emporte avec soi plus de choses qu'on n'en laisse. Et pas forcément les plus agréables.

Je fermai à clé la portière du pick-up. À l'avant du canoë, je rangeai mes conserves, ma réserve d'eau ainsi que les documents que Billy m'avait confiés. Puis je poussai l'embarcation sur l'eau sombre de la rivière. En trois coups de pagaie énergiques, je gagnai de la vitesse et pris rapidement le rythme à trois temps : lever les bras, plonger la pagaie dans le courant et pousser de toutes mes forces. Dans mon dos, un mince filet d'écume se forma.

Le lit de la rivière était d'abord très large. De chaque côté s'étendait une forêt de pins maritimes qui s'inclinaient vers les berges. Plus loin, vers l'ouest, les rives se resserraient et le paysage se transformait en une succession de mangroves que dominait çà et là un grand cyprès chauve. Le soleil couchant striait déjà les nuages de traînées roses et orange pastel. Peu à peu, l'odeur de sel s'atténuait, l'eau douce des Everglades se mêlant à celle de l'océan. Après trois kilomètres, la rivière s'engouffrait sous une voûte de feuillages et devenait encore un peu plus étroite. Je ralentis mon allure puis cessai de pagayer, laissant le canoë dériver dans le silence. J'avais remonté si souvent la rivière, de nuit comme de jour, que j'en connaissais par cœur le moindre méandre.

Le paysage faisait penser à une forêt inondée plutôt qu'à une rivière. Sous la canopée, la température ambiante baissait de plusieurs degrés. J'ôtai donc mon T-shirt en coton léger pour en passer un plus chaud, à manches longues. Au moment de lever les bras pour l'enfiler, j'aperçus sur une berge couverte de mousse, à quelques mètres de moi, un grand héron bleu. Haut de plus d'un mètre, l'oiseau avait un long cou en forme de S et me fixait de son œil jaune, l'air furieux. Puis il poussa un cri rauque et prit son envol, battant l'air de ses longues ailes à la courbure élégante, traversa le feuillage et s'éleva vers le ciel.

J'entrepris alors de remonter le courant pour descendre vers le sud. Au bout d'un kilomètre et demi, je parvins à la hauteur des deux grands chênes de Virginie qui signalaient l'emplacement de ma cabane sur pilotis. Le petit affluent qui y menait était enfoui sous les fougères géantes. Une quarantaine de mètres plus loin, je retrouvai mon ponton privé, auquel j'amarrai le canoë, et sautai hors de mon embarcation. Je commençai par me pencher avec attention sur les trois premières marches de l'escalier qui menait à la porte de la cabane. Dans le marais, toute surface plane est recouverte d'un film humide. Quiconque pose le pied sur ces marches y laisse fatalement des traces. Je n'avais pas beaucoup d'invités, et je me méfiais beaucoup des visiteurs qui ne prennent pas la peine de s'annoncer. Mais les marches étaient intactes. Je chargeai alors sur mon épaule un premier lot de boîtes de conserve, et montai jusqu'à la pièce unique que j'appelais « ma maison ».

La cabane avait été construite dans les années 1930 pour servir de pavillon de chasse à un riche amateur qui vivait dans le Nord. Elle était ensuite restée abandonnée pendant des années, avant d'être reconvertie en station de recherches par une équipe de biologistes qui avaient entrepris d'étudier la flore et la faune des Glades. Puis le bail avait été cédé à mon ami Billy par l'une de ses innombrables relations. Quand j'étais arrivé dans la région, il m'avait proposé de profiter de cette vieille cabane.

Pour l'essentiel, elle avait été bâtie en pin de Floride, sans doute le bois le plus dense et le plus solide qui soit. Selon la légende, les pionniers qui furent les premiers à l'utiliser, à Miami, durent le scier et le clouer tant qu'il était encore vert car, une fois sec, il devient si dur qu'on ne peut plus le travailler. Sur l'une des parois de la cabane, une série de rayonnages devaient avoir été installés par le premier propriétaire. Quatre fenêtres avaient été percées, une sur chaque mur. Le toit formait une pyramide surmontée d'une coupole qui permettait à l'air chaud de s'échapper et à l'air frais de pénétrer à l'intérieur.

J'allumai le réchaud à gaz pour me préparer du café. J'avais aussi à ma disposition un vieux poêle à bois, mais le mettre en route prenait du temps. Or, quant il s'agissait de mon café, je n'aimais pas attendre. Puis je rangeai mes vivres et mes habits propres dans les vieilles armoires alignées sur l'un des murs et ajoutai deux nouveaux livres à la pile qui surplombait mon lit. Ma bibliothèque était plutôt éclectique, comprenant des livres sur l'histoire ancienne et récente de la Floride, des récits de voyage que j'avais lus et relus pendant mes nuits de garde, du temps où j'étais flic, et quelques romans – dont un chef-d'œuvre, écrit par un ancien journaliste du *Philadelphia Daily News,* dont je ne me séparais jamais. À part les lits superposés, mon mobilier se limitait à deux chaises à dossier droit et à une table d'acajou massif.

Quand le café fut prêt, le jour avait beaucoup baissé. Je m'en servis une tasse, allumai la lampe à huile et posai l'une et l'autre sur la table. Puis je sortis de mon sac la liasse de feuillets que Billy m'avait confiée. Les lettres signées Cyrus Mayes faisaient resurgir par bribes une tragédie oubliée depuis quatre-vingts ans. Dans ma tête résonnait un bruit familier, mais peu agréable. Celui d'un caillou qui roule et qui tourne sans que personne ne puisse l'arrêter.

Eleanor chérie,
Pardon si mes dernières lettres t'ont causé du chagrin ou donné de l'inquiétude à notre sujet. Cette fois, je vais enfin pouvoir te donner de bonnes nouvelles.
Notre long voyage en train, plutôt mouvementé, nous a conduits jusque dans le port de Tampa. J'espérais trouver ici du travail pour les garçons et pour moi. Costauds et durs à la peine comme nous sommes, je pensais que nous pourrions nous faire embaucher sur les docks. Ici, hélas, beaucoup de gens sont dans la même situation que nous. En nous joignant aux autres, tôt le matin, nous avons parfois réussi à nous faire embaucher, mais pas suffisamment longtemps pour pouvoir manger à notre faim et mettre un peu d'argent de côté. Nous avions presque épuisé nos dernières économies quand, enfin, le bon Dieu a bien voulu faire quelque chose pour nous. Ce matin, un contremaître qui paraît choisir ses hommes avec un soin particulier nous a proposé de nous

joindre à son équipe d'une vingtaine d'hommes. On nous a fait monter dans des camions et on nous a expliqué ce qu'on attendait de nous. Nous allons travailler à la construction d'une route dans le Sud. Nous sommes embauchés pour deux mois, nourris, logés et payés soixante-quinze dollars chacun la semaine. Le chantier est assez loin d'ici, on ne nous ramènera donc que dans huit semaines, sauf si nous voulons prolonger notre contrat.

Nous partons demain à l'aube, ma chérie. J'ai confiance. Voilà l'occasion de gagner l'argent nécessaire pour commencer tous ensemble une nouvelle vie.

J'ai acheté du papier à lettres et des timbres, mais je ne sais pas quand je pourrai t'écrire à nouveau.

Steven et Robert t'embrassent. Nous pensons tout le temps à toi et au petit Peter. C'est le moment de prier pour que nos rêves se réalisent.

Ton mari qui t'aime,

Cyrus.

Je me levai pour remplir de nouveau ma tasse. Billy m'avait raconté dans ses grandes lignes l'histoire de la Floride. Il m'avait dit quel effort colossal il avait fallu déployer pour bâtir une route à travers les Everglades. Entre 1910 et 1920, Miami était devenue une ville nouvelle florissante. Une administration efficace, le tourisme qui se développait, les relations commerciales qu'elle entretenait avec La Havane et surtout l'argent qui affluait grâce à la ligne de chemin de fer qui la reliait à New York se conjuguaient pour conférer à la cité un prestige grandissant. Tous ceux qui s'étaient installés sur la côte ouest de la Floride pour faire des affaires en étaient jaloux. Ils voulaient leur part du gâteau. Et quelques-uns s'étaient convaincus qu'une route reliant Miami à Tampa leur apporterait un peu de cette manne.

Les lettres de Mayes montraient que les entrepreneurs de Tampa avaient largement sous-estimé les Everglades. Des dizaines de pages écrites à la lueur d'une bougie ou d'une lampe à huile racontaient comment lui et ses deux fils adolescents avaient rejoint par bateau Everglades City, qui n'était à l'époque qu'un village de pêcheurs servant de camp de base pour le chantier de la route. Ils avaient dû marcher ensuite le long d'une bande de terre qui menait au cœur des marais. Là, ils avaient fait connaissance avec un engin effrayant, la drague de Monhegan, autour de laquelle les ouvriers devaient s'affairer en permanence. Le monstre, pesant ses vingt tonnes, avançait lentement mais inexorablement dans la jungle des Glades, brassant l'eau et la boue, raclant et concassant la roche, amalgamant et tassant le tout pour former le remblai destiné à servir de soubassement à la future route. Les hommes étaient à son service. Leur tâche consistait à lui ouvrir la voie à main nue.

« Cette machine a réellement de quoi faire peur, écrivait Mayes. Quand elle est en marche, le sol tremble autour d'elle dans un rayon de cinquante mètres. Elle fouille et remue la terre comme si c'était de la crème battue. »

Les ouvriers vivaient sur le chantier et dormaient dans des baraquements en bois. La première lettre de Mayes détaillait les dangers qu'ils devaient affronter.

« Le soir, quand la drague est au repos, les serpents sortent de partout. Pas plus tard que la nuit dernière, Robert en a trouvé un, d'une espèce que

nous n'avions encore jamais vue, sur son matelas. Il a dû lui régler son compte à grands coups de talon. »

Un homme du nom dè Jefferson, un tireur d'élite, avait pour fonction de faire la chasse aux alligators : *« Ils grouillent tout autour de nous, écrivait Mayes, quand nous travaillons autour de la drague. »* Au cours des deux premières semaines passées sur le chantier, Mayes et ses fils avaient été témoins de la mort de deux ouvriers. L'un était tombé du haut de la machine et avait disparu, happé par la boue, avant que quiconque ait pu lui venir en aide. *« Les contre-maîtres n'ont pas tenté de retrouver son corps, écrivait Mayes. Nous ne savons même pas si l'accident a été signalé. »* L'autre avait été tué par l'explosion d'une charge de dynamite. *« Il y en a plusieurs tous les jours, expliquait Mayes, car il faut commencer par faire sauter le socle rocheux pour que la drague puisse faire son travail. Avant chaque explosion, on donne l'alerte : "Chaud devant !" L'homme, qui travaillait trop près du trou, ne s'est pas mis à l'abri assez vite et son bras a été emporté par le souffle. Le médecin du chantier a fait tout ce qu'il a pu pour stopper l'hémorragie, mais il n'a pas réussi. Le pauvre diable s'est vidé de son sang sous nos yeux et il est mort. »*

Mayes ajoutait que le cadavre avait été enveloppé dans une couverture et chargé précisément sur la carriole qui servait à transporter d'Everglades City jusqu'au campement la dynamite qui venait de le tuer. C'était la même carriole, tirée par un bœuf, qui acheminait discrètement les lettres de Mayes à sa femme. *« Je me suis fait un ami du vieux Noir qui livre la dynamite, racontait-il. J'ai remarqué qu'il regardait avec admiration la montre de mon père.*

J'ai pensé que je tenais là le moyen de te faire parvenir mes lettres. En échange de la montre, il a promis de les mettre lui-même à la poste à Everglades City. C'est un service payé au prix fort mais, ma chérie, je suis prêt à donner n'importe quoi pour être sûr que tu recevras de nos nouvelles. »

Je me levai, vidai le fond de café qui restait dans ma tasse et me dirigeai vers le perron aménagé en haut de l'escalier. À travers les branches, j'aperçus un quartier de lune épinglé sur le ciel comme une broche de métal à l'éclat voilé, entourée de nuages. Il m'avait fallu du temps pour m'adapter à l'obscurité quand j'étais arrivé ici, habitué comme je l'étais à la ville, où il ne fait jamais nuit noire. À présent, je savais tirer profit du moindre reflet de lune sur la rivière. Je faisais la différence entre plusieurs degrés d'obscurité et ne confondais plus un tronc d'arbre avec un buisson de fougères. Le bruissement des insectes dans la forêt ne m'empêchait plus de percevoir la présence d'un prédateur. J'avais parcouru de nuit, dans mon canoë, le labyrinthe des marais, et je savais qu'on avait de la chance lorsqu'on arrivait jusqu'à la côte sans être accablé par la chaleur et torturé par les moustiques. Dans les années 1920, il devait être particulièrement pénible de travailler dans cette atmosphère, sans pouvoir se reposer au frais ni se désaltérer autrement qu'avec de l'eau tiède. Était-ce suffisant pour que des gens comme les Mayes, qui avaient un besoin vital de trouver du travail, se révoltent et décident de prendre la fuite ? La dernière lettre écrite par Cyrus laissait ouvertes toutes les conjectures.

« Eleanor adorée,
Je ne voudrais pas que tu te fasses trop de soucis pour nous, ma chérie, mais je dois te dire que notre

situation ici devient de plus en plus difficile. Pour le moment, nous sommes encore en bonne santé, les garçons et moi, malgré les épreuves que j'ai évoquées dans mes lettres précédentes. Mais je m'inquiète pour Robert et Steven. Je vois qu'ils se tiennent à l'écart du reste de l'équipe. C'est à moi seul qu'ils se plaignent. Je sens une sourde appréhension grandir en eux, en même temps que de la colère. Ils se tournent vers moi pour obtenir des réponses et je crois, en effet, que nous devrons bientôt prendre une décision.

D'après mes calculs, nous sommes maintenant complètement isolés dans les marais, très loin de tout établissement civilisé, d'un côté ou de l'autre de cette route en chantier. Notre dépôt d'Everglades City doit être à quarante-cinq kilomètres derrière nous. C'est beaucoup trop loin pour des hommes à pied, sans vivres, avec cette chaleur de tous les diables et sans défense contre les dangers naturels, qui ne manquent pas. Hier, trois de nos hommes ont voulu résilier leur prétendu contrat et rentrer. Le contre-maître leur a refusé toute aide. Ils sont quand même partis pendant la nuit.

Steven m'a dit qu'ils avaient volé des bidons d'eau. Lorsqu'il les a entendus soulever la moustiquaire et s'éclipser, il nous a réveillés. Nous avons fait le guet pendant plus d'une heure. Trois coups de feu ont été tirés, un peu plus à l'ouest, séparés par des intervalles de silence. Nous avons clairement reconnu l'arme de M. Jefferson. Ces tirs nous ont beaucoup effrayés et nous avons prié en silence tous les trois. Ce matin, quand l'un de nos hommes a demandé à M. Jefferson s'il était sorti pour tirer des alligators au cours de la nuit, celui-ci s'est contenté de hocher la tête sous son chapeau, sans dire un mot, avant de regagner *son perchoir. Nous savons bien que nous n'aurons plus jamais de nouvelles de ces hommes, pas plus que des malheureux qui, avant eux, se sont résolus à partir par leurs propres moyens. Nous prions pour qu'ils aient pu rejoindre sains et saufs la civilisation et leurs familles.*

Ma chérie, j'espère que tu as bien reçu mes lettres. Voilà maintenant dix semaines que nous sommes dans cet enfer des Everglades. Puisse l'argent que nous allons rapporter dès que nous aurons fait notre temps ici nous permettre d'envisager l'avenir sous un meilleur jour. Je sais bien que nous devons être patients, mais en aurons-nous encore longtemps la force ?

Nous t'embrassons très fort tous les trois,

Cyrus. »

Je rentrai dans la cabane, éteignis la lampe et ôtai ma chemise. Dans le noir, je m'étendis sur le lit en écoutant les bruits des Glades. Mes rêves furent remplis de serpents venimeux et d'ouvriers suant sous le soleil.

2

Je ne sais plus exactement ce qui me réveilla : l'odeur âcre qui me piquait les narines ou bien les cris qui devenaient de plus en plus forts ?

— Monsieur Freeman ! Monsieur Freeman !

Les appels semblaient venir du lointain, mais ils étaient pressants. Je réussis péniblement à ouvrir les yeux pour découvrir d'épaisses volutes de fumée blanche répandues tout autour de moi. Le feu ! Il y avait le feu à la cabane ! L'affolement me gagna. Je me jetai au bas du lit. Appuyé sur un genou, j'inspirai et expirai une grande bouffée d'air. En guise de confirmation, l'odeur de la fumée m'emplit le nez et les poumons. Dehors, les appels continuaient. Une lumière pâle passait à travers les fenêtres. Quelqu'un se rapprochait en pataugeant dans l'eau.

— Freeman !

Je me traînai vers la porte en rampant, jetant les yeux de tous les côtés, cherchant à repérer les flammes. Lorsque je tirai brusquement la porte, un courant d'air frais pénétra à l'intérieur. Surpris, j'ouvris grand la bouche pour respirer. Mes yeux se mirent à pleurer, mais j'aperçus tout de même le garde forestier, debout dans la rivière, avec de l'eau jusqu'à la taille. Il portait un extincteur sur l'épaule et s'aidait de son autre main pour avancer.

— Freeman ? Vous n'avez rien, mon vieux ?

Je m'agrippai à la balustrade et fis un signe négatif de la tête. Les poumons me brûlaient à chaque inspiration, mais l'oxygène chassait peu à peu la fumée. Le garde forestier parvint à se hisser sur le ponton et commença à escalader les marches.

— Ça va, vous êtes sûr ?

— Ça va. Tout va bien.

Je prononçai les derniers mots avec plus de conviction que les premiers.

— Le feu a pris par-derrière. Dans l'angle nord. On peut essayer de l'éteindre à partir des fenêtres.

Il poussa la porte du pied et manipula le cran de sûreté de son extincteur. La poignée se redressa. L'appareil était prêt à entrer en action. Je respirai de nouveau un bon coup avant de le suivre à l'intérieur. Il traversa la pièce vers la fenêtre orientée au nord, en se baissant. Je bifurquai quant à moi vers le comptoir de la cuisine, derrière lequel mon propre extincteur était rangé.

Le temps de me diriger vers la fenêtre de l'est, le garde avait réussi à ouvrir la sienne. Pour passer la tête au-dehors, il fallait encore soulever les moustiquaires. Des langues de feu alternativement bleues et orange montaient et descendaient dans un angle. Elles arrivaient sans peine à la hauteur du toit. Heureusement, il n'y avait pas d'auvent, ce qui, en la circonstance, n'aurait servi qu'à redoubler l'ardeur des flammes. Venu de la fenêtre opposée à la mienne, un premier jet de neige carbonique s'abattit sur la paroi. Je passai aussitôt un genou à l'extérieur, m'assis à cheval sur le rebord de la fenêtre, relevai la poignée de mon extincteur et visai les flammes à la base. Cette deuxième giclée blanche sembla les faire hésiter, mais un instant seulement. Le feu semblait avoir pris au niveau des pilotis qui formaient le soubassement de la construction. Je me penchai un peu plus au-dehors pour tenter de trouver un meilleur angle d'attaque et actionnai une nouvelle fois la poignée de l'extincteur.

L'extincteur du garde fut bientôt vide. Au bout d'un quart d'heure de lutte acharnée, peut-être plus, quand j'eus à mon tour épuisé mon bidon de neige carbonique, mon compagnon me tendit la main pour m'aider à revenir à l'intérieur de la cabane. À nous deux, nous avions apparemment réussi à éteindre toutes les flammes. Nous sortîmes ensemble pour nous asseoir sur les marches, les pieds dans l'eau. Le garde fut pris d'une quinte de toux qui se termina en haut-le-cœur. Quant à moi, je m'aspergeai d'eau le visage et les yeux. Il nous fallut quelques minutes pour récupérer et retrouver l'usage de la parole.

— Ça va mieux, Freeman ?

— Ça va.

Sous le coup de l'émotion, je ne pouvais plus me souvenir de son nom.

— Griggs. Dan Griggs.

— Je vous dois une fière chandelle, Griggs. Merci d'avoir été là.

Vers l'est, le ciel s'éclairait. Le soleil était pourtant encore trop bas pour percer la canopée. Je regardai mon sauveur. Il avait au moins dix ans de moins que moi, à en juger par ses cheveux blond-roux et sa peau qui n'était pas encore tannée par le soleil de Floride. Il portait un uniforme de garde forestier trempé jusqu'à la poitrine et des bottes couvertes de boue. Un poignard dans son étui et une torche électrique pendaient à son ceinturon.

— Vous êtes souvent dans les parages à cette heure-ci ?

Il sourit en hochant la tête sans lever les yeux.

— Je fais une ronde tous les matins, à l'aube, sur le cours principal de la rivière. J'ai l'habitude de voir la fumée blanche de votre poêle. Mais, ce matin, c'est une fumée noire que j'ai aperçue. J'ai compris que quelque chose n'allait pas et j'ai poussé le moteur.

— La vedette ne peut pas arriver jusqu'ici…

— J'ai dû mettre en panne à la hauteur de l'affluent et continuer à pied. De la rivière, on voyait les flammes.

— Je crois que j'ai mal choisi ma nuit pour venir dormir ici.

Griggs ne m'avait pas encore regardé en face.

— J'ai compris que vous étiez là quand j'ai vu que votre canoë n'était plus sous les arbres, près de l'embarcadère.

— Merci encore d'avoir été aussi vigilant. Sans vous, la cabane aurait pu partir en fumée.

Cette fois, Griggs me regarda dans les yeux. Il avait toujours son petit sourire en coin. Plusieurs mois auparavant, c'était lui qui m'avait apporté une notification de l'État de Californie m'informant que le bail de la cabane – un bail de quatre-vingt-dix-neuf ans dont Billy était officiellement titulaire – était résilié sur instruction du bureau du procureur général. Jusqu'alors, on m'avait fichu une paix royale. J'étais même devenu copain avec l'ancien garde forestier, un vétéran des Everglades que Griggs avait remplacé. Mais il y avait eu une sale affaire. Le sang avait coulé alors que, dans la région, les gens n'étaient pas habitués à la violence. Et beaucoup étaient convaincus que j'y étais pour quelque chose. C'est pourquoi l'administration avait essayé de me faire déguerpir. À ma demande, Billy avait défendu son bail et les grandes manœuvres juridiques avaient commencé. Les choses en étaient là à ce jour.

Je me remis debout et entrepris d'examiner les pilotis sur lesquels reposait la cabane.

— Vous n'avez pas aperçu de lumière chez moi au cours de votre patrouille ?

Griggs se releva à son tour.

— Aucune. Une chose est sûre : il ne s'agit pas d'un accident. Sauf si vous êtes vous-même sorti de la cabane pour arroser les murs de kérosène et craquer l'allumette, j'ai comme l'impression que quelqu'un vous en veut.

Il me montra du doigt une flaque luisante qui s'était formée à la surface de l'eau et se déplaçait lentement au fil du courant. De l'essence, sans le moindre doute. Ou un produit quelconque à base de pétrole, qui refusait de se diluer dans l'eau de la rivière.

— En tout cas, ajouta Griggs, ceux qui ont fait le coup ne connaissent rien au pin de Floride. Il ne flambe pas aussi facilement…

Griggs emprunta mon canoë pour aller chercher son appareil photo dans la vedette. Pendant ce temps, je remontai dans la cabane. On y voyait déjà plus clair à l'intérieur. La coupole avait rempli son office : la fumée s'était échappée par le haut. L'odeur de bois et d'essence brûlés, en revanche, restait forte. Je baissai les moustiquaires et pris le temps de me changer avant de composer le numéro de Billy sur mon portable. Au dernier moment, je me ravisai : je devais rester sur place tant que la fumée n'était pas complètement dissipée, mais il valait mieux que personne n'écoute notre conversation. Je saisis le sac qui contenait les habits que je n'avais même pas eu le temps de ranger dans l'armoire et rejoignis Griggs au bas des marches.

Nous fîmes le tour de la cabane en canoë. Le mur de derrière et l'un des piliers étaient noircis par les flammes, mais les dégâts ne paraissaient pas considérables. Avec mon couteau, je détachai du pilier un fragment de bois à demi carbonisé que je mis dans un sac en plastique. Griggs avait raison. L'incendiaire avait nettement sous-estimé les capacités de résistance du pin de Floride. À moins que l'effet recherché n'ait été avant tout psychologique. On avait peut-être voulu simplement me faire peur.

Après notre inspection, nous rejoignîmes la vedette que Griggs démarra, une fois le canoë solidement arrimé au bout d'une corde. La rivière était trop étroite, à ce niveau, pour faire de la vitesse. Le moteur tournait donc au ralenti, mais le bruit était suffisant pour faire le vide sur les berges. La plupart des animaux que j'avais l'habitude d'observer à cette heure matinale au bord de la rivière avaient pris la fuite à notre approche. J'aperçus un héron bleu à l'instant où il s'envolait au-dessus de la canopée, ses pattes jaunes encore déployées. Ses longues ailes battirent l'air un instant avec nonchalance au-dessus de nos têtes, puis il obliqua vers l'ouest et disparut à l'horizon.

3

J'attendis d'être assis dans le pick-up pour appeler Billy sur mon portable et lui résumer les événements de la matinée.

— Bon Dieu, Max ! Et tu as l'intention de porter plainte ?

— Pour que les flics mettent leur nez dans mes affaires ? Pas question.

Je savais quel genre de pagaille une équipe d'enquêteurs est capable de provoquer, et souvent en pure perte. J'avais moi-même pratiqué l'exercice jadis.

— Ça ne servirait à rien. Il ne faut pas s'attendre à retrouver des empreintes. Et puis, contrairement à ce que croient les braves gens, les méchants n'ont pas l'habitude de laisser traîner des bouts de vêtements dans les buissons d'épines.

— Autrement dit, tu vas mener l'enquête toi-même.

— Mener l'enquête, c'est beaucoup dire. Je compte surtout attendre la suite des événements.

— Excellente résolution. En somme, tu es plutôt occupé. Te voilà avec deux affaires sur le dos à la fois.

— Très juste !

Plusieurs mois auparavant, après deux brèves expériences en tant que shérif qui m'avaient décidé à laisser tomber définitivement l'insigne, j'avais fini par céder à des suggestions insistantes et fait une demande pour obtenir une licence de détective privé en Floride. Les années passées dans la police n'avaient pas été retenues contre moi, et même la fusillade dans une rue de Philadelphie n'avait pas dissuadé les autorités de m'accorder un permis de port d'arme. Il est vrai que je ne devenais ainsi qu'un des quelque trois cent mille habitants de Floride autorisés à sortir de chez eux armés, et dont tout le monde se demande combien, parmi eux, ont le cerveau dérangé. On n'avait pas non plus retenu à charge contre moi le fait qu'une femme lieutenant du bureau du shérif de Broward s'était portée garante. Mon prochain appel serait d'ailleurs pour elle, dès que j'en aurais fini avec Billy.

— Alors, tu viens chez moi ? me demanda mon ami.

— Pas tout de suite. Mais si c'est une invitation, j'en profiterai volontiers. Jusqu'à ce que toute cette fumée se dissipe autour de la cabane, si tu vois ce que je veux dire…

— Ma maison est la tienne, Max. Diane et moi, nous avons un concert au Kravis Center ce soir, mais tu fais comme chez toi.

Diane McIntyre était aussi avocate et, parmi les femmes que j'avais rencontrées dans le sud de la Floride, une des rares dotée d'assez de classe et de cran pour rivaliser avec Billy dans plusieurs domaines.

— Au fait, j'ai pris un nouveau rendez-vous avec M. Mayes jeudi, à mon bureau, et j'aimerais bien que tu sois présent.

— Il est ici ?

— Il a obtenu son diplôme à Emory et il se demande s'il ne va pas entrer au séminaire. J'ai l'impression qu'il voudrait éclaircir cette affaire avant de se décider, Max.

— D'accord pour jeudi. Maintenant, je file dans le Sud.

— Nate Brown ?

— Qui d'autre ?

Billy avait un don pour deviner mes projets, parfois avant même que j'aie pris la moindre décision. Le vieux Nate Brown était une légende des Everglades. Il était né et avait grandi dans les marais et personne ne connaissait mieux que lui l'histoire et la topographie de la région. Si des hommes étaient morts au cours de la construction du Tamiani Trail, Brown allait au moins se souvenir de rumeurs, et connaissait peut-être des histoires qu'on racontait autour du feu, le soir, ou sur les marchés au poisson, au petit matin.

— Excellente idée. J'espère que Brown pourra t'aider. En revanche, je ne saurais trop te déconseiller le détour par Loop Road, si c'est bien là que tu comptes le retrouver. Ou alors, je dois prévoir une compresse froide et un pare-brise de rechange…

Loop Road était un sanctuaire pour les vétérans des Glades. Et ma dernière visite là-bas ne s'était, en effet, pas très bien passée.

— Cette fois-ci, je vais être plus prudent.

Billy n'ajouta pas un mot, mais je pouvais deviner son sourire ironique.

— Quoi encore ?

Il avait discrètement raccroché.

❋

J'étais encore sur la bretelle d'accès à la 95 quand je composai un deuxième numéro. Le poste était sur répondeur :

« Vous êtes bien sur le poste du lieutenant Sherry Richards, de la brigade d'enquête. Je suis actuellement en ligne ou… »

J'attendis ce fichu signal sonore pour réciter mon message :

— Lieutenant, je suis actuellement sur la terre ferme et j'aimerais autant que possible vous rencontrer à propos de ce dont nous avons parlé mardi dernier.

Je tenais à être discret. On ne sait jamais qui peut avoir accès à un répondeur, surtout quand on téléphone chez les flics. J'ajoutai :

— Je suis sur une autre affaire cet après-midi, mais je propose que nous nous retrouvions à notre point de chute habituel vers 19 h 30. Appelez-moi sur mon portable si vous êtes d'accord. Aloha.

Après avoir raccroché, je me grattai la tête. « Aloha » ? Où avais-je bien pu trouver ça ? J'arrivai à cet instant sur l'autoroute. Pendant les années que j'avais passées dans le sud de la Floride, je n'avais jamais vu la 95 sans travaux sur l'un ou l'autre tronçon. Mais, en dépit de la présence continuelle de cônes orange, de panneaux de signalisation occultés et d'attroupements d'ouvriers revêtus d'une veste jaune, je n'avais jamais roulé à moins de cent kilomètres/heure là où la vitesse était limitée à quatre-vingts. Je réussis à me glisser dans la voie du milieu, et suivis en paix mon petit bonhomme de chemin.

Une heure plus tard, j'étais à Miami et descendais la 8e Rue vers l'ouest de la ville. Les enseignes en espagnol d'épiceries ou de magasins d'informatique, de pressings ou de coiffeurs, de restaurants ou de cinémas, ne me choquaient plus depuis longtemps. Miami est désormais une ville hispanique à cinquante-quatre pour cent. Ceux qui ont déjà dansé dans la rue sur un morceau de musique afro-cubaine, à la fois vif et langoureux, ou dégusté une *saltena*, sorte de fricassée maison, à l'American Airlines Arena, n'ont rien à redire au multiculturalisme. Estimer que les hommes politiques cubains – ou latino-américains – sont plus corrompus ou manipulateurs que les responsables issus de la bonne société du cru, c'est oublier ce qu'était la Miami du bon vieux temps. Moi qui ai grandi à Philadelphie à l'époque où Frank Rizzo, le chef de la police locale, avait déclaré la guerre à la communauté noire, je dirais, pour paraphraser un slogan de l'époque du New Deal, que ni la langue ni la couleur de la peau ne dévaluent les gens. Les gens valent ce qu'ils valent.

Je continuai à rouler vers l'ouest, le long des rues commerçantes bordées de bâtiments à un étage, typiques de la Floride, puis, pendant des kilomètres, à travers les quartiers résidentiels, avec leurs immeubles de trois ou quatre étages, pour finalement arriver dans une zone où l'on construisait des immeubles haut de gamme. « À partir de quatre-vingt-dix à cent vingt dollars le mètre carré ! » disait l'affiche. Après quoi, l'autoroute se métamorphosa en une banale route à deux voies. Je passai sur le premier des barrages qui permettent aujourd'hui aux hommes de réguler les flux d'eau douce qui vont se perdre dans les Glades ou rejoindre directement la baie de Floride. À la 8e Rue succédait le fameux Tamiani Trail, avec sa végétation montant à l'assaut du remblai de chaque côté de la route. Du côté nord, j'apercevais le fossé creusé à l'origine par la drague de Moneghan. Au-delà du fossé s'étendaient des hectares et des hectares de terre inondée, tantôt couverte de joncs, que surmontaient de loin en loin un bois de palmiers, de banians ou de corossoliers. J'avais le soleil pile au-dessus de la tête et la température approchait les quarante degrés. Je n'en roulais pas moins les vitres ouvertes et le coude sur la portière. À la sortie de la ville, il commença à faire si chaud qu'il me fallut le garder à l'intérieur du véhicule. Quarante kilomètres plus loin, j'atteignis l'intersection qui mène à Loop Road.

Dans les premières années du XXe siècle, un promoteur optimiste avait imaginé que Loop Road deviendrait un jour une cité futuriste, capable de rivaliser avec Coral Gables, sur la côte Est. Quand le chantier du Tamiani Trail tomba en déshérence, pendant la Première Guerre mondiale, la longue boucle qui pénétrait dans les Glades fut, elle aussi, abandonnée à elle-même. S'y installait qui voulait : contrebandiers distillant en fraude du whisky, braconniers faisant du trafic avec les peaux d'alligators, voyous à mi-temps et marginaux de tous bords. Que du beau monde. Tous avaient leurs raisons pour vivre cachés. À l'est s'étendait la ville, tenue par l'administration. Ici, à l'orée des Glades, les lois n'avaient tout simplement pas cours.

À mi-parcours de la courbe, je tournai pour pénétrer sur le parking du Frontier Hotel. Deux 4×4 couverts de boue séchée étaient garés près de l'entrée. À côté, une Toyota dont la peinture avait pâli au soleil. Par le passé, l'endroit n'avait jamais été très accueillant pour les touristes. Il ne l'était toujours pas. Lors de mon dernier passage, j'avais fait une mauvaise rencontre. Des jeunes types du coin. Je garai mon pick-up à côté des 4×4 et pris soin de remonter les vitres et de verrouiller les portières avant de me diriger vers l'entrée.

Dans le hall, je dus m'arrêter un instant et attendre que mes yeux s'adaptent à la pénombre ambiante. Je reconnus le lobby exigu, qui avait servi pendant des dizaines d'années à enregistrer les nouveaux pensionnaires. Je suivis ensuite un long tapis, fait pour résister à un troupeau d'éléphants, jusqu'à l'entrée du bar. Là, il faisait encore plus sombre. Il n'y avait pas une seule ouverture pour laisser passer la lumière du jour et les lampes ne diffusaient qu'une faible lueur jaune. Quelque part dans le fond, un climatiseur ronflait. Un bar en acajou, aux proportions élégantes, courait le long d'un mur. Tout au bout, deux hommes d'un certain âge, assis sur des tabourets, étaient penchés sur un jeu de cartes. Je choisis un tabouret, vers le milieu du bar, et remarquai que la serveuse, qui avait commencé par m'ignorer, me regardait à présent avec insistance, comme si elle essayait de se souvenir de mon dernier passage. Finalement, elle vint vers moi, en traînant sur le bar un chiffon humide.

— Qu'est-ce que j'peux faire pour vous ?

C'était sans doute la même serveuse que lors de ma visite précédente, mais elle avait changé de couleur de cheveux. Ils arboraient ce jour-là une nuance de rouge qui n'existe nulle part dans la nature. Son pull de coton moulait sa poitrine et il était trop court pour couvrir son nombril. Autre concession à la mode : la boucle en métal argenté et la chaîne assortie en guise de ceinture. Elle avait la peau du ventre trop flasque et trop blanche pour mériter une quelconque attention. En guise de réponse à sa question, je dis simplement :

— Nate Brown.

— Je me disais bien, aussi… C'est vous qui êtes passé, l'autre jour. Et vous avez flanqué une raclée aux mômes Brooker…

Tout en parlant, elle ouvrit le frigo et en sortit une canette de bière, qu'elle décapsula.

— M. Brown a dit que vous aviez bien fait.

— Ça fait bien deux ans, maintenant.

— Ça alors !

Elle posa la bière devant moi. Au bout du bar, les deux hommes s'intéressaient à notre conversation. Je les vis hocher la tête comme pour manifester leur respect pour un type dont M. Brown avait approuvé la conduite, ou peut-être pour celui qui avait administré une correction aux mômes Brooker, puis ils retournèrent à leurs cartes. Je pris une gorgée de bière.

— Avez-vous vu M. Brown dernièrement ? J'ai un message à lui transmettre.

Cette fois, elle leva les yeux. Prudente, tout à coup.

— Peut-être bien… L'autre jour…

Nate Brown bénéficiait en quelque sorte d'un statut spécial dans les Glades. Ses ancêtres comptaient parmi les premiers Blancs à s'être installés dans la région. Personne ne connaissait exactement son âge mais, par simple déduction, on pouvait penser qu'il avait dans les quatre-vingt-cinq ans. Pourtant, le vieux Brown m'avait emmené dans sa barque, qu'il poussait avec une perche, à l'ancienne, sur une bonne vingtaine de kilomètres, au long des canaux qui irriguent le cœur des marais. Je l'avais vu surgir de nulle part, puis disparaître pour aller je ne sais où, au beau milieu de deux mille hectares de prairies inondées, sans même avoir besoin d'une boussole pour s'orienter.

— Si je laisse un numéro de téléphone, pourriez-vous le lui faire passer, en lui disant que Max Freeman a besoin de lui parler ?

— Peut-être bien.

Elle jeta un regard en coin en direction des joueurs de cartes.

Je pris une serviette en papier sur une pile et j'écrivis dessus, avec mon propre stylo, le numéro de mon portable.

— Ce serait très aimable à vous.

Je terminai ma bière puis posai sur le bar un billet de vingt dollars avant de me lever. En me retournant pour regagner la sortie, je jetai un rapide regard sur la peau d'alligator de trois mètres de long qui décorait l'un des murs. Juste en dessous, j'aperçus deux photos en noir et blanc encadrées. Je m'approchai : elles montraient un groupe d'une douzaine d'hommes posant droits comme des *i* devant une vieille drague qui portait, peint sur le flanc, le nom de Noren. Le papier avait terni avec le temps, mais on distinguait clairement les visages maigres des hommes habillés de salopettes et de chemises à manches longues. Certains arboraient d'épaisses moustaches en guidon de vélo et des cheveux sombres collés sur le front. Il y avait des traces d'écriture à l'encre en bas de la photo, mais elles étaient devenues indéchiffrables.

— Ce sont les ouvriers qui ont construit la route ?

— J'en sais rien, me répondit la serveuse. Ces photos sont là depuis plus longtemps que l'alligator.

— Quelqu'un d'ici a-t-il des parents sur les photos ?

Elle me regarda comme si j'avais posé une question stupide.

— C'est juste des gars qui ont travaillé ici, dans le temps. Personne les connaît, ces types.

4

J'avais encore un certain nombre de miles à parcourir avant d'arriver en ville, avec la climatisation à fond, quand mon portable sonna.

— Freeman, j'écoute.

— Qui c'est, Aloha ?

— Aucune idée. Probablement un type qui essaie de faire de l'humour. Ça ne marche pas à tous les coups.

— Décidément, Max, tu n'es pas drôle.

— OK, lieutenant, vous avez raison, je ne fais rire personne.

— N'essaie même pas.

— Bon, sérieusement alors… On pourrait se voir ce soir ?

— Ça dépend.

— Ça dépend de quoi ?

— Il faudrait d'abord que j'arrive à boucler à temps ce fichu rapport. Sinon, qu'est-ce que tu proposes ? Tu m'invites au cinéma ou bien on va au lit direct ?

— À ton tour d'essayer d'être drôle…

— Je ne rigole pas du tout.

— Qu'est-ce que tu dirais si je passais te prendre sur le parking à 19 heures ? Ça te laisse encore un peu de temps. Nous pourrions aller dîner au Canyons et choisir un film pour la séance de 21 heures.

— Comment ? Ça veut dire qu'on ne dort pas ensemble ?

— Il faut voir comment se passe la soirée.

— Que de suspense, mon cher Max !

— À tout à l'heure.

— C'est ça, à tout à l'heure.

Richards et moi, nous avions fait connaissance à l'occasion d'une affaire d'enlèvements d'enfants. Elle était venue enquêter avec son équipe jusque sur les bords de ma rivière. Au début, j'avais voulu garder mes distances. Les amours avec les femmes flics, j'avais déjà donné. Mon mariage s'était soldé par un fiasco. Richards aussi, de son côté, s'était mariée avec un flic qui avait été tué en service. Par un gosse qui ne faisait pas la différence entre un jeu vidéo et la réalité. À présent, il était entre quatre murs, quelque part en Floride, dans une vraie prison, pour le reste de sa vie. Mon ex à moi, quant à elle, était toujours bien en vie, à Philadelphie, mais je n'avais pas la moindre idée de ce qu'elle devenait.

Malgré nos efforts pour décourager toute familiarité, Richards et moi nous étions revus. Souvent. De plus en plus. Nous avions fini par ne plus avoir peur l'un de l'autre en dépit d'un lourd passif, d'un côté comme de l'autre. De toute façon, nous avions tout le temps. Si les choses devaient se faire, elles se feraient.

Je compris très vite que je ne serais pas à l'heure au rendez-vous. Sur la 95, c'était toujours la même histoire : quand on n'y roulait pas à vingt kilomètres/heure au-dessus de la vitesse autorisée, on s'y traînait, pare-chocs contre pare-chocs, pris dans le flux des banlieusards. Dans la région, se retrouver coincé dans un embouteillage en fin d'après-midi possède cependant un avantage : on peut admirer le coucher du soleil, le paysage étant aussi dégagé qu'une table de billard et l'autoroute surplombant souvent les bâtiments qui n'ont pas plus d'un étage. Le spectacle, ce soir-là, fut grandiose. Sur fond de ciel bleu cobalt, des traînées orange et lavande se mêlèrent au pourpre jusqu'à la nuit. Bien des années auparavant, les ouvriers qui travaillaient à la construction du Tamiani Trail avaient dû contempler, eux aussi, de tels cieux, mais leur labeur harassant ne leur avait certainement pas permis de s'en délecter.

En arrivant enfin au niveau de la sortie de Broward Boulevard pour prendre la direction de Fort Lauderdale, je pus contempler un magnifique soleil. Du haut de l'échangeur, j'aperçus même comme de petites étoiles qui clignotaient tout autour. Il s'agissait en fait des feux de position des avions s'apprêtant à atterrir sur l'aéroport international pour y déverser des flots de touristes et de cadres supérieurs.

Trois rues plus loin, je pénétrai dans le parking réservé aux flics du bureau du shérif de Broward. J'avais un bon quart d'heure de retard, ce qui me fit arriver au moment du changement d'équipe. Après m'être garé en marche arrière, j'observai les allées et venues. La plupart de ceux qui entraient ou sortaient étaient en civil : pantalons sombres et chemises blanches. Tous les hommes étaient très musclés. Les manches courtes mettaient en valeur leurs biceps et les gilets pare-balles, portés sous la chemise, bombaient leurs poitrines. La plupart de ces types me parurent plutôt jeunes. En les voyant, je ne pus m'empêcher de caresser ma cicatrice, celle que m'avait laissée derrière le cou la balle qui avait terminé son voyage dans le mur d'une laverie de Philadelphie.

Je laissai mes yeux errer aux alentours jusqu'au moment où je crus reconnaître la silhouette élancée de Richards s'avançant sur le parvis du poste de police. Coiffure stricte, très pro, pantalon de lin et veston assorti. Longues jambes, mouvement souple et rythmé des hanches, épaules carrées, presque immobiles... Pas d'erreur. C'était bien la démarche athlétique du lieutenant Richards. Tout à fait à mon goût.

Elle chercha un moment des yeux ma voiture sur le parking tout en faisant les cent pas. Je baissai ma vitre pour lui faire signe quand quelque chose capta son attention. Elle pivota alors sur ses talons pour se retourner vers l'entrée des bureaux. Un type en uniforme lui courait après. Il était un peu plus grand qu'elle et faisait manifestement de la musculation. Bref, la carrure de l'emploi. Au 9 millimètres suspendu à sa ceinture et au micro épinglé sur l'épaulette droite de son uniforme, on pouvait reconnaître un flic chargé de patrouiller en ville.

Il parla à Richards. J'étais trop loin pour entendre quoi que ce soit mais, à sa tête, il était facile de comprendre qu'il n'avait pas envie de rire. De son côté, Richards se campa solidement sur ses jambes et croisa les bras. Une de ses postures que je connaissais bien. Ces deux-là ne parlaient pas de la pluie et du beau temps. Sur le crâne de Richards, le nœud de cheveux blonds se mit à swinguer au rythme des mots. Le flic en uniforme se détourna avec un geste qui signifiait quelque chose comme « pas de temps à perdre avec ces sornettes », puis il se ravisa, se colla les poings sur les hanches et tendit le menton vers Richards. Pas précisément du genre à se laisser impressionner, elle pointa alors en direction de son interlocuteur un doigt impérieux. « Laisse tomber ! » C'est ce que je crus déchiffrer sur ses lèvres. Comme le flic levait la main, peut-être pour détourner de son visage cet index rageur, je me décidai à ouvrir la portière, mais Richards, qui n'avait pas perdu de vue ce qui se passait autour d'elle, me fit signe de rester où j'étais sans même me regarder.

À cet instant, la voix de Richards fit se retourner deux passants. Du coup, le flic baissa les bras et recula d'un pas. Il était encore en train de dire quelque chose quand Richards lui tourna soudain le dos et se remit à marcher dans ma direction d'un pas décidé. Sous les yeux du type, resté planté sur place, j'ouvris la portière de droite. Rouge de colère, Richards prit place à côté de moi. Pas besoin de la regarder en face pour deviner la lueur verte qui brillait dans ses yeux, comme chaque fois que quelque chose lui avait tapé sur les nerfs.

— Bonjour, chérie. Tu as passé une bonne journée ?

— Oh, je t'en prie, Max. Je n'ai pas envie de rire.

Je démarrai et commençai à rouler. Il valait mieux attendre un peu avant de lui adresser de nouveau la parole. Je traversai la ville vers l'est, dépassant Federal Highway, pour arriver au Canyons par-derrière en longeant le parc et les villas de style floridien du bord de l'eau. Je garai le pick-up en face des boutiques de Sunrise Avenue et sortis pour ouvrir sa portière. En descendant, elle me fit un baiser sur la bouche sans prononcer un mot.

— Excuses acceptées.

Elle répondit par l'esquisse d'un sourire.

Au Canyons, nous dûmes nous asseoir au bar en attendant qu'une table se libère. Je pris un café et Lynn commanda une margarita. Après l'avoir bien entamée, elle put enfin me parler de ce qui venait de se passer.

— C'était un certain David McCrary. Je me fiche de ce que raconte Lynn, s'il la frappe encore, il est viré.

Ses yeux étaient redevenus parfaitement bleus, mais ils brillaient encore.

— McCrary ? Le flic de tout à l'heure ?

— Il fait une névrose possessive. Avec toutes les saloperies qui vont avec, y compris les violences physiques.

— Et Lynn ? C'est une amie à toi ?

— Une excellente collègue et une bonne copine. Elle est amoureuse de ce con.

J'attendis qu'elle ait bu encore deux gorgées de margarita.

— Il la frappe vraiment ? C'est elle qui te l'a dit ?

— Elle ne veut pas en parler. Mais tous les signes sont bien là. Il l'appelle à tout instant sur son portable, même quand il est en service. Quand elle est avec nous au Brownies, il arrive aussitôt et se débrouille pour qu'elle ne reste pas. Un vrai chien de garde. Ces jours-ci, il ne la laisse pas faire un pas dehors toute seule.

Harcèlement, jalousie, possessivité maladive… Ingrédients connus. Pourtant, tous les flics avaient droit, en formation, à des cours sur les violences domestiques. Mais certains ne faisaient pas attention et d'autres ne voulaient même pas écouter. Et quelques-uns étaient incapables d'identifier dans leur comportement les symptômes qu'ils étaient censés repérer chez leurs compatriotes.

— Tu veux que nous en parlions un moment ?

— Pas la peine.

Elle ne parla pourtant que de cette histoire et de son amie.

Quand nous pûmes enfin nous asseoir, elle commanda un poisson grillé au feu de bois avec des haricots noirs et du riz. Pour moi, ce fut une entrecôte grillée. Chaque fois que je m'éloignais des bords de ma rivière, j'en profitais pour me payer un bon steak. Une bouteille de chardonnay accompagna notre repas.

Je mangeai lentement en l'écoutant peser le pour et le contre : devait-elle ou non dénoncer ce pourri à la police des polices ?

— C'est à Lynn de porter plainte, pas à toi.

— Je sais.

— C'est une décision difficile à prendre pour un autre flic.

Un flic sait pertinemment que si sa femme ou sa petite amie porte plainte contre lui pour faits de violence domestique, sa carrière est fichue. Pour peu que les charges soient confirmées, son compte est bon. Il perdra automatiquement son job et ne sera plus jamais autorisé à porter une arme. Tenir entre ses mains la carrière d'un flic, c'est une lourde responsabilité. Du coup, beaucoup d'incidents de ce genre restent cachés. On s'arrange pour régler les cas délicats en se passant de la procédure officielle.

— Je l'ai prévenu que si un jour j'aperçois la moindre marque suspecte sur Lynn, je n'hésiterais pas une seconde !

— Et alors ?

— Il m'a répondu qu'il ne l'avait jamais frappée. Qu'elle était énervée. Qu'il l'aimait et qu'il ne voulait pas la blesser.

— C'est ce qu'ils disent tous.

Lynn m'adressa un clin d'œil.

— Tu as l'air de t'y connaître.

— Un jour, je te parlerai de mon père.

Je demandai l'addition.

— Prête pour la séance de 9 heures ?

— Et si tu me ramenais plutôt à la maison ? Comme ça, je pourrais réchauffer un peu tes vieux os.

Je laissai un pourboire sur la table.

— Je ne pensais pas du tout à ça.

— Menteur !

Elle me poussa vers la porte.

Je n'avais même pas parlé de l'incendie de ma cabane. Ni de la nouvelle enquête que Billy m'avait confiée. L'un et l'autre sujets étaient trop délicats. Elle allait s'inquiéter. Ça ne valait pas le coup. Je savais bien, pourtant, qu'elle me reprocherait plus tard de lui avoir caché des choses.

✳

Nous fîmes l'amour dans le hamac suspendu sous la véranda, au pied des chênes de Virginie et des palmiers remplis d'oiseaux de paradis. Un parfum de jasmin flottait dans l'air. Tout autour de nous, les reflets de la piscine éclairée dansaient sous les feuilles. Après notre conversation du dîner, j'essayai de me montrer très tendre, mais elle s'en aperçut à peine. Après être restés un moment allongés dans le patio, nous terminâmes la soirée dans la piscine.

Au petit matin, je me réveillai avant elle et ne pus m'empêcher de la regarder dormir. En général, elle détestait que je la regarde. Du bout des doigts, j'écartai une mèche de cheveux de son visage, puis je me levai sans faire de bruit. Dans la cuisine, je mis en marche la cafetière électrique. Après ma première tasse de café, je pris une douche. J'eus le temps de m'habiller et de me resservir deux fois du café avant qu'elle vienne me rejoindre dans le patio. Le soleil brillait dans le ciel et elle était tout habillée, prête à partir au bureau. Elle mit sa main sur mon épaule en tournant les yeux vers les branches d'un chêne où chantait un geai à gorge blanche.

— Bien dormi ?

Je posai un baiser sur le dos de sa main.

— Pas trop.

— Veux-tu que nous allions prendre un petit déjeuner au Lester's ? Tu pourrais m'en dire un peu plus.

Je ne répondis rien. Elle ajouta :

— Tu voulais me parler de quelque chose quand tu m'as téléphoné, hier. C'est ton tour de me confier tes soucis.

Je hochai la tête, tout en souriant. L'intuition féminine m'a toujours épaté. Je n'y peux rien.

— Allons-y.

Au Lester's, nous nous installâmes dans un coin tranquille et je lui racontai tout : l'incendie et mes spéculations sur les mystérieuses disparitions survenues dans les Glades, quatre-vingts ans plus tôt. Elle m'écouta comme savent le faire les professionnels. Dans une conversation classique, beaucoup de gens ne sont attentifs qu'au son de la voix de leur interlocuteur. Ils attendent l'intonation qui leur permettra de reprendre la parole pour exposer leurs propres idées. Richards, elle, écouta réellement ce que je lui racontais, et prit le temps d'y réfléchir avant de me répondre.

Elle ne me cacha pas que, selon elle, retrouver dans les Glades les traces d'un meurtre aussi ancien – puisque c'était d'un meurtre dont parlaient les lettres signées par Cyrus Mayes – serait quasi impossible. Depuis cent ans, un certain nombre de criminels avaient réussi à faire disparaître les corps de leurs victimes dans les marais. Elle-même avait enquêté le mois précédent, avec ses collègues, sur l'enlèvement d'une jeune prostituée. Le cadavre démembré avait été découvert dans un affluent par un malheureux pêcheur. La nature savait y faire pour escamoter les preuves.

Elle prêta plus d'attention à l'affaire de l'incendie. Elle y voyait la main d'un écolo timbré ou d'un empêcheur de tourner en rond comme il y en a plus d'un dans les Glades.

— Il serait peut-être temps de réintégrer la civilisation, Freeman.

Ce fut sa conclusion quand elle descendit du pick-up, devant le bureau du shérif. Ces mots-là, ce n'était pas la première fois que je les entendais dans sa bouche. Et Billy m'avait déjà fait la même suggestion. Je répondis comme je l'avais déjà fait :

— Peut-être bien…

— Va te faire voir !

Elle me dit au revoir de la main en grimpant les marches. Elle avait toujours le dernier mot.

❊

Je pris la direction du nord pour rentrer chez Billy. Le concierge me salua avec un accent anglais parfaitement artificiel et appela l'ascenseur pour moi. Les portes s'ouvrirent, au dernier étage, sur le hall privatif qui donnait accès au seul appartement de l'avocat. J'y laissais toujours quelques vêtements et des chaussures de sport, dans la chambre d'amis. J'enfilai un short et laçai mes tennis. La femme de ménage avait même repassé mon vieux T-shirt fané de Temple University. En bas, je saluai poliment le portier, puis contournai la piscine pour rejoindre la plage. J'étendis ma serviette sur le sable mouillé et m'allongeai sur le dos pour faire quelques mouvements d'assouplissement. Après quoi, j'abandonnai la serviette sur place. Elle ferait office de ligne d'arrivée, plus tard. Je commençai à courir, d'abord à petites foulées, en remplissant mes poumons au maximum, histoire de voir si la fumée inhalée l'autre nuit avait laissé des traces. Puis j'accélérai, en continuant à courir au ras des vagues. Au bout d'une demi-heure, je fis demi-tour. À part deux pêcheurs, qu'il me fallut éviter, la voie était libre. L'immeuble de Billy était trop loin pour me permettre d'évaluer la distance. Quand je pus enfin l'apercevoir, mon cœur battait très fort et ma tête commençait à bourdonner. J'accélérai quand même pour le sprint final. Je courus les derniers mètres les yeux fermés, ne relâchant mon effort qu'à l'instant où mes pieds se prirent dans ma serviette. Je m'arrêtai après quelques foulées supplémentaires. Au fond de ma gorge, je pouvais entendre un petit râlement chaque fois que j'expulsais l'air de mes poumons. Et j'avais encore le goût âcre de la fumée dans la bouche. Je me débarrassai de mon T-shirt et de mes chaussures et courus me rafraîchir dans les vagues. Puis je me tournai vers l'est, vers l'horizon. Je ne devais pas me laisser prendre au dépourvu par les événements. Je sentais que j'allais avoir besoin de souffle et d'énergie pour y faire face. J'avais une sensation bizarre dans le bas de la colonne vertébrale. Il se préparait quelque chose. Quoi ? Je n'en savais rien, mais ça n'allait pas être une partie de plaisir.

Je secouai ma serviette et tentai de me rendre présentable avant de rentrer chez Billy, mais le concierge me jeta tout de même un regard méprisant tout en hochant la tête, l'air de dire : *Ah, les gens de nos jours, je vous jure...* Dans l'appartement, je pris une douche, passai un pantalon propre et un polo blanc avant de reprendre une tasse de café et de sortir sur la terrasse. Accoudé à la balustrade, je contemplai l'océan. Le vent y traçait des sillons parallèles. On aurait dit du velours côtelé. Je comprenais les raisons pour lesquelles Billy avait choisi de vivre ici. Né et élevé dans un ghetto du nord de Philadelphie, il avait acquis sa situation à la force du poignet, et grâce à sa mère, qui avait refusé pour lui un destin tout tracé. Excellent joueur d'échecs, il avait été capitaine d'une équipe de petits Blacks qui, tous les ans, en championnat national, flanquaient une déculottée à leurs adversaires. Premier de sa promo à l'école de droit de Temple University, il avait choisi de se spécialiser en droit des affaires à Wharton. Une seule chose l'avait empêché d'être reconnu comme le meilleur avocat de la côte Est : son fichu défaut d'élocution, qu'il n'avait jamais pu guérir. Grâce à sa formation, Billy avait aussi appris à gérer au mieux ses affaires. Rebuté par les manières guindées de la bonne société de Philadelphie, il était venu s'installer ici, dans le sud de la Floride, où il s'était rapidement constitué un réseau de relations et une clientèle. Désormais riche, il avait décidé d'emménager loin des bruits de la rue. À lui le soleil et l'air de l'océan.

Grâce à son sens des affaires, Billy avait très habilement placé mes indemnités. Désormais, j'étais en possession d'un portefeuille d'actions sur mesure. L'année dernière déjà, il m'avait conseillé de laisser tomber la cabane. Ma « planque », comme il l'appelait. Il n'avait pas tout à fait tort. Je finirais sûrement par l'écouter. Mais pas maintenant. Ma cabane, je la quitterais un jour, mais de mon plein gré. En attendant, il me fallait tenter d'en savoir un peu plus sur la personne qui cherchait à me faire peur.

5

Sur Dixie Highway, je pris la direction du sud et, au niveau de la zone industrielle, quittai la route pour bifurquer vers les entrepôts construits le long des voies ferrées. Je passai devant un bâtiment imposant aux murs recouverts de tôle ondulée. Des portes s'y alignaient, certaines ressemblant à des entrées de garage, d'autres à des entrées de bureau. Celle devant laquelle je me garai portait une plaque. « Bureau d'expertise. » C'était élégant, mais pas très explicite.

Je sortis dans la chaleur de midi, que les murs de béton et les parois métalliques rendaient plus étouffante encore. Le rythme obsédant d'un morceau de rap parvenait dans la rue à travers une baie vitrée. À l'extérieur, une Honda Civic était montée sur un cric, et une paire de jambes maigres dépassait du capot. Avec ses toutes petites roues, la voiture ressemblait à un jouet. Derrière la baie vitrée, on apercevait deux jeunes types penchés sur le moteur d'une vieille Pontiac GTO. Ils avaient des shorts immenses, qu'ils portaient taille basse, laissant dépasser les caleçons de plusieurs centimètres au-dessus de la ceinture. Le bas de leurs jambes était tatoué de motifs dont je ne pouvais pas distinguer le détail. Je fermai à clé la portière du pick-up.

Ah, les gens de nos jours, je vous jure...

La porte du soi-disant bureau d'expertise était ouverte. Je pénétrai dans une espèce de salle d'attente, vide, propre, dans laquelle il faisait plutôt frais. Sur le seuil, j'entendis le tintement étouffé d'une sonnette provenant d'une autre pièce. Trente seconde plus tard, une voix de baryton résonnait dans un petit haut-parleur blanc fixé en hauteur, dans un coin de la salle d'attente.

— Je suis à vous dans une minute. Asseyez-vous, je vous prie.

Mais il n'y avait pas le moindre siège dans la pièce. Juste un bureau métallique immaculé. Il n'y avait pas non plus de photos sur les murs, ni de calendrier. Et pas la moindre licence. Je m'assis sur un coin du bureau, en laissant pendre une jambe. Soudain, j'entendis un bruit de gâchette. Un gros calibre en plus, à en juger par le son. Je sursautai, mais je repris vite mon calme. Je connaissais la boutique et le genre d'activités qu'on y pratiquait.

Quelques instants plus tard, une porte s'ouvrit, livrant passage à une grosse tête barbue. L'homme était équipé de lunettes spéciales et portait autour du cou un casque de protection pour les oreilles.

— Ça par exemple ! Max Freeman ! Mais entrez donc, mon vieux, et dites-moi ce que je peux faire pour vous.

William Lott était du genre gros rustre. Entre autres traits distinctifs, il ne pouvait pas s'empêcher de donner en toute occasion son avis à propos de tout et de n'importe quoi. Sa spécialité : la science de l'expertise. En son temps, et malgré un caractère irascible et un amour immodéré pour le whisky, il avait été l'un des piliers des laboratoires du FBI à Quantico. Selon ce qu'il expliquait, il avait démissionné juste avant que les médias ne révèlent les innombrables dysfonctionnements et les multiples échecs du service. Il était parti avant que sa réputation, « en béton », ne pâtisse des agissements des « couillons » du gouvernement et des « bons à rien » de la direction, qui sont « la mort des vrais hommes de science ». Il avait choisi d'ouvrir son propre laboratoire d'expertise en Floride.

— Vous ne pouvez pas savoir, m'avait-il expliqué, à quel point les gens se méfient de l'administration et des flics…

Depuis l'affaire O. J. Simpson, il avait de plus en plus de travail. Des clients lui demandaient de procéder à des tests d'ADN et à des analyses chimiques, ou de passer au peigne fin les éléments de preuve rassemblés contre certaines personnes mises en cause.

— Sans compter, ajoutait-il, les paires de draps que des épouses ou des maris trompés me demandent d'analyser. Moi, je fais mon boulot de scientifique. Ce qu'ils font avec les résultats de mon travail ne me regarde pas.

Lott était une des nombreuses relations de Billy, dont la recommandation était à elle seule susceptible de lui procurer pas mal de clients. Billy nous avait présentés l'un à l'autre au cours d'un déjeuner, et j'avais pu constater à cette occasion que notre savant avait une fameuse descente : tout à fait capable d'avaler trois douzaines d'ailes de poulet et de boire six bières sans cesser un seul instant de parler.

— Laissez-moi d'abord ranger cette pétoire.

Je le suivis à l'intérieur. En traversant une pièce faiblement éclairée, je sentis une forte odeur de poudre. Lott portait négligemment dans sa main droite une arme de guerre, un calibre .45, et le long gant blanc qu'il avait enfilé indiquait qu'il était en train d'essayer de recueillir des résidus de poudre sur le canon. Nous entrâmes dans une pièce spacieuse, aux murs peints en blanc, qui ressemblait à la fois à une cuisine et à la salle de cours de biologie que j'avais connue au lycée. Des armoires vitrées, des éviers munis de longs robinets en col de cygne, des plans de travail surmontés de hottes et trois microscopes de types différents s'alignaient contre un mur, au-dessus de plusieurs rangées de tiroirs.

La carrure de Lott en imposait. Il mesurait bien un mètre quatre-vingt-cinq – presque ma taille –, mais il pesait au minimum trente kilos de plus que moi. Pourtant, il se déplaçait dans la pièce avec aisance. Il connaissait certes les lieux, mais il avait surtout une sorte d'efficacité bien à lui. Il posa le fusil sur un plan de travail, ôta son gant avec précaution et le déposa sous une hotte éclairée. Il ouvrit ensuite un tiroir, rangea le fusil à l'intérieur avant de le refermer soigneusement, puis me serra la main dans sa paluche géante.

— Alors, Max, ce vieux Billy vous a mis sur une enquête ?

— Pas encore. Mais ça va venir. Vous connaissez Billy.

— Ouais. Un vrai pote, celui-là. Pas comme ces saligauds d'avocats infoutus de se servir de leurs méninges avant de vous avoir facturé du trois mille dollars de l'heure, sans compter les frais.

J'acquiesçai, prêt à écouter ce refrain auquel j'avais déjà eu droit. Mais, contre toute attente, ce jour-là, il n'alla pas plus loin.

— Restez à déjeuner ici. Ou bien allons au Pure Platinum. Ils ont un super buffet, là-bas. Et des serveuses canon. J'ai repéré une petite avec de ces nichons… J'vous dis qu'ça, mon vieux Max.

— Non merci. Une autre fois, Lott. Jetez plutôt un coup d'œil là-dessus. On a versé un produit avant d'y mettre le feu.

Et je lui tendis le sac en plastique qui contenait le morceau de bois carbonisé que j'avais prélevé sur ma cabane. Instantanément, Lott changea d'attitude. Chez lui, le goût du défi finissait toujours par prendre le dessus. Il saisit le sac pour en examiner d'abord le contenu à la lumière, puis il l'ouvrit et se mit à renifler délicatement l'échantillon. On aurait dit un amateur de vin testant l'arôme d'un breuvage inconnu.

— De l'essence, trancha-t-il. Mais il y a autre chose.

Il me tourna le dos et se dirigea vers un autre plan de travail. Il s'assit sur un tabouret en métal et ouvrit un tiroir. Pas la peine de le suivre. Lott n'était pas un homme à tolérer qu'on regarde par-dessus son épaule pendant qu'il travaillait. Son diagnostic ne se fit pas attendre très longtemps.

— C'est du fioul de marine, dit-il au bout de cinq minutes, en me rendant mon échantillon. Le genre de mélange d'essence et d'huile qu'on utilise sur les petits bateaux. Impossible de savoir de quelle marque. On peut d'ailleurs acheter de l'essence normale et se concocter un mélange maison.

Je repris mon échantillon.

— C'est du bois dur. Et d'un certain âge, ajouta-t-il.

— Un fragment de pilotis, répondis-je.

Lott hocha la tête et sourit.

— Moi, je m'en tiens à l'analyse scientifique.

Je repris la route pour rentrer chez Billy. Puis je changeai d'avis, m'arrêtai sur le parking d'une petite épicerie et composai son numéro sur mon portable. J'expliquai sur son répondeur qu'après avoir passé la journée en ville j'avais décidé de retourner à la cabane pour la nuit. Je confirmai notre rendez-vous du lendemain matin avec Mayes, raccrochai et entrai dans la boutique pour acheter un sandwich tout emballé, une glacière bon marché, un sac de glace et un pack de bières. Puis je roulai en direction de ma rivière.

Le sandwich fut avalé avant que j'arrive à l'entrée du parc naturel. Je retournai mon canoë, le mis à l'eau et calai sous le banc du milieu la glacière qui contenait les bières. Le vent était tombé. Sous le soleil de l'après-midi, la rivière faisait penser à du verre en fusion. La vedette du garde forestier était amarrée au ponton, et un bidon d'essence de vingt-cinq litres arrimé sur le pont. Je mis le canoë à l'eau, posai le pied au centre, plaçai une main sur chaque plat-bord et poussai avec l'autre pied. Le canoë tangua un peu, puis glissa sur l'eau. J'étais de retour sur ma rivière.

Je pagayai en souplesse, sans forcer. Les rives étaient paisibles. Vers l'ouest, des nuages formaient des traînées blanches haut dans le ciel. Sur les plus hautes branches d'un cyprès mort, un aigle balbuzard semblait pétrifié. Sa tête blanche restait immobile tandis que, de ses yeux jaunes, il fixait quelque chose sous l'eau. Je posai ma pagaie sur les plats-bords et laissai le canoë dériver dans le soleil. Assis à l'arrière, j'ouvris une bière en observant le rapace. J'apprécie le balbuzard pour ses qualités de chasseur, à la fois doué d'une patience phénoménale et virtuose en acrobaties aériennes. L'aigle d'Amérique, plus célèbre, ne lui arrive pas à la cheville. Il ne répugne pas, lui, à voler une charogne, alors que le balbuzard ne chasse que des proies vivantes. D'ailleurs, le balbuzard est tout à fait capable, en vol, de damer le pion à son prestigieux cousin. Je bus ma bière lentement, sans faire de mouvement inutile. J'en étais à ma deuxième canette quand le rapace se décida à quitter son perchoir. Avec beaucoup de majesté, il prit son envol vers le sud avant de décrire une large boucle et de remonter vers le nord à toute vitesse. Dans ma main, l'aluminium était glacé, mais je ne bougeai pas un doigt. Le rapace sembla rabattre ses ailes en arrière à mesure qu'il accélérait, jusqu'à l'instant où il se laissa tomber. Littéralement. On aurait pu penser à une tentative de suicide. Mais, juste avant de toucher l'eau, il déploya brusquement ses serres en position d'attaque. Le mouvement ralentit quelque peu sa chute, à quelques centimètres au-dessus de la surface. Puis, tous muscles tendus, dans un jaillissement d'écume, il plongea. Il reparut légèrement plus loin, quelques instants plus tard et, en deux battements d'ailes, reprit aussitôt de l'altitude, tenant dans ses serres un petit brochet aux écailles argentées dont la queue frémissait. L'oiseau et sa proie dépassèrent la cime des arbres et disparurent très vite. Je fis passer la canette de bière dans mon autre main et me collai celle qui avait tenu la bière froide au creux des reins. Là où, sur la plage, j'avais ressenti un léger picotement. Je ne pus m'empêcher de penser que je devrais peut-être me tenir éloigné de la rivière.

Quand j'arrivai finalement à la cabane, je ne me donnai pas la peine d'en faire le tour en canoë pour contempler la tache noire qui souillait le mur du nord. En revanche, je redoublai d'attention pour tenter de repérer la moindre trace de passage sur les marches. Si l'incendiaire m'avait vraiment voulu du mal, pourquoi n'avait-il pas plutôt mis le feu à l'escalier qui conduisait à ma porte ? Il m'aurait ainsi obligé à sauter à l'eau.

Je tirai le canoë à terre et montai l'escalier. Les miasmes de l'incendie avaient presque disparu, mais je toussai tout de même en entrant, comme par réflexe. Je mis de l'eau à chauffer pour le café, puis me déshabillai et redescendis pour prendre une douche sous le réservoir d'eau de pluie installé à l'aplomb du toit. Une gouttière permettait de le remplir à chaque averse, et un tuyau en caoutchouc équipé d'une pomme d'arrosoir donnait assez d'eau pour chasser les traces de transpiration de l'après-midi. J'entendis le grognement d'un anhinga sans réussir à apercevoir l'oiseau dans le feuillage. Je passai un T-shirt qui semblait propre mais, hélas, il restait imprégné de l'odeur de la fumée. Après quoi, pour profiter de l'air frais du soir, j'approchai un fauteuil de la fenêtre.

Je ne me souviens plus à quel moment je finis mon café. Ni quand je m'endormis. En revanche, je me souviens d'avoir vu la lumière changer. L'odeur de brûlé s'évanouit et je crus distinguer la silhouette d'une jeune femme, assise dans un fauteuil dans une chambre d'hôtel, à Philadelphie. Elle serrait un oreiller dans ses bras, l'air à la fois paisible et terrifié. Je lui posai une question, avant de comprendre qu'elle était morte.

✵

Avec mon collègue Scott Erb, nous étions de l'équipe du soir, en patrouille dans le centre-ville. Nous avions reçu un appel de la permanence à 22 h 45. Le responsable de la sécurité du Wyndham Hotel réclamait notre présence. Une pointe d'ironie dans la voix, la permancière ajouta :

— Ce monsieur tient à préciser que la discrétion est de rigueur.

Nous étions à quelques rues de l'hôtel et n'avions eu aucun autre appel. Pas question, donc, d'ignorer celui-là. Le type de la sécurité nous attendait dans le hall. Il se présenta et nous conduisit aussitôt vers les ascenseurs. Il attendit que les portes se soient refermées pour reprendre la parole.

— Je crois que nous avons affaire à un meurtre doublé d'un suicide. Je tiens à vous avertir que vous allez avoir une mauvaise surprise quand vous verrez l'assassin.

L'homme composa un code et appuya sur le bouton du dix-huitième étage. Scott sortit un carnet de sa poche, consulta sa montre et se mit à prendre des notes. Les portes se rouvrirent sur un hall vide. L'hôtel, assez cher, était récent et bien tenu. Il était 11 heures du soir, mais il y avait des fleurs fraîches sur le palier. Le type de la sécurité nous guida au bout du couloir.

— La suite « Lune de miel ». Les gens la louent pour une nuit. Nous proposons un tarif spécial.

Il nous donna les explications tout en ouvrant la porte, et nous laissa passer en premier. Une odeur de poudre flottait dans l'air, mêlée à une odeur de brûlé. Au milieu d'une grande pièce était étendu le corps d'un homme. Une tache qui partait de sa tête maculait la moquette. J'enjambai le corps, puis me baissai pour examiner le 9 millimètres qui était par terre, à quelques centimètres de sa main.

— Max !

Scott m'appela. Il avait les yeux fixés sur un guéridon, sur lequel était posé un étui de revolver en cuir noir. Du même modèle que ceux que nous utilisions dans la brigade.

— J'ai noté son identité, dit l'homme de la sécurité en lisant dans nos pensées. C'est bien un gars de chez vous.

Je me relevai. Je fis quelques pas dans la pièce en me demandant où était sa compagne quand je l'aperçus. Dans un coin plus sombre, assise dans un grand fauteuil, elle appuyait sa tête au dossier. Ses yeux restaient dans la pénombre. Je lui demandai :

— Excusez-moi, madame…

Mais je compris presque aussitôt que j'étais en train de parler à une morte. Elle avait les mains croisées sur un oreiller blanc qu'elle tenait serré sur sa poitrine. Il fallait s'approcher tout près pour distinguer le petit trou dans le tissu, à l'endroit où la balle l'avait transpercé.

— Ils se sont enregistrés comme monsieur et madame, expliqua le type de la sécurité. La porte était fermée de l'intérieur. J'ai dû casser la chaîne de sécurité pour rentrer.

— Je vois. Merci. Nous allons faire notre rapport, lui répondit Scott en le reconduisant vers la sortie.

— Phil Broderick, me dit Scott après avoir refermé la porte.

— Tu le connaissais ?

— Il travaillait à la vingt-deuxième. Avec Tommy Mason et toute la bande.

— C'est sa femme ?

Scott traversa la pièce. Il avait cessé de prendre des notes. Il regarda à peine le visage de la morte.

— C'est bien elle.

Il avait répondu sur un ton bizarre. Je le regardai dans les yeux.

— Mais encore ?

— Des bruits de chiottes. On racontait qu'ils ne s'entendaient pas. Qu'il la battait.

Scott regardait ailleurs.

— Et, bien sûr, personne ne l'a signalé.

Nous restâmes silencieux, puis je retournai auprès de la femme. Sur le sol, à côté d'elle, il y avait une photo, à demi carbonisée. Elle montrait un couple en tenue de mariés. L'odeur de l'acétate brûlé flottait encore dans l'air.

— Il voulait peut-être faire la paix avec elle en venant ici.

— C'est ça. Faire la paix.

Je traversai de nouveau la pièce. À genoux sur la moquette, près du corps de l'homme, j'examinai son visage. Il me sembla que je le reconnaissais, avec ses favoris et ses cheveux gominés. Tout à coup, le rêve se mit à me concerner personnellement. Ce visage que j'avais devant les yeux, c'était celui de mon père.

Je fus réveillé en sursaut par une sensation de chute, et heurtai violemment le plancher de la cabane avec mes talons pour ne pas tomber de ma chaise. La pièce était plongée dans l'obscurité. Il faisait lourd et chaud. J'avais le dos et les cuisses trempés de sueur. Chargé de souvenirs, mon rêve m'avait profondément secoué. Je marchai au jugé jusqu'à ma glacière improvisée, pris une bouteille d'eau fraîche et commençai à boire au goulot. Je restai là, debout dans le noir, tremblant, écoutant les premières gouttes de pluie tambouriner sur le toit de tôle ondulée et crépiter alentour. Je savais que je ne pourrais pas me rendormir avant le matin.

6

Je pris mon petit déjeuner sur la route, dans un bistrot fréquenté exclusivement par les routiers et les fermiers du coin. Le menu proposait de la *soul food,* la cuisine traditionnelle du Sud : pommes de terre sautées dans la graisse, *collard greens,* des choux cuisinés au bacon, et café fort. La serveuse noire, entre deux âges, me regarda comme une bête curieuse avant de me faire un clin d'œil en voyant que je laissais un bon pourboire. Il n'était pas encore 7 heures.

En ville, je me garai dans mon parking habituel, sur Clematis Street, près du tribunal du comté. Le gardien, une vieille connaissance, me trouva une place près de sa guérite et me délivra un ticket. Il posa une main protectrice sur l'avant du pick-up.

— Je vais veiller sur lui, m'sieur Max.

— Comme toujours, hein ?

Je me dirigeai vers le sud. Les rues de West Palm Beach étaient déjà encombrées d'autos mais sur les trottoirs, en revanche, on ne se sentait pas à l'étroit. Rien à voir avec ceux de New York ou de Boston. Ici, les gens trouvent toujours à se garer près de leur bureau. Les immeubles neufs ont d'ailleurs tous leur parking intégré. Après la petite pluie de ce matin, les nuages avaient disparu, le ciel était redevenu uniformément bleu et l'air de la mer rendait la promenade plus agréable encore. Il fallait pourtant que je monte chez Billy.

Assis à son immense bureau, derrière les dossiers qui s'empilaient, il avait les yeux rivés sur l'écran de son ordinateur. Il me salua sans me regarder.

— M-Max. Tu as l'air en f-forme !

Dans ces moments-là, il était inutile de tenter de le déconcentrer. Je me dirigeai donc vers l'angle de l'appartement formé par les immenses baies vitrées. De là, la vue était imprenable sur toute la partie méridionale de la ville. Vers le sud, on dominait quartiers d'affaires et zones résidentielles construits le long de Lake Worth. Vers l'ouest, l'horizon se perdait dans la brume.

Au bout de quelques instants, je me décidai quand même à lui adresser la parole.

— Tu potasses l'affaire Mayes ?

— Non, je travaille pour toi. Les règlements du comté t'interdisent de restaurer en tout ou en partie la station de recherche, même à la suite d'un sinistre qui l'aurait rendue inhabitable et ce, quelle que soit l'origine des dommages, naturelle ou humaine.

Il était donc toujours préoccupé par l'incendie de la cabane.

— Malgré le bail de quatre-vingt-dix-neuf ans ?

— Absolument.

— Quelle connerie !

— C'est bien mon avis.

Allie, l'assistante de Billy, entra avec le café. Sur son plateau, deux tasses en porcelaine de Chine et un grand gobelet qu'elle posa sur une table basse, devant le canapé qui faisait face aux baies vitrées. Billy la remercia. C'est moi qu'elle regarda.

— Celui qui a mis le feu comptait peut-être faire d'une pierre deux coups. Primo : me faire peur pour me convaincre de déguerpir. Secundo, mettre la cabane dans un état tel que l'administration serait amenée à la fermer pour de bon.

— Tu m'as d-dit que Griggs, le g-g-garde forestier, était là quand le f-feu s'est déclenché ?

— Exact.

— C'est s-s-suspect.

Je pris le gobelet et me mis à souffler sur le café fumant.

— Il était sur p-p-place pour s'assurer que t-tu t'étais réveillé et que t-tu allais p-p-pouvoir sortir de la c-cabane. Sans doute aussi pour f-faire en sorte que la forêt ne p-p-prenne pas f-feu.

— Mon cher Billy, permets-moi de m'étonner que tu puisses douter à ce point de la bonne foi de ton semblable.

— Quelle c-connerie !

— C'est bien mon avis.

La voix d'Allie, dans l'interphone, interrompit nos réflexions.

— M. Mayes est arrivé, monsieur Manchester.

Lorsque Billy eut donné son feu vert, Allie introduisit un jeune homme d'une vingtaine d'années, engoncé dans un complet veston, paraissant mal à l'aise. Billy lui serra la main.

— B-bonjour, monsieur Mayes.

Le garçon salua Billy avec une correction parfaite et, malgré son trac manifeste, en le regardant dans les yeux.

— P-permettez-moi de vous p-p-présenter M-Max Freeman. M. F-Freeman est d-détective privé et nous t-t-travaillons ensemble.

Je serrai la main du jeune Mayes et j'eus droit en retour au même regard poli. C'était un garçon très comme il faut, rasé de près, avec des cheveux coupés court qui devaient recevoir fréquemment leur dose de gel, un peu voûté et l'air anxieux. Il avait la même taille et la même corpulence que Billy et faisait penser à un élève d'une école de droit qui se présente à son premier stage. Billy nous invita à prendre place sur le canapé. Ce fut l'occasion pour le jeune Mayes de balayer la pièce du regard. Ses yeux s'arrêtèrent sur la bibliothèque et les manuels de droit, les peintures illuminées accrochées aux murs, les sculptures et les objets de valeur dont Billy aimait s'entourer. Il s'assit au bord du canapé et, soit parce qu'il était réellement intéressé, soit parce qu'il était en quête d'une diversion, il contempla un instant le panorama qui s'offrait à lui de l'autre côté des baies vitrées. Après lui avoir offert une tasse de café, qu'il accepta, Billy entra dans le vif du sujet.

— M. F-Freeman a une expérience d-de terrain d-dans la p-police. Il se trouve, en outre, qu'il avait auparavant t-travaillé d-dans les Everglades et q-qu'il connaît b-b-beaucoup mieux que moi la r-région dont nous allons p-p-parler.

Mayes se tourna vers moi et me regarda dans les yeux. Son regard suggérait la considération, mais pouvait aussi signifier qu'il tentait de me déchiffrer. Il n'était plus un enfant qui prend les mots au pied de la lettre.

— Vous iriez là-bas les chercher ? Je veux dire : chercher leurs corps ? Du moins, s'ils sont vraiment là-bas…

Je soutins son regard. Il était clair et intelligent, mais aussi marqué par de la souffrance. Une nuance que j'avais déjà aperçue dans un regard, ne serait-ce qu'en me regardant moi-même dans la glace. Ce regard suggérait que Mayes était en quête de réponses dans son passé afin d'envisager son futur. En cela, il n'était pas différent du jeune flic que j'avais été jadis, essayant d'évaluer mes propres pas en les comparant au chemin qu'avait autrefois emprunté ma famille. Nos regards s'étaient perdus l'un dans l'autre quelques secondes de trop. Ils se quittèrent brusquement. Je sentis le rouge me monter aux joues. Mayes, de son côté, ne put s'empêcher de se gratter nerveusement le nez en regardant ailleurs.

— Max a p-pris le t-temps de lire les lettres q-que v-vous m'avez c-c-confiées, reprit Billy, et il est aussi intrigué q-que moi p-par ces documents. Mais il vaut p-peut-être mieux que vous résumiez v-vous-même ce que vous m'avez d-déjà raconté à leur p-propos.

— Je vous en prie, monsieur Manchester, appelez-moi Mark.

Mayes réagissait très bien au défaut d'élocution de Billy. Il était trop bien élevé pour montrer qu'il s'était aperçu que Billy bégayait. Il se tourna vers moi et prit une profonde inspiration.

— Eh bien, tout a commencé lorsque ma mère est morte, voilà dix-huit mois. Je me suis alors retrouvé le dernier survivant d'une longue lignée familiale.

Pendant que nous buvions notre café, Mayes reprit son récit depuis le début. Tout ce qu'il racontait lui était tellement familier qu'il prenait peu à peu de l'assurance. De notre côté, nous restions attentifs au moindre détail.

Son grand-père était le plus jeune des fils de Cyrus Mayes. Il était encore trop jeune pour les accompagner alors qu'ils cherchaient du travail et tentaient d'arracher leur famille à la misère qui sévissait un peu partout à l'époque dans le Sud. Des récits de sa grand-mère et de sa mère, on pouvait déduire que le foyer avait été dominé par les femmes. Il n'avait jamais été fait que de rapides allusions aux habitudes ou aux compétences des hommes du clan Mayes. Quant au père de Mark, unique survivant mâle de la famille, il s'était montré plutôt taciturne avant de mourir prématurément, à quarante-huit ans, d'une crise cardiaque.

Mayes nous fit le récit de sa découverte de la mallette de sa grand-mère, après sa mort, au fond d'une armoire dans la maison familiale d'Atlanta. Le jeune homme, qui n'avait jamais rien pu savoir de la vie des hommes de la famille, avait désormais en main un certain nombre d'éléments les concernant. Mais ils posaient plus de questions qu'ils n'apportaient de réponses.

— Puisque vous avez lu les lettres, dites-moi ce que vous en pensez.

La question, on ne peut plus directe, constituait ce qu'il avait dit de plus hardi depuis qu'il avait passé la porte.

— Quel est votre avis ? Qu'est-ce qui a pu arriver à cet homme qui semblait si pieux ? Il tentait tant bien que mal de procurer des ressources à sa famille. Que s'est-il passé ? Sont-ils morts tous les trois dans les Everglades ? S'agit-il d'un accident ? Ont-ils simplement décidé de laisser tomber ce travail ? Quel peut être l'intérêt pour moi d'avoir découvert ces lettres si je n'en sais pas plus sur leur sort ?

Il y avait un tel désespoir dans la voix de ce garçon que Billy et moi ne savions pas quoi lui répondre.

— Comme je vous l'ai expliqué, monsieur Manchester, je ne sais même pas comment m'y prendre pour poursuivre mes recherches. Je suis allé à la bibliothèque d'Emory. Je suis même allé à Tampa, où j'ai visionné des microfiches des journaux de l'époque, à la recherche de leurs noms ou d'informations quelconques à propos des ouvriers qui travaillaient sur le chantier de la route. À l'école de droit, le professeur Martin m'a communiqué certains rapports de l'administration des transports de l'État de Floride. Hélas, tout cela est arrivé avant que l'État ne s'occupe du projet du Tamiani Trail. M. Martin m'a dit qu'une compagnie privée ne me laisserait jamais consulter ses archives. C'est pourquoi il m'a donné votre nom, monsieur Manchester. Il m'a dit que vous êtes le meilleur.

Je regardai Billy. Ce professeur Martin avait été un de ses clients. Billy l'avait aidé dans une affaire d'escroquerie en Floride qui aurait pu lui coûter sa place à l'université. Mais le compliment lui était passé complètement au-dessus de la tête. Il réfléchissait à quelque chose de plus important à ses yeux.

— La responsabilité juridique d'une entreprise peut demeurer engagée pendant très longtemps, vous savez, monsieur Mayes. Même si rien n'est prouvé, les informations contenues dans les lettres à propos de la mort inexplicable de certains ouvriers ou le fait qu'on les ait empêchés de quitter leur travail ne sont pas des choses qu'une entreprise aime voir resurgir du passé.

Malgré le formalisme des termes employés par Billy, je vis qu'ils faisaient de l'effet sur Mayes. Tout en fixant des yeux un point éloigné de l'autre côté des vitres, il ne pouvait pas s'empêcher de tripoter un pendentif qu'il portait sous le col de sa chemise.

— Je dois vous dire, monsieur, que j'ai déjà pris contact avec deux de ces entreprises. C'était après notre rencontre, quand j'ai vu que vous considériez mon histoire comme vraisemblable. Je leur ai seulement demandé si elles avaient dans leurs archives des documents datant de cette époque.

— Et alors ?

— Elles m'ont fait une réponse très formelle, indiquant qu'il s'agissait d'informations à caractère privé et qu'il me fallait prendre contact avec leur service juridique.

C'était un nouvel élément. Et pas forcément positif.

— Et alors ? répéta Billy.

— Eh bien, j'ai répondu que nous allions prendre contact avec eux.

— Nous ?

— Je veux dire *vous*. Je leur ai dit que *vous* alliez prendre contact.

Billy se leva et marcha à travers la pièce jusqu'aux baies vitrées. Son profil sévère se découpa alors sur le ciel lumineux. Mayes se tourna vers moi, mais j'essayai de ne pas laisser transparaître la moindre réaction. Une fois de plus, il porta la main à son cou. C'était exactement le type de geste dont j'avais longtemps essayé de me débarrasser après avoir reçu cette fameuse balle, à Philadelphie.

— Écoutez, Mark. N-nous devrions récapituler t-t-tous les noms que vous a-avez cités et noter l-les informations que vous avez d-d-déjà obtenues. Et aussi les r-références exactes des entreprises q-q-que vous avez contactées.

Billy se dirigea vers son ordinateur.

— D'accord, monsieur, répondit le garçon en se levant.

— Max, dit Billy, puis-je te r-r-rappeler un peu plus t-t-tard ?

Je me contentai de hocher la tête. Ce n'était pas une question. Je me levai et allai serrer la main de Mayes. J'en profitai pour jeter un regard sur ce pendentif. C'était une simple croix, au bout d'une chaîne en argent.

❋

Je retournai chez moi et passai les deux matinées suivantes à pêcher à la mouche dans les mangroves. Là où l'eau de l'océan se mêle à celle des Everglades, la rivière est légèrement salée, et on peut y rencontrer des grands tarpons ou des brochets de mer. En semaine, très peu de bateaux remontaient la rivière. La plupart étaient de petites embarcations qui passaient tout près de la rive. J'eus droit à quelques signes amicaux de la main, de ceux qu'on s'adresse entre pêcheurs membres du même club. Une fois, on me demanda même des précisions sur la mouche que j'utilisais. Pendant les deux jours, un yacht de dix mètres, équipé d'un moteur à double hélice, stationna sur le cours principal de la rivière. C'était pourtant un endroit peu favorable pour mouiller. En aval, la rivière devient un véritable bras de mer. Ceux qui ont à leur disposition une bonne embarcation peuvent y pratiquer une pêche beaucoup plus excitante. Je ne m'intéressai pas longtemps à l'intrus. Les bateaux, c'est un peu comme l'argent. Beaucoup veulent en avoir juste pour montrer qu'ils en ont.

L'après-midi, je restai assis sur mon perron, à lire et à relire les livres que Billy m'avait prêtés. C'est le moment où le soleil attire la plupart des moustiques dans la baie. J'essayai de ne pas rester trop long-temps éloigné de la cabane, tout en me demandant pourquoi j'étais devenu si protecteur envers elle. La deuxième nuit, la lune était presque pleine. Je déci-dai d'en profiter pour remonter la rivière en canoë. Je pagayai longtemps dans la pénombre. J'y allai de toutes mes forces, suant et trimant à la limite de mes forces. En une heure, je rejoignis le petit barrage arti-sanal qui délimite le cours supérieur de la rivière. À cet endroit, il me fallut hisser le canoë sur la digue de béton haute de près de deux mètres, puis le remettre à flot de l'autre côté. En touchant l'eau sombre, le canoë fit autant de bruit qu'une explosion, avant de se mettre à tournoyer et à tanguer. La rivière continuait vers le sud pendant environ trois kilomètres, alimen-tée par l'eau de pluie drainée par les vastes étendues marécageuses. C'était une section de la rivière où je m'étais escrimé pendant des mois à mon arrivée dans les Everglades. Par pur masochisme. J'étais hanté par le visage d'un gamin mort…

Je me remis à pagayer énergiquement. Le matin, j'avais parlé avec Billy au téléphone. Il avait examiné tous les contacts pris par Mark et recoupé les informa-tions à propos des entreprises auxquelles le garçon avait envoyé des demandes de renseignements. À sa voix, je compris qu'il avait été touché par le désarroi du jeune Mayes, mais qu'il n'avait pas apprécié que son nom ait été utilisé sans son autorisation.

— Cela dit, Mayes a peut-être touché juste. La PalmCo, l'une des entreprises qu'il a contactées, a un long passé dans la région. On peut déjà retrouver la trace de ses dirigeants successifs et de ses proprié-taires dans les années 1930. Avant, c'est plus difficile, à cause de la crise de 1929. Les affaires ont périclité, y compris celles des spéculateurs qui avaient investi dans le développement du sud de la Floride. Quand ils sont revenus, ils ont donné de nouveaux noms à leurs compagnies, même quand les hommes et les bailleurs de fonds n'avaient pas changé.

Dans ses lettres, Cyrus Mayes mentionnait un nom. Noren. Et Billy et moi, nous avions déjà fait le rapport entre ce nom et celui qui figurait sur la photo du bar du Frontier Hotel, celle où l'on voyait des ouvriers sur le bord de la route. Je m'étais demandé si ce nom était celui du fabricant de la drague ou celui de l'entrepreneur qui construisait la route. Billy avait lancé une recherche sur Internet. Il n'avait pas trouvé la moindre trace de matériel de dragage portant la marque Noren. Il en déduisit que le nom affiché sur la drague pourrait plutôt être celui de l'entreprise.

— Je suis en train de travailler sur la question. Mais il va peut-être falloir fouiller de vieilles archives pour le savoir.

Billy m'avait toujours impressionné par son efficacité à dénicher des documents anciens. Un exercice pour lequel je n'avais, quant à moi, aucun talent. Je perdais trop rapidement patience. Sans le faire exprès, Mayes avait bien manœuvré avec Billy. Au point de le convaincre de se lancer dans une enquête dont il n'allait sans doute pas venir à bout facilement.

Ce n'était pas une simple curiosité à l'égard de son grand-père et de ses arrière-grands-oncles qui poussait ce garçon. Il comptait sur l'héritage de sa grand-mère pour trouver des réponses. Mais les vraies questions qu'il se posait concernaient surtout l'héritage de ces hommes qu'il n'avait jamais connus. La croix qu'il portait au cou n'était pas là pour faire joli. Quelque chose tourmentait ce jeune homme. Je ne savais pas quoi, mais une chose était sûre : il cherchait la vérité. Avec moi aussi, Mayes avait très bien manœuvré.

7

Le son mat du bois qui cogne contre du bois. C'est ce que j'entendis d'abord, très tôt, le lendemain matin, avant même de percevoir la moindre vibration dans les murs de la cabane. J'ai l'ouïe et l'odorat plus aiguisés que le sens du toucher, mais ce fut pourtant la vibration qui finit par me faire ouvrir les yeux. Le choc se répétait… Encore dans mon lit, je regardai vers la fenêtre orientée à l'est. La lumière était pâle. L'aube venait à peine de se lever. Encore ce claquement… C'était sûr, il y avait quelqu'un en bas. Le fameux visiteur venu sans s'annoncer. Je dégringolai de mon matelas. À quatre pattes sur le plancher, une douleur dans mes épaules faillit me faire crier. Conséquence d'une nuit passée à pagayer furieusement. Je pensai au 9 millimètres rangé au fond de l'armoire, toujours emballé dans sa toile cirée depuis la dernière fois que je m'en étais servi, sur un coup de colère. Il avait fallu aller le récupérer au fond de la rivière. J'avais essayé de l'oublier, lui et la sensation de la crosse au creux de ma main. La violence qu'il représentait. Mais il était là. Je ne m'en étais pas débarrassé. *Laisse-le où il est !* Je me levai finalement pour me diriger à pas de loup jusqu'à la porte.

Je tournai la poignée, en soulevant légèrement pour que les charnières ne grincent pas et j'ouvris juste assez pour jeter un regard dehors. C'était Nate Brown. Le vieux Brown lui-même était là, assis sur le quai, un pied dans sa vieille barque, une petite canne à pêche dans les mains. Il fit un mouvement avec sa jambe et la barque cogna légèrement contre un des piliers de bois.

— Bonjour, m'sieur Freeman. J'vous salue bien.

Le vieux Brown parlait d'une voix traînante, avec un accent géorgien à couper au couteau. Il portait une chemise à manches longues dont les couleurs étaient passées et un vieux jean. Coupés ras, ses cheveux gris argenté laissaient apparaître sur le sommet de son crâne une peau tannée par le soleil, à l'image du reste de son corps. La silhouette était maigre, plutôt cassée. Une fragilité qui n'était qu'une apparence, j'étais bien placé pour le savoir. Il quitta des yeux la surface de l'eau et tourna la tête vers la porte.

— On m'a dit qu'vous vouliez m'voir...

Je mis à chauffer du café, puis je remplis deux grandes tasses et les portai jusqu'au bas des marches. Le vieux hocha la tête en signe de remerciement et avala aussitôt sans sourciller une grande gorgée de liquide fumant. Le café était encore beaucoup trop chaud pour moi. Je soufflai dessus, engageant prudemment la conversation. Je ne tenais pas à entrer tout de suite dans le vif du sujet.

— Comment se présente la rivière, ce matin ?

— Sacrément haute. Sûrement cette pluie d'hier. Mais j'sais pas au juste. J'étais dans l'Ouest.

Je jetai un regard dans sa petite barque à fond plat, du type de celles que les habitants des Everglades fabriquaient autrefois eux-mêmes et qu'on pousse avec une perche à travers les prairies inondées. Dans celle de Brown, il n'y avait qu'un unique baluchon et un objet long, emmailloté dans une toile. Sans doute sa vieille Winchester.

— Vous allez à la chasse ?

Ma question était déplacée, une fois de plus. Je n'avais pas revu le vieux depuis deux ans. La dernière fois que nous nous étions rencontrés, il en avait d'ailleurs profité pour me sauver la vie. Il me regarda dans les yeux par-dessus sa tasse.

— Non, m'sieur Freeman. On m'a dit qu'vous vouliez me voir.

Je lui racontai donc l'histoire des Mayes et il m'écouta avec attention. Quand je n'étais pas sûr de moi, il quittait des yeux sa ligne pour me regarder en face. Il rectifia à plusieurs reprises mes erreurs sur les dates, les lieux, les circonstances. Sa famille connaissait la région comme sa poche depuis plusieurs générations.

— Voilà l'histoire. J'ai pensé que vous auriez quelques idées à propos de ce qui est arrivé à ces hommes. Des souvenirs peut-être. Ou que vous en auriez entendu parler.

Brown quitta des yeux la rivière et leva la tête vers les feuillages. À travers la canopée, des rayons de soleil commençaient à percer.

— Mon p'pa et ses frères racontaient beaucoup d'histoires sur l'chantier et les ouvriers. C'est une époque que j'ai pas connue. On en parlait l'soir, autour du feu, quand on allait ensemble à la chasse. Ceux d'ici n'aimaient pas cette idée d'une route qui passait au travers des meilleures terres pour la chasse. Mais les temps étaient durs et les gars du chantier avaient d'quoi payer. Ceux d'Everglades City f'saient des affaires avec eux. Ils s'remplissaient les poches et s'fichaient pas mal du reste. Un frère à mon p'pa est allé travailler sur l'chantier avec d'autres gars d'ici. Mitchell, il s'appelait. Ils y sont pas restés longtemps. Mitchell nous racontait comment les gars de la ville avaient souffert avec les moustiques, la chaleur et tout le reste. Y'en avait qui voulaient partir au bout de deux jours qu'ils étaient là. Certains ont essayé. Mitchell et ses potes, eux, ils ont réussi. Faut dire qu'ils connaissaient les Glades depuis qu'ils étaient petits. Alors, pour eux, c'était facile.

Le vieux Brown se mit de nouveau à regarder droit devant lui, dans la rivière, et tira sur sa ligne. Il pesait ses mots.

— C'est un peu plus tard, quand le chantier est arrivé du côté de Shark Valley, que p'pa a entendu des histoires au sujet de gars qu'avaient quitté le travail et qu'on n'avait plus jamais revus. Mitchell parlait d'une « île du mort », où c'est qu'ils enterraient leurs déserteurs dans la boue en plantant une croix par-dessus. Nous, les gosses, on croyait qu'il racontait ça juste pour nous faire peur.

— Et personne n'en a jamais parlé à un shérif ou à quelqu'un de l'administration ?

Brown afficha un sourire ironique.

— Dans le coin, y'avait pas beaucoup de représentants de la loi. Et puis, p'pa disait que ces gars-là n'avaient rien à faire dans not'pays. Et qu'nous, on n'avait rien à faire de c'qui leur arrivait. Sans compter que les Glades, comme disait p'pa, n'avaient rien à faire d'une route.

Je remontai les marches pour aller chercher un peu plus de café, rapportai par la même occasion les copies des lettres écrites par Mayes et les tendis au vieux Brown, qui détourna aussitôt les yeux. Il ne savait pas lire. J'étais un idiot de ne pas y avoir pensé. Je lui fis donc la lecture. Il écouta sans un mot jusqu'au bout puis, alors que j'attendais une réaction de sa part, il se mit à rembobiner son fil à pêche. Il n'y avait rien au bout de l'hameçon. Puis il se leva. De toute évidence, il se préparait à partir.

— Qu'est-ce que vous en pensez, Nate ? Encore des histoires pour faire peur aux enfants ? Ou bien les corps de ces gens sont vraiment enterrés quelque part, pas loin d'ici ?

Debout dans sa yole, le vieux Brown saisit une longue perche.

— N'aurez qu'à descendre en ville et v'nir me voir à l'hôtel.

— Quand ? Demain ?

— Ça peut m'prendre deux ou trois jours, mon garçon. Il s'pourrait qu'j'en profite pour chasser un peu en ch'min.

Puis il poussa sur la perche et s'éloigna vers l'ouest.

✳

Pour moi, la vérité est un caillou bien lisse, parfait à tout point de vue, qui remplit harmonieusement mon crâne. Pour le moment, le caillou que j'avais dans la tête, et qui devenait de plus en plus énorme, était plein d'aspérités et me faisait mal. Je sentais qu'il allait bientôt me falloir polir une de ses faces, ce qui me rendait beaucoup trop nerveux pour continuer à pêcher un jour de plus.

J'étais en route pour aller chez Richards, à Lauderdale. Nous avions des places pour un concert de

Diana Krall, puis il était prévu que je l'emmène dîner dans notre restaurant cajun préféré, histoire d'oublier un moment les moustiques, les incendies et des tombes laissées sans inscription, où sont enterrés de pauvres types poussés au désespoir. J'étais en train de raconter en détail à Billy ma conversation avec Nate Brown, et le rendez-vous pris avec lui pour le surlendemain.

— Est-ce que le vieux croit à cette histoire ?

— Difficile de savoir ce qu'il pense, le père Brown.

— Et toi ? Qu'en penses-tu ?

— Il faut creuser. L'affaire ne se limite pas à de vieilles lettres oubliées et à des histoires de fantômes qu'on se raconte au coin du feu.

— C'est bien pour ça que je dois continuer mes recherches dans les archives. Pour le moment, nous ne pouvons même pas prouver que l'arrière-grand-père et ses fils étaient bien dans le coin.

Ce n'est qu'après avoir rangé mon portable que je remarquai les types qui me suivaient. Une fourgonnette blanche avec une inscription en lettres noires sur le côté. Je l'avais aperçue pour la première fois à la hauteur de la bretelle de West Palm, puis je n'avais plus fait attention à elle. Quand je la vis prendre la même sortie que moi, je commençai à faire un peu plus attention à elle. Lorsqu'elle accéléra brusquement dans mon dos pour passer au feu en même temps que moi, je me mis à avoir de sérieux doutes. Mais bon, je faisais peut-être ma crise de paranoïa. Ou bien j'étais nerveux à l'idée de m'être éloigné de la cabane. Il ne s'agissait peut-être pas du même véhicule. Dieu sait qu'il y en a, des fourgonnettes blanches sur les routes ! Je fis tout de même ce qu'il fallait pour semer ces types en tournant pendant un moment dans les petites rues de Victoria Park avant de rejoindre celle où Richards habitait.

Pendant dix minutes, j'observai les passages dans les deux sens. J'allai enfin mettre un pied hors de la voiture quand une série de petits coups rapides contre la portière du passager me firent sursauter. Richards passa la tête par la fenêtre. Ses yeux bleus brillaient et elle avait laissé libres ses beaux cheveux blonds. Elle se glissa bientôt sur le siège.

— Pas la peine de surveiller la rue, Freeman. Tout le monde est déjà au courant.

— Au courant de quoi ?

— De la liaison de la jolie voisine avec un type louche qui vit dans les marais et conduit un pick-up.

En traversant avec elle le centre-ville de Fort Lauderdale, je pus contempler les constructions anciennes d'un étage ou deux. Vu les prix atteints par l'immobilier dans la région, leurs jours étaient comptés. Pendant un demi-siècle, on avait bâti vers l'intérieur des terres à partir de la côte en drainant, au besoin, les marais pour en faire des quartiers résidentiels. Il avait bien fallu se résoudre à protéger les Everglades et à tracer une sorte de frontière, à la fois politique et écologique. La population, qui n'en finissait pas d'augmenter, refluait maintenant vers la côte, où la moindre parcelle de terrain était construite depuis longtemps. La seule solution était de bâtir en hauteur. Las Olas Boulevard, l'artère commerçante de la ville, allait bientôt se retrouver cernée par les tours.

— Tu n'arrêtes pas de regarder dans le rétroviseur depuis que nous sommes partis, me lança-t-elle soudainement. Ce n'est pas très élégant, pour un flic, de ne pas mettre sa coéquipière au parfum…

— Mille pardons. J'ai cru que j'étais suivi en venant chez toi. Une fourgonnette blanche. Mais j'ai peut-être rêvé.

— Rapport à l'incendiaire ? Ou à l'enquête que vous avez lancée avec Billy ?

Elle me questionnait tout en manœuvrant la petite poignée qui permettait de régler de l'intérieur le rétroviseur de droite. Elle en profita pour jeter elle-même un coup d'œil sur ce qui se passait derrière nous.

— Je deviens un peu parano, ces jours-ci.

— Tu sais ce qu'il a comme voiture, le garde forestier ? me demanda-t-elle.

— Je n'arrive pas à croire qu'il est mêlé à cette histoire. Sa présence sur les lieux au bon moment, le bidon de fioul sur la vedette, l'administration qui veut me faire déguerpir... Ça ne colle pas. C'est trop facile.

Je m'arrêtai à un feu rouge. Richards se tourna vers moi et posa sa main sur ma cuisse.

— Alors, arrête de retourner tout ça dans ta tête pour le moment. Et amusons-nous un peu.

Je me penchai pour lui donner un baiser. Son parfum et la sensation de ses lèvres sur les miennes me firent tout oublier pendant une seconde. Un coup de klaxon retentit derrière nous.

— Feu vert ! murmura Richards, les lèvres encore tout près de mon oreille.

Je démarrai, en direction de la 2e Rue. Le temps d'arriver au parking de l'ancienne poste, à deux rues de là, Richards avait regardé deux fois dans son rétroviseur. Quand on est flic, c'est vingt-quatre heures sur vingt-quatre.

Richards avait réussi à nous dégoter deux bonnes places pour ce concert au Broward Center. Ce fut un excellent moment. Diana Krall fait du jazz comme je l'aime. En descendant la 2e Rue, un peu plus tard dans la soirée, ses chansons me trottaient encore dans la tête. Main dans la main, Richards et moi nous discutions pour savoir ce qui nous plaisait de plus chez la chanteuse. La sensualité de sa voix ? Ses arrangements, éclectiques mais si séduisants ?

C'était une de ces soirées animées où règne une atmosphère spéciale. Dans ce quartier de restaurants et de boîtes de nuit, tout le monde a oublié depuis longtemps la notion de passage clouté. Au niveau d'un carrefour, de grandes glacières encombraient le trottoir : le bistrot du coin vendait de la bière glacée directement dans la rue. Les voix se mêlaient dans l'atmosphère tiède de la nuit et, quelque part, un saxophone poussait sa plainte. Les habitués étaient debout, un pied sur la chaussée, l'autre sur la bordure du trottoir, comme s'ils étaient accoudés au bar d'un bistrot.

Nous avions traversé la rue pour entrer au Creolina, comme prévu, quand Richards fut abordée par deux types, des canettes de bière brune à la main. Je tentai de savoir d'après leur allure à qui nous avions affaire. Copains ? Collègues ? Ils étaient habillés en civil et avaient l'air naturel et détendu, mais leur coupe de cheveux clochait. Elle était réglementaire. Richards fit une bise sur la joue du plus grand des deux types.

— Salut, Sherry !

— Bonsoir. Comment tu vas ?

Plutôt beau mec, ce type. Et j'avais perçu comme une légère hésitation dans la voix de Richards. Instantanément, je me tournai vers l'autre et nous nous saluâmes.

— Vous travaillez, ce soir ? demanda Richards sur un ton qui s'efforçait de paraître aussi neutre que possible.

— Non, rassure-toi. Nous venons de terminer un job dans les îles. C'est fini. Nous ne sommes pas en service, répondit le premier.

Richards parut plus détendue. Elle en profita pour faire les présentations.

— Dennis Gavalier. Max Freeman.

Nous nous serrâmes la main.

— Freeman ? Le privé de l'affaire Eddie Baines ? Enchanté. Laissez-moi vous présenter Russ Parks, muté des Affaires financières, le mois dernier. Russ, je te présente Sherry Richards, de la brigade criminelle de Miami.

Le deuxième type nous adressa un sourire tout ce qu'il y a de plus conventionnel. Richards tenta de parler boulot. Les deux autres restaient évasifs, mais on pouvait en déduire que tout allait bien pour eux. La conversation tomba rapidement. Nous commencions tous les quatre à battre la semelle quand Richards expliqua que nous étions en route pour aller dîner.

— Passez une bonne soirée, dit Gavalier. Heureux d'avoir fait votre connaissance, Freeman.

— Dennis bosse à la brigade des stups, m'expliqua ma compagne. C'est un des flics les plus discrets du pays. Je ne l'ai jamais vu en uniforme. Du coup, on ne sait jamais comment se comporter avec lui. Il peut être à tout moment en pleine enquête...

— Un coéquipier idéal, ce Dennis.

Richards me regarda, puis secoua la tête en levant les yeux au ciel.

— Qu'est-ce que tu insinues par là ?

Elle secoua encore la tête. Je poussai la porte du restaurant.

— Vous autres, les mecs, avec vos problèmes de testostérone ! Mais qu'est-ce que vous avez tous à la place de la cervelle ?

Je me contentai d'esquisser un sourire. À quoi bon répondre ? Rosa nous plaça dans un angle. Nous avions vue sur la rue, avec un mur dans notre dos. J'aimais beaucoup Rosa. Le Creolina lui devait une bonne part de son charme épicé. Cette forte femme, toujours gaie, aimait bien charrier les clients. De sa part, il valait mieux s'attendre à tout.

— Tiens, m'sieur Max ! Vous voilà encore avec cette jolie gamine. On dirait que ça devient sérieux. Attention, je vais finir par être jalouse !

— Madame Rosa, je suis incapable de faire quoi que ce soit qui pourrait vous déplaire. Et je ne voudrais surtout pas être privé de gombo !

— Ça ira encore pour cette fois, mon petit bonhomme.

Rosa se tourna vers Richards avec un sourire jusqu'aux oreilles.

— Tu sais quoi, ma jolie ? Tous les hommes raffolent de mon gombo !

Richards se mit à rire et commanda pour elle une étouffée : de l'andouillette cuite à l'étouffée, comme son nom l'indique, avec des légumes garnis. Je choisis quant à moi le jambalaya, une fricassée au jambon et au chorizo, et commandai une bouteille de vin. Après la première gorgée, Richards devint songeuse.

— Le type qui était avec Dennis…

— Parks ?

— Je crois que c'est un ami de McCrary.

J'avais complètement oublié cette histoire.

— Cette copine dont tu m'as parlé l'autre jour, qui a des problèmes avec son mec ? Il y a du nouveau ?

Rosa apporta nos plats. Je me régalai de l'odeur de l'andouillette parfumée au poivre rose. Richards goûta son étouffée avant de me répondre.

— Elle m'en veut d'être intervenue.

— Il a recommencé avec elle ?

— Elle dit que non. Il lui a fait des excuses en jurant qu'il l'aimait plus que tout au monde et qu'elle ne comprenait rien.

Je goûtai mon jambalaya avant de prendre une gorgée de vin et de poursuivre :

— Rien de plus romantique qu'un amoureux qui fait amende honorable et qui multiplie les excuses. C'est d'autant plus dur de regarder la réalité en face et de leur résister.

— C'est ce qui fait céder les filles ?

— C'est ce que disent les gars qui doivent traiter la violence conjugale.

Pendant que je répondais à Richards, quelque chose, de l'autre côté de la rue, attira mon attention.

— Je ne suis pas sûre d'apprécier tes connaissances sur le sujet, Freeman, me lança-t-elle.

Mais je n'avais plus la tête à la conversation.

— Tu connais ces deux types, là, dans la rue ? Celui qui est en bleu et son copain, appuyé au lampadaire ?

Richards les examina pendant une bonne minute. Tous les deux avaient l'air plus âgés et plus costauds que la plupart des passants. L'un était très grand avec les cheveux gris, l'autre très nerveux.

— Non. Je ne les ai jamais vus par ici.

— Ils sont là depuis que nous sommes dans le restaurant. Ils ont des canettes de bière à la main, mais ni l'un ni l'autre ne boit.

— Tu les as vus sortir d'une fourgonnette blanche ?

Richards me taquinait. Mais elle n'avait pas tort de se moquer de ma paranoïa.

— Lieutenant Richards, gardez un œil sur ces deux-là pendant que je mange, s'il vous plaît. Des fois qu'ils sortiraient leurs flingues en traversant la rue.

— Et si nous faisions plutôt une tentative pour manger tranquillement tous les deux ? Qu'est-ce que tu en dis, Freeman ?

— Chiche !

Je glissai la main sous la table et la posai sur sa cuisse. Puis, jusqu'à la fin du dîner, je ne m'occupai plus de ce qui se passait dans la rue.

— Dites donc, vous deux ! Les mains sur la table, s'il vous plaît ! Et tout de suite !

Rosa nous amena l'addition, les yeux pleins de malice.

— Et puis faudrait arrêter de venir ici avec tout plein de jolies filles, m'sieur Max.

Aucune réaction de la part de Richards.

— Bon, elle, d'accord, tu peux, fiston. Mais avec les autres, c'est fini. C'est promis ?

— Bonne nuit, Rosa !

Je laissai vingt dollars de pourboire. Rosa valait bien ça.

— Ils sont partis, me dit Richards alors que nous marchions déjà sur le trottoir.

Je tournai les yeux vers l'autre côté de la rue.

— Je n'ai même pas fait attention.

— Menteur !

❋

De retour à son appartement, elle nous fit du café, auquel elle ajouta une crème parfumée au rhum, qui transforma mon breuvage préféré en une boisson jaunâtre et sucrée. Puis elle vint me rejoindre dans le grand hamac, qui se mit à osciller doucement.

— Tu es bien, Freeman ?

— Très bien.

Elle avait éteint toutes les lampes. Seule la lumière bleu fluo dispensée par l'éclairage de la piscine éclairait le patio.

— Qu'est-ce que je peux faire pour ma copine, Freeman ?

Je savais ce qui la tracassait. Et je savais à quel point elle avait raison de se tracasser.

— Écoute-la. Et conseille-lui d'aller voir quelqu'un. La ville de Palm Beach a mis en place des programmes de soutien psychologique pour ce genre de problèmes. Elle pourrait encourager son ami à consulter, si ce n'est pas déjà fait.

Elle réfléchit en silence.

— Je doute qu'il accepte ce type de démarche. Elle aussi, d'ailleurs.

Nous restâmes un moment, l'un à côté de l'autre, à déguster nos cafés. L'air du large agitait légèrement l'eau de la piscine et faisait trembler les lumières.

— Et si elle reconnaît qu'il la bat ?

— Tu réunis des preuves et tu fais coffrer ce salaud. C'est un délit !

Richards posa sa tasse par terre, se rapprocha de moi et mit sa tête contre ma poitrine. Le parfum de ses cheveux me remplit les narines et mon cœur se mit à battre plus vite tout à coup.

— Tu voudras bien, un jour, me parler de ton père, Max ?

— Un jour, Richards. Je te raconterai.

Tard dans la nuit, alors qu'elle s'était endormie, j'en étais encore à contempler les feuillages au-dessus de nous. Et j'aurais bien continué sans fin à pousser sur la balustrade avec ma main pour nous bercer tous les deux. Ce que je ne voulais pas, c'était dormir. Et surtout, rêver.

❄

Jamais ma mère n'avait prononcé un mot pour lui demander d'arrêter. Pas une parole. Ni de colère, ni de peur. Pas même une supplication. J'étais là, couché dans mon lit, les couvertures ramenées au ras du cou. Le claquement sec de la porte d'entrée me réveillait. Je comptais les pas. Ils passaient devant l'escalier et continuaient jusqu'au bout du couloir, là où se trouvait la cuisine. Dix-huit pas au total. J'entendais le bruit sourd de la porte du frigo qui s'ouvrait, et le bruit des objets en verre qui s'entre-choquaient. Une assiette qu'on posait sur la table, une chaise qu'on poussait sur le carrelage. Il allait peut-être rester en bas, cette nuit. Il allait peut-être s'endormir devant la télévision et ronfler. Mais non. Pas cette nuit. Pas dans ce rêve.

J'entendais chaque marche craquer sous son poids. Le vieux plancher qui gémissait quand il s'arrêtait pour se retenir à la grosse bille de chêne, au sommet de la rampe. Je savais qu'il était en train de contempler la porte de ma chambre. Puis je l'entendais s'éloigner vers sa chambre, et ça commençait. Dans ma tête de gosse – j'avais treize ans –, j'essayais d'imaginer que ce n'était pas sa voix qui prononçait ces mots ignobles, mais celle d'un autre homme. J'entendais résonner les gifles. J'essayais de me mentir à moi-même. Non, ce n'était pas des gifles. Il frappait dans ses mains, comme pendant qu'il parlait. Un coup sourd contre le mur faisait vibrer toute la maison. Une porcelaine tombée du bureau de ma mère se fracassait sur le sol. Et puis, plus rien. Le silence. Pas le moindre sanglot. Pas un mot d'excuse. Pas une gentillesse. Rien. Le silence. Le vide.

Le matin, je m'attardais le plus longtemps possible en haut. J'écoutais pour savoir s'il n'était pas en train de partir. Je me brossais les dents deux fois plutôt qu'une. J'emballais mes chaussures de sport, les déballais, puis les remballais, pliais et dépliais mon pull. Mais il fallait bien descendre. Et je le trouvais là, assis devant la table, dans la cuisine. Ses cheveux étaient peignés en arrière et lissés à la cire, ses chaussures polies et astiquées, son uniforme de policier nettoyé et repassé par les soins de ma mère.

— Encore en retard, mon petit Max ?

— Oui, je suis très en retard.

Il me parlait en souriant avec ses yeux d'ivrogne, légèrement injectés de sang. Je répondais tout en cherchant quelque chose à manger dans le réfrigérateur et restais ensuite le plus près possible de ma mère, qui nettoyait la cuisinière et ne me grondait même pas d'avoir sauté le petit déjeuner. Je lui donnai un baiser sur la joue. À cet instant, on entendait un bruit de klaxon au-dehors.

— Vous jouez ce soir ? demandait mon père.

— Oui. Contre Rafferty.

— Ah oui ? Alors, je vais venir voir ça, fiston.

Je savais très bien qu'il mentait.

— Bonne chance, alors. En passant, dis à ton oncle que j'arrive.

Une voiture de police noire et blanche était garée en double file sur Mifflin Street, juste en face de la maison. Quand j'arrivais au bas des marches, mon oncle Keith me faisait signe.

— Salut, Max !

— Bonjour.

Je m'arrêtais pour lui serrer la main. Lui aussi était en uniforme. Avec mon père, ils étaient de la brigade de jour. Un poste qui faisait des jaloux.

— Comment ça va, mon garçon ?

— Ça va.

— Vous jouez contre Rafferty, ce soir ?

— Oui.

— Vous allez gagner, mon garçon. Et bien des choses de ma part à ces bons à rien qu'ils ont à l'arrière, hein !

— D'accord. On va essayer.

Je partais sans me retourner. Pas même quand j'entendais mon père ouvrir la porte d'entrée de la maison.

❇

La sonnerie du téléphone nous réveilla tous les deux, Richards et moi.

— Tu ne veux pas laisser sonner ?

— Je voulais, répondit-elle dans un gémissement. Mais cette fichue sonnerie ne s'arrête pas.

Alors qu'elle se levait, je clignai des yeux pour tenter de me faire une idée de l'heure qu'il était. Le ciel commençait à peine à s'éclairer vers l'est, se balançant d'avant en arrière au-dessus de ma tête au rythme du hamac. Vingt secondes plus tard, Richards revint, son portable à la main et l'air furieux.

— C'est pour toi. Et ce con ne veut pas me dire qui il est, ni laisser un message, m'annonça-t-elle, la main sur le micro. Et puis je n'aime pas que tu donnes mon numéro pour qu'on t'appelle chez moi.

Elle me tendit le portable, me tourna le dos, et repartit vers l'appartement.

— Allô ! Qui est à l'appareil ?

Personne ne répondit. On n'avait pourtant pas raccroché.

— Allô !

— Laissez tomber l'affaire Noren, monsieur Freeman, prononça une voix d'homme. C'est de l'histoire ancienne, tout ça. Croyez-moi, vous feriez mieux de ne pas vous en mêler.

Je rassemblai mes esprits. Il fallait que j'invente quelque chose pour que le type reste en ligne et continue à parler. Mais, avant que je puisse prononcer un mot, il avait raccroché.

8

— On m'a d-déjà p-proposé de l'argent. On m'a même d-d-demandé d-de laisser tomber une cause pour des raisons p-politiques. Mais une affaire comme celle-là doit d-déboucher, à un moment ou un autre, sur une n-n-négociation, bordel !

Billy employait très rarement des mots grossiers. Il fallait qu'il soit vraiment excédé. Ou frustré. Ou les deux à la fois.

Lorsque j'arrivai à son bureau, vers 8 heures, il était déjà au téléphone. Allie me servit une grande tasse de café dans l'entrée, sur son bureau, avant de m'autoriser à pénétrer dans la pièce où se trouvait mon ami. Billy perdit son impassibilité légendaire dès que je lui eus parlé du coup de téléphone menaçant. Il se mit à marcher de long en large devant les baies vitrées, sans un regard pour le panorama.

— Je p-pensais qu'ils allaient essayer de n-noyer le p-poisson, en bons p-professionnels du d-droit des affaires. M'expliquer que les archives ne p-permettaient pas de remonter jusqu'aux années 1920, p-par exemple. Mais, apparemment, ils ne s'embarrassent pas de ce genre de subtilités !

Billy s'était livré à des recherches approfondies pour découvrir qui étaient les propriétaires de la

Noren à l'époque des faits. Il avait regroupé toutes les données disponibles sous la forme d'une espèce d'arbre généalogique et il avait fini par trouver. Puis il avait établi la liste des sociétés que ces gens avaient fondées par la suite, jusqu'aux années 1960. Ses informations lui permettaient à présent d'établir des liens avec un ensemble de firmes présentes partout en Floride, quelques sociétés indépendantes et deux ou trois grosses entreprises du bâtiment. De fil en aiguille, il avait réussi à remonter jusqu'à la PalmCo, une des plus grosses affaires de la région. Des faubourgs populaires aux tours de luxe édifiées le long des plages, des rues piétonnes aux quartiers d'affaires, la PalmCo avait été partie prenante dans tous les programmes immobiliers de toutes les villes importantes de la côte, participant activement à la construction du front de mer le plus dense qu'on ait jamais vu.

Billy avait pris contact avec la PalmCo. En insistant beaucoup, il avait fini par obtenir un rendez-vous. Les gens des services juridiques l'avaient reçu à West Palm Beach, dans les bureaux d'une filiale, et lui avaient fait une proposition qui l'avait laissé sans voix.

— Je croyais qu'ils allaient n-nier avoir embauché des ouvriers de passage sur le chantier de la vieille route. Même p-pas. Ils ont c-carrément essayé d-de m'acheter. Ils ont d'abord avancé les justifications les plus maladroites : « C'est de l'histoire ancienne, il vaut mieux oublier tout ça. À l'époque, on ne s'y prenait pas comme maintenant. » Puis ils m'ont fait le c-coup du rideau de f-fumée. Ma réputation, mes c-compétences, etc. Tout ça serait t-tellement mieux employé d-dans des affaires qui r-rapportent b-beaucoup, beaucoup d'argent. Je n'avais q-qu'un m-mot à dire…

Bref, ils avaient commis la bourde qu'il fallait à tout prix éviter avec un type comme Billy : la condescendance. Lui, si fier de s'être construit à la force du poignet, lui qui avait passé sa vie à se prouver, et à prouver au reste du monde, que Billy Manchester ne devait rien à personne !

— Et m-maintenant, ils t-te menacent au t-téléphone. C-comme d-des amateurs...

Il cessa de marcher de long en large pour regarder dehors. Des nuages sombres s'accumulaient au-dessus des Everglades et commençaient à se déplacer vers l'est. Un orage se préparait.

— Et... qu'est-ce que tu en conclus ?

— Ils ont p-peur.

— Mais de quoi, bon sang ?

— De ce q-que nous s-savons.

— Mais ils ne sont pas au courant de ce que nous savons. Enfin, du peu que nous savons...

— Détrompe-t-toi, Max, ils savent t-tout. Où t-tu as dîné hier soir, le n-numéro du p-portable de Richards. T-tout.

J'étais mal placé pour nier.

— Dans les affaires, on sait c-comment s'y p-prendre p-p-pour obtenir des informations. Aucun g-groupe important ne p-pourrait s-survivre sans ça. Tu r-raisonnes c-c-comme un flic, Max. P-pas c-comme un privé.

— Tu crois ?

— Tu sais ce que tu d-dois faire ? P-p-primo, neutraliser l'émetteur qu'ils ont p-placé sur t-ta c-camionnette. S-secundo, laisser tomber ton p-portable. Je vais t-t'en d-donner un autre.

❄

Je n'avais pas appris grand-chose sur les systèmes de surveillance électroniques, du temps où j'étais flic à Philadelphie. Même lors de mon bref passage – pas très brillant, il faut bien le dire – à l'unité d'investigation. Une fois, nous enquêtions sur un gang de la banlieue sud, et nous avions pu suivre pas à pas deux ou trois garçons de café et un délégué syndical, grâce à des petits émetteurs corporels. Une autre fois, j'avais regardé un technicien démonter le LoJack installé sur une Mercedes volée que nous avions prise en chasse : il y avait un kilo de cocaïne dans son coffre. Voilà à quoi se résumait mon expérience. Pas de quoi impressionner Billy. Ni William Lott. Dès 11 heures, j'étais de retour à son « Bureau d'expertise ».

— Plus personne ne se sert de ces vieux appareils, mon vieux Max. Aujourd'hui, n'importe qui porte en permanence sur soi un émetteur, grâce à ces saloperies de portables dont plus personne ne peut se passer. Quand vous allez à une réunion, vos potes se branchent dessus. Comme ça, ils entendent tout ce qui se dit. Ils peuvent même enregistrer. Plus la peine de se mettre en planque, on peut tout écouter à partir des bureaux de la NASA, à Langley.

Lott portait un jean râpé aux genoux troués et une blouse blanche dont la partie gauche avait reçu des éclaboussures marron et rougeâtres. Je me gardai bien de l'interroger sur leur origine. Je lui expliquai simplement que nous avions toutes les raisons de penser, Billy et moi, que quelqu'un surveillait mes allées et venues et écoutait mes conversations téléphoniques. Mais Lott était parti dans sa grande tirade.

— Saloperie de gouvernement ! Vous avez entendu parler de ces puces dont on se sert pour la médecine ? On vous implante une de ces saloperies sous la peau et le tour est joué. Votre médecin personnel peut surveiller votre cœur à distance, et tout un tas d'autres conneries. « Vous n'aurez plus de souci à vous faire. » Tu parles ! Et bientôt, votre putain de numéro de sécurité sociale, vous l'aurez sous la peau, lui aussi !

Lott ponctua sa tirade de clins d'œil, mais je restai imperturbable.

— Euh… et pour mes émetteurs, William ?

— Vous avez raison, Max. On n'est jamais trop prudent.

Il essuya ses gros doigts, puis se dirigea vers la porte qui donnait sur le parking, derrière le laboratoire.

— C'est pas un boulot que je fais moi-même. Je vais vous recommander au grand spécialiste en la matière.

Nous nous dirigeâmes vers l'entrée d'un hangar situé de l'autre côté de la route, là où j'avais vu les jeunes Latinos travailler sur la Honda Civic. Lott cria :

— Ramon ! *Mira*, Ramon ! Ces p'tits gars ne sont pas des lève-tôt, ajouta-t-il à mon intention, par-dessus son épaule.

Il était en effet presque midi.

— Ramon ! J'ai un boulot pour toi, mon gros !

Un jeune homme passa la tête par la porte du garage, puis sortit en boutonnant le short qui lui tombait jusqu'aux mollets.

— Salut, Lott. Qu'est-ce qui se passe ?

Ils se dirent bonjour en se tapant un petit coup dans les mains. Ramon paraissait avoir dans les vingt-cinq ans, les yeux sombres, presque noirs, une petite moustache et un peu de barbe sur le menton. Il s'était fait raser les cheveux au-dessus des oreilles, mais il les portait longs partout ailleurs et noués par-derrière en queue de cheval. Il me regarda, essayant de deviner à qui il avait affaire. Je fis exactement de même, mais Lott ne tarda pas à faire les présentations.

— Voici Max Freeman, un ami. Il a un problème de système de détection avec sa camionnette. Tu peux sûrement faire quelque chose pour le débarrasser de cette saloperie.

— Vous ressemblez à un flic, monsieur Freeman.

Il n'y avait pas la moindre trace d'hostilité ou d'accusation perceptible dans sa voix. Je répondis sur le même ton impassible.

— Je l'ai été.

Ramon portait un tatouage sur le bras droit. Une Vierge Marie. Un beau travail, d'une qualité nettement supérieure à ce qui se fait dans les prisons.

— Max est maintenant détective privé. Il travaille beaucoup avec Billy Manchester, glissa Lott pour calmer le jeu.

Les yeux de Ramon s'éclairèrent aussitôt qu'il entendit le nom de Billy. Il se mit à sourire, et sa méfiance s'envola.

— Je vois. On va lui soulever les roues, à votre pick-up. Et puis, on va jeter un coup d'œil là-dessous, mes collègues et moi.

Nous retournâmes donc jusqu'au pick-up, Lott et moi, en passant par le labo.

— Faites-moi confiance, Max. En matière d'électronique, ces gars-là en savent plus long que tous les types du FBI.

Je rentrai la camionnette dans le garage. Ramon m'expliqua alors comment il avait l'habitude de travailler.

— C'est cent dollars en liquide et nous gardons le matériel trouvé sur la voiture. Vous ne pourrez pas vous en servir comme preuve devant un tribunal, mais vous pourrez aller où vous voulez sans qu'on vous suive à la trace.

Il y avait une pointe de malice dans sa voix. Il termina d'ailleurs par un clin d'œil.

Pendant une heure, je restai assis dans un fauteuil de salon bas de gamme, à écouter du rap cubain, pendant que Ramon et deux de ses copains manipulaient toute une série d'outils, de détecteurs et de voltmètres sous la camionnette et à l'intérieur. Je dus renoncer à comprendre ce qu'ils se disaient. Leur *spanglish* était mâtiné d'argot incompréhensible. Finalement, Ramon revint vers moi, tenant deux boîtiers électroniques dans les mains. L'un de la taille d'un étui à cigare, l'autre de celle d'un paquet de cigarettes.

— Voici deux systèmes de détection, monsieur Freeman. Je ne sais pas qui s'intéresse à ce que vous faites, mon vieux, mais une chose est sûre : ils ont mis toutes les chances de leur côté. Celui-ci permet de savoir à tout moment où est le véhicule. Branché sur la batterie, il est alimenté en permanence. Un simple modem connecté à un ordinateur et une carte de la région suffisent pour suivre tous vos mouvements. C'est un système à longue portée. Il coûte très cher. Les flics d'ici ne disposent pas d'un équipement équivalent, même pour traquer les voitures volées et revendues aux Antilles.

Dans un coin, le métal du boîtier avait été attaqué à l'acide. Il me montra du doigt l'emplacement.

— Le numéro de série a été effacé. C'est manifestement une entreprise privée qui a réalisé l'installation.

Il me regarda pour observer ma réaction, mais je restai de marbre. Il haussa les épaules.

— L'autre est plus banal. Il fonctionne comme un LoJack. Il suffit de le déconnecter et vos amis comprendront aussitôt ce qui s'est passé. *Claro ?*

Je lui répondis en opposant un large sourire à sa mine sérieuse.

— *Sí. Pero no es útil por tû ?*

— Nous avons trouvé une utilisation astucieuse de ce genre de matériel. Et puis, il y a un marché pour ça.

— Je parie que vous allez trouver preneur. Il n'y avait pas de micro ?

Tout en posant la question, je comptai cinq billets de vingt dollars.

— *Nada.* Cela dit, placer un micro dans une voiture ne sert pas à grand-chose. Il y a trop de bruit. Si vous vous servez d'un portable, ils peuvent facilement intercepter vos conversations.

— Ça demande beaucoup de matériel ?

— Évidemment. Des gens qui ont assez d'argent pour se payer des systèmes de détection comme ceux-là utilisent probablement un Strikefisher. C'est compact. Ils peuvent se déplacer avec. Ils le règlent sur la fréquence de votre portable et ils écoutent sans problème toutes vos communications.

Je pensai à la fourgonnette blanche sur l'autoroute. Au yacht sur la rivière. À chaque fois, j'avais parlé au téléphone avec Billy.

— Puisque c'est aussi facile, comment faire pour échapper à leur surveillance ?

Ramon se mit à sourire.

— C'est tout simple, mon vieux. Oubliez le téléphone.

Il pointa son index vers moi, puis le retourna vers lui.

— Traitez vos affaires en face-à-face. Ça fait vieille école, mais c'est plus sûr.

Je serrai la main de Ramon avant de remonter dans la camionnette.

— C'était avec plaisir, monsieur Max. Et n'oubliez pas de dire *ciao* de ma part à Billy Manchester !

9

— Ramon et son équipe d'experts électroniciens te disent *ciao*.

— R-Ramon Esquivil ! Comment v-va mon jeune a-ami l'inventeur ?

Billy était face à l'évier de sa cuisine, en train de renverser une pleine casserole de nouilles chinoises dans une passoire. Il laissa monter au plafond le nuage de vapeur qui s'était formé avant de poursuivre ses explications.

— Je l'ai d-défendu dans une v-v-vilaine affaire. Une grosse entreprise d'électronique essayait de le s-spolier de ses d-droits sur un nouveau type d'interrupteur qu'il avait mis au p-point dans son garage.

— Et alors ?

Diane McIntyre, l'amie avocate de Billy, était accoudée au bar, en train de siroter un verre de chardonnay en le regardant verser les pâtes égouttées dans un grand plat.

— Nous avons g-gagné. Et je c-crois me souvenir que M. Esquivil a finalement signé un c-c-contrat à sept chiffres.

Je pris le temps de boire une bière avant de faire à Billy un compte rendu sur le double système de détection installé sur ma camionnette. En précisant que, selon Ramon, l'administration était hors de cause.

— T-tout s'explique. La fourgonnette b-blanche, le c-c-coup de fil chez Richards…

— Et leur tentative pour t'acheter.

— Voilà p-pourquoi les types de la P-PalmCo m'avaient p-paru si nerveux…

Billy mélangea aux pâtes du bacon grillé, des oignons et de l'ail et McIntyre s'empara du plat pour le mettre sur la table.

— Vous deux, on dirait que vous êtes encore dans une drôle d'histoire !

Elle était habillée strict, ce jour-là. Sans doute parce qu'elle avait dû se rendre au tribunal. Selon son habitude, elle s'était débarrassée de ses chaussures dans l'entrée, ce qui lui permettait de circuler à pas feutrés dans l'appartement. Sa veste avait glissé de ses épaules, et elle l'avait soigneusement mise de côté derrière le sofa. Elle prit place à table, face aux couverts qu'elle avait elle-même dressés, et nous montra nos chaises.

— S'il vous plaît, messieurs, asseyez-vous et racontez-moi ça. Je meurs de curiosité.

Tout en mangeant et en buvant, et entre deux compliments au chef, nous lui racontâmes ce que révélaient les lettres découvertes par le jeune Mayes sur les moyens utilisés pour contraindre les ouvriers à travailler dans les Glades dans des conditions épouvantables. Billy était évidemment mieux placé que Mayes pour retrouver des certificats de décès, des fiches de paie ou peut-être même les traces d'une fosse commune. Mais McIntyre n'était pas convaincue.

— La PalmCo a de gros moyens, Billy. Ils se débrouilleront toujours pour nier les faits. Même si vous leur faites un procès.

— Pour le m-moment, nous n'avons aucun élément pour les t-t-traîner en justice. Mais, si nous trouvons la p-preuve que Cyrus Mayes était vraiment l-l-là-bas, que lui et ses fils ont été pris au piège dans les Glades par la N-Noren ou ses représentants, et qu'ils sont m-morts là-bas voilà quatre-vingts ans sans la moindre explication, alors nous aurons de quoi p-porter p-plainte pour homicide. Et le jeune Mayes t-t-touchera peut-être le gros lot.

— Et ça peut tenir la route ? Même après quatre-vingts ans ? m'étonnai-je.

C'est McIntyre qui me répondit.

— Ils étaient employés par la compagnie. Elle est donc engagée sur le plan moral et financier.

Elle leva son verre à moitié vide et lança :

— « Les fils paieront pour les péchés de leurs pères. »

Ni Billy ni moi ne levâmes le nez de nos assiettes. McIntyre comprit parfaitement ce que signifiait cette absence de réaction de notre part.

— Mais vous n'avez aucune des pièces indispensables pour le moment…

— D'où la question : pourquoi les gens de la PalmCo prennent-ils l'initiative de filatures, d'écoutes téléphoniques et d'une tentative de corruption pour dissimuler quelque chose dont personne ne peut faire la preuve, même si c'est vrai ?

— Pour essayer d'empêcher un procès qui pourrait leur coûter des millions de dollars, répondit McIntyre. Rappelle-toi le procès des survivants de Rosewood contre l'État.

Billy m'avait raconté cette affaire. En 1923, dans le nord-ouest de la Virginie, une ville entière avait été réduite en cendres et la plupart de ses habitants noirs massacrés, sans que les forces de l'ordre soient intervenues. Le temps avait passé. Les survivants, terrorisés, avaient gardé le silence. Seuls quelques anciens faisaient allusion à cette tragédie, à mots couverts, comme à un cauchemar. Jusqu'au jour où un groupe d'historiens et de journalistes réussit à reconstituer les faits, preuves à l'appui, quelque soixante-dix ans après, et à montrer que l'État avait manqué à sa mission de protection à l'égard de tous les citoyens.

— L'État de Virginie a dû finalement payer deux millions de dollars d'indemnités aux survivants et aux descendants des victimes, poursuivit McIntyre. Mais le pire fut l'effet produit sur l'opinion publique. Imaginez que la même chose arrive à une compagnie privée. Voilà pourquoi la PalmCo veut empêcher une affaire similaire avant même qu'elle ne commence. Qu'est-ce que vous pensez de cette manchette : « Ils ont construit la Floride sur les cadavres de leurs ouvriers. »

Billy et moi nous regardâmes, étonnés par tant de clairvoyance.

— Vous n'avez jamais eu envie de faire carrière dans le journalisme à sensation, chers amis ? continua-t-elle.

Elle nous envoya un clin d'œil.

— Vous devriez.

Après avoir expédié la vaisselle, nous nous installâmes sur la terrasse. Il n'y avait pratiquement pas de vent. Même à cette hauteur, on entendait à peine le bruit des vagues qui venaient se briser en rythme sur le sable. C'était une nuit sans lune et l'océan semblait immense et sombre. Seuls quelques bateaux de pêche renvoyaient du large des lueurs intermittentes.

— Les Everglades sont comme ça, la nuit, n'est-ce pas, Max ? Sombres et silencieuses ?

McIntyre était assise sur une chaise longue, adossée aux jambes de Billy, lui-même assis avec un verre de cognac à la main.

— Au cœur des marais, oui. Ils sont même souvent encore plus silencieux que ça.

— Je ne parviens pas à imaginer ces hommes dans cette solitude, ne sachant même pas où ils étaient exactement, ni ce qui allait leur arriver le lendemain.

— Exactement la même chose que la veille. Jour après jour, jusqu'à ce qu'ils n'en puissent plus.

Nous restâmes un long moment sans parler. Nous regardions tous les trois les ténèbres, peut-être pour tenter d'imaginer à quoi ressemble le désespoir. Au bout d'un moment, Diane se leva.

— Je dois encore aller au tribunal demain, s'excusa-t-elle.

Billy l'accompagne dans l'appartement. Resté seul, accoudé à la balustrade, je suivis des yeux la lueur émise par un bateau perdu dans l'obscurité tout en essayant d'imaginer ce qui avait pu se passer dans la tête d'un homme perdu dans les Glades, dans cette chaleur étouffante, avec ses fils, continuant à travailler en essayant d'opposer à ses craintes l'unique espoir d'un peu d'argent susceptible d'assurer un minimum de sécurité à sa famille. Au loin, la petite lueur faiblissait, puis redevenait un peu plus vive. Quelquefois, elle disparaissait complètement, puis réapparaissait. Je savais que c'était à cause de la houle. Le capitaine avait peut-être jeté l'ancre à un endroit qu'il connaissait. Un endroit où il se sentait bien et où la chance lui souriait.

J'entendis la porte d'entrée se refermer. Un instant plus tard, Billy était de retour sur la terrasse avec les cafés. Il posa une tasse sur la petite table de verre à côté de moi et s'accouda à la balustrade, une autre tasse à la main, à trente mètres au-dessus de la piscine. Il regarda au loin, peut-être la même petite lumière que moi.

— As-tu reparlé de tout ça avec Mayes ?

Billy hocha la tête.

— Sa r-r-réaction a été très discrète. Pas celle que j'avais i-imaginée.

— Tu lui as dit que ça pourrait le mener loin ?

Billy hocha encore la tête.

— Je l-lui ai expliqué que nous a-a-allions peut-être réussir à réunir assez d'éléments pour f-faire un procès. Mais je ne suis pas s-s-sûr que ce garçon tienne à a-a-aller jusque-là. Il m'a d-dit qu'il allait peut-être entrer au s-séminaire, en Virginie. Ce t-type de démarche ne doit pas être s-sa tasse de t-thé.

En pensant à la croix qu'il portait au cou, j'émis une hypothèse :

— Il a besoin de savoir ce qui s'est passé pour trouver la sérénité d'esprit qui lui est indispensable.

— J'ai l'impression qu'il recherche quelque chose de plus essentiel. Quelque chose qui pourrait concerner sa vocation.

En bas, le ressac continuait à balayer doucement la plage. J'eus envie de poser une question à Billy :

— Est-ce que tu penses parfois à ton père ? Je sais qu'il n'était pas présent quand tu étais adolescent. Mais tu dois bien avoir quelque chose de lui en toi.

Billy et moi, nous nous étions rencontrés alors que nous étions déjà de jeunes hommes. Mais ce sont nos mères, une catholique irlandaise du sud de Philadelphie et une Noire baptiste du nord de la ville, qui avaient cimenté notre amitié.

Ma question ne lui parut pas incongrue, ni indiscrète.

— Il j-jouait aux échecs q-quand il était jeune. Ma m-mère m'a raconté que c'était u-une des choses qui lui avaient p-p-plu chez lui quand ils s'étaient r-rencontrés, au lycée. Un jour, j'ai d-découvert sa photo dans un vieil a-a-annuaire de l'école. Il ne figurait p-pas sur les photos o-officielles de s-sa classe, et il était au d-dernier rang sur celle de l'équipe d'échecs. Je p-pense à lui quand je suis en c-c-colère, à l'inutilité de ce que je suis en t-train de f-faire.

Je m'assis et trempai les lèvres dans ma tasse de café. Billy reprit la parole :

— Tu as r-rendez-vous avec le vieux B-Brown, demain ?

— À midi.

— J'espère qu'il va pouvoir n-n-nous aider. Bonne nuit, mon a-ami.

✳

Ils portaient tous le même uniforme bleu nuit. Des hommes, alignés en rang. Et tous me semblaient grands. J'avais huit ans. J'étais assis sur une chaise pliante. J'avais d'abord tenté de dégager ma main de celle de ma mère, puis j'avais oublié et je l'avais laissée me tenir alors que les hommes en rang se mettaient en place sur la petite estrade. Mon père était le troisième en partant de la droite, avec son uniforme nettoyé et repassé, ses boutons astiqués et ses chaussures lustrées par ma mère, la nuit précédente. J'étais fasciné par les boutons et les galons qui brillaient sur les manches de certains de ces hommes, à cause des projecteurs allumés par les techniciens de la télévision. Ils portaient tous leur casquette. Mon père l'appelait son « couvercle », mais ma mère m'avait toujours dit que ce n'était pas poli. L'homme avait commencé à parler au micro pendant que mon père nous cherchait des yeux dans la salle. Sous son « couvercle », il m'avait fait un clin d'œil. Au micro, l'homme avait raconté l'histoire que je connaissais déjà par cœur pour l'avoir entendue si souvent, mais sans les rires durs et les jurons dont mon père, mon oncle et les autres policiers l'agrémentaient quand ils buvaient des bières dans l'arrière-cour. L'homme avait prononcé le nom de mon père. Et, à la fin, il l'avait appelé pour qu'il vienne le rejoindre sur le podium. Mon père avait baissé la tête et l'homme lui avait passé autour du cou une médaille en or qui brillait et tout le monde avait applaudi. J'avais regardé le visage de ma mère pour voir sa réaction et j'avais aperçu une larme, une seule, qu'elle avait essuyée sur sa joue avec sa main gantée. Je ne savais pas, à l'époque, si elle était heureuse ou bien triste.

Des années plus tard, je cherchai en cachette cette médaille accrochée au ruban rouge. J'avais attendu qu'il n'y ait plus personne dans la maison, j'étais allé dans la chambre de mes parents, avais ouvert le tiroir du bas du bureau et avais trouvé la boîte bleue rangée tout au fond, sous les vieux pulls Arnold Palmer que mon père ne portait jamais. Puis j'avais déplié une fois encore la coupure de presse où figurait la photo des hommes en rang avec leurs uniformes et relu l'article :

« *La police de Philadelphie a attribué hier la médaille du courage à l'un des siens, lors d'une cérémonie destinée à rendre hommage au fonctionnaire qui a abattu le fameux satyre de Mifflin Square, au cours d'une fusillade, le printemps dernier.*

Anthony M. Freeman, vingt-huit ans, lui-même fils d'un fonctionnaire de police décoré, entré dans la police voilà six ans, a été blessé au cours d'un échange de coups de feu avec Roland Previo alors que la preuve venait d'être apportée que Previo était bien l'homme qui, voilà trois ans, avait enlevé et assassiné quatre jeunes filles dans le quartier qu'il habitait dans le sud de Philadelphie.

Freeman, affecté aux enquêtes criminelles seulement quelques jours avant la découverte du corps de la première victime, avait "inlassablement enquêté sur l'affaire avec la détermination sans faille d'un authentique vétéran", selon les termes de l'allocution du commandant Tom Schmidt, chef de la brigade criminelle.

Malgré l'absence d'indices et de la moindre piste, les supérieurs de Freeman ont indiqué que le jeune inspecteur a su mener sa propre enquête pendant deux ans. Alors qu'il venait de confondre Previo

grâce à des vêtements tachés de sang qui incrimi-
naient celui-ci dans deux des meurtres au moins,
"Freeman, au mépris de sa propre sécurité, a tenté
de procéder à l'arrestation du suspect. Il a été blessé
à deux reprises avant de faire feu à son tour et de
blesser mortellement son agresseur", a précisé le com-
mandant Schmidt.

Interrogé sur ses sentiments, Freeman a déclaré
qu'il ne se considérait pas comme un héros et que
seule la recherche de la vérité avait motivé sa déter-
mination. "Je voulais faire en sorte que la vérité
apparaisse. Au fur et à mesure que le temps passait,
rumeurs, mensonges et controverses s'étaient multi-
pliés. Mais les familles des victimes avaient droit à la
vérité", a-t-il précisé.

Le père d'Anthony M. Freeman, prénommé Argus,
avait quant à lui reçu la médaille du mérite pour la
façon dont il avait assumé son rôle de sergent de ville
au cours des troubles raciaux qui avaient marqué la
fin des années 1960. »

J'avais replié le papier autour de la médaille en
or et rangé de nouveau la boîte à sa place, tout au
fond du tiroir, en me demandant une fois de plus
pourquoi mon père tenait à la cacher.

✳

Quand je me réveillai, j'étais encore dans ma
chaise longue, sur la terrasse. Une lumière rose,
froide et mêlée de ténèbres colorait l'horizon. L'aube
ne se lèverait que dans une heure. J'avais la bouche
sèche et des crampes dans les genoux. Je me frottai le
visage dans les mains, pris ma tasse encore à moitié

pleine de café pour la mettre dans l'évier, avant de me diriger vers la chambre d'ami. Je m'étendis tout habillé et sombrai dans un sommeil sans rêve.

10

Le soleil était déjà haut dans le ciel, il faisait une chaleur d'enfer sur le parking du Frontier Hotel. À l'intérieur, les deux joueurs de cartes étaient encore là. On aurait dit qu'ils jouaient la même partie que l'autre jour. La serveuse, en revanche, avait ajouté une boucle d'oreille à la série des sept qu'elle portait quand j'étais passé. Je pris place sur un tabouret. Le temps pour mes yeux de s'adapter à la pénombre, la fille avait déjà sorti une bière de la glacière. Elle vint aussitôt vers moi.

— Il y a des gens qui vous veulent pas de bien, m'sieur Freeman. Deux types sont passés, la semaine dernière, après que vous soyez parti. Ils ont posé des tas de questions. Des types plutôt louches. Mais bon, moi, c'que j'en dis…

Réellement surprenante, cette serveuse ! J'essayai de répondre sur le ton le plus neutre :

— Ah oui ? Tiens donc.

— Ils voulaient savoir à qui vous aviez causé. Et si vous étiez un habitué.

Tout en parlant, elle passait un chiffon gris sur le comptoir. Ses yeux allaient de mon visage à la cannette de bière, à laquelle je n'avais pas encore touché. Comme si c'était un péché de ne pas l'entamer illico.

— Et qu'est-ce que vous leur avez répondu ?

— D'aller se faire voir. Ici, on n'aime pas trop qu'on vienne nous chercher des poux dans la tête.

Les joueurs de cartes pouffèrent en hochant la tête. Ils se souvenaient manifestement de la scène et approuvaient la réponse de la serveuse.

— Et vous pourriez me dire à quoi ils ressemblaient, ces deux types ? À part le fait qu'ils étaient louches ?

— Tout ce que j'peux dire, c'est qu'ils étaient pas d'ici. C'étaient des gars de la ville.

— Et leur voiture, vous l'avez vue ?

Je sortis quelques billets de la poche de ma chemise.

— Ils sont arrivés dans une Buick noire. Quand ils sont repartis, la Buick noire, elle avait la vitre de derrière un peu fracassée. Si vous voyez c'que j'veux dire...

Au bout du bar, les joueurs de cartes se mirent de nouveau à rigoler. J'avais moi-même eu l'occasion d'apprécier, naguère, le savoir-faire du comité d'accueil du Frontier Hotel. Sans rien dire, je posai un billet de dix dollars près de la bouteille

— Ici, on n'aime pas trop les gens qu'on connaît pas. Au fait, m'sieur Freeman, y a un ami à vous qui vous attend depuis un moment, là-bas.

Elle tourna la tête vers le fond de la pièce, et je suivis son regard. Nate Brown était assis dans un coin, seul à sa table.

— Merci bien.

Mais la fille était déjà partie, sans me rendre ma monnaie. Je rejoignis donc le vieux Brown, ma cannette de bière à la main. Il se leva de sa chaise et me salua en désignant le comptoir du menton :

— Chouette, la gamine, pas vrai ?

— Une vraie perle.

La table était en acajou massif, comme le comptoir. Une essence qui poussait autrefois en abondance dans les Glades. Puis les forestiers avaient compris qu'elle pouvait rapporter pas mal d'argent et l'acajou à l'état sauvage était devenu une rareté. Un verre de whisky était posé sur la table, devant le père Brown. Une ampoule fixée au mur y jetait un reflet cuivré. Après quelques instants de silence, mon informateur mit les pieds dans le plat :

— Jusqu'où vous voulez fouiner dans l'affaire Mayes, Freeman ?

— Ça dépend ce qu'on appelle fouiner. Pourquoi ?

Toujours direct, le père Brown… Il est vrai qu'après avoir trimé pendant quatre-vingts ans dans la jungle des Glades, il n'avait plus de raison de faire dans la délicatesse. Et si le vieux s'en était sorti, c'est bien parce qu'il n'était pas précisément stupide. Il se pencha pour saisir quelque chose sous sa chaise, puis se redressa, une bouteille de whisky à la main. Il remplit mon verre à moitié. C'était une petite merveille, ce whisky. Je le remerciai et ajoutai :

— J'essaie juste de découvrir la vérité, monsieur Brown.

Ma réponse parut le surprendre. Une petite lueur ironique apparut dans ses yeux pendant que je reprenais une gorgée de son délicieux breuvage.

— La vérité ? Vraiment ? L'unique vérité, mon garçon, c'est que le soleil se lève tous les matins et qu'il y a des vagues sur la mer. Z'êtes un gars intelligent. J'suis sûr que vous savez ça aussi bien qu'moi.

Il n'avait sans doute pas tort, le vieux. Mais je n'étais pas encore parvenu à ce degré de philosophie.

— Pensez-vous que Cyrus Mayes et ses fils soient morts quelque part dans les Glades ?

— C'est bien possible.

— Croyez-vous qu'ils ont été assassinés ?

— Y a du mal qu'on peut tenter de réparer, m'sieur Freeman. Et puis, des fois, vaut mieux pas essayer.

Il but une gorgée de whisky, puis ajouta :

— C'est pour ça que j'vous ai demandé jusqu'où vous voulez fouiner.

Son visage avait la même nuance cuivrée que le whisky dans son verre.

— J'crois qu'on a bien travaillé ensemble, y a quelque temps. Et j'crois qu'on peut continuer comme ça. En somme, j'vous dois quelque chose. Tout comme l'aut'fois, d'ailleurs, je n'fais pas ça seulement pour vous.

— Qu'est-ce que vous suggérez ?

— Faut que j'vous emmène quelque part. En route !

Nous nous dirigeâmes vers la porte. Avec une déférence dont je ne l'aurais pas crue capable, la serveuse prit la peine de saluer le vieux :

— Passez une bonne après-midi, m'sieur Brown !

Il répondit d'un signe de la tête. Les joueurs de cartes, eux aussi, lui adressèrent leurs salutations. En passant, je voulus regarder une nouvelle fois la photo qui montrait des ouvriers au bord de la route en construction. Mais elle n'était plus là. Je revins sur mes pas pour interroger la serveuse. Elle contempla la marque rectangulaire laissée par la photo sur le mur, haussa les épaules et se contenta de rétorquer :

— J'avais même pas remarqué.

＊

Assis à côté de moi dans le pick-up, le père Brown me guida vers le sud. Je n'avais jamais vu le vieux *gladesman* se déplacer autrement que sur une barque ou dans un bateau. Tassé sur le siège, il paraissait fragile et mal à l'aise. Tout le long du trajet, il laissa sa vitre baissée. Je m'attendais même à le voir sortir la tête, comme un chien de chasse. Il supportait apparemment très mal l'enfermement. Nous roulâmes sur une mauvaise piste avant de nous retrouver, cinq cents mètres plus loin, dans un bois de pins. Je me préparais à couper le moteur au bout de la piste lorsque le vieux me lança :

— Z'aurez peut-être envie de dormir sous les arbres. Garez donc la voiture à l'ombre.

Je suivis ses instructions, puis nous descendîmes de la camionnette. Aucune allée, aucun passage entre les arbres n'était visible. Mais Brown se dirigea droit vers la forêt.

— Je devrais peut-être fermer la voiture à clé, remarquai-je.

— Vaudrait mieux.

J'obtempérai et entrepris de le suivre. Il se glissait entre les arbres avec une aisance tranquille que j'étais loin de partager. Je tentais de mettre mes pas dans les siens, de passer sous les mêmes branches basses, d'imiter sa façon de contourner les ornières, mais avec un succès mitigé. Au bout de cinquante mètres, les pins devinrent plus clairsemés et l'herbe plus humide. Nous contournâmes un groupe de palmiers avant de nous retrouver soudain les pieds dans l'eau. J'étais sur le point de rompre le silence quand j'aperçus devant nous la coque de fibre de verre d'une embarcation. Brown avait laissé son petit bateau à moteur derrière un rideau de roseaux. Nous grimpâmes à bord par la poupe puis, sans un mot, le vieux remonta son ancre. À l'aide d'une perche, il poussa le bateau jusqu'à une sorte de chenal naturel. Quand il jugea que la profondeur était suffisante, il s'installa à la barre et démarra, nous guidant entre les îlots. À moitié trempé, j'étais tout à fait perdu. Je finis quand même par poser la question qui me brûlait les lèvres :

— Si je peux me permettre, Nate, où diable m'emmenez-vous ?

— On va r'monter sur Everglades City, mon garçon. Il y a là-bas un type que vous d'vez rencontrer.

Il avait répondu sans quitter des yeux la surface de l'eau.

❋

D'après la position du soleil, je savais que nous nous dirigions vers le sud-ouest, même si le chenal suivait un cours capricieux. Au point, parfois, de nous faire tourner en rond avant de nous orienter de nouveau vers la pointe de la péninsule. Les roseaux cédèrent bientôt la place à une steppe d'herbes hautes, qui s'élevaient parfois à un mètre quatre-vingts au-dessus de la surface de l'eau. Au cœur de ce labyrinthe, dont la tonalité générale oscillait entre le vert et le brun, l'atmosphère était étouffante. Seule notre progression déplaçait des masses d'air chargées d'une odeur de végétation en décomposition, avec parfois une nuance d'herbe fraîchement coupée après une averse.

Parfois, le bateau était près de racler le fond. Nous devions alors pousser à deux sur la perche pour le dégager. Ailleurs, Brown relevait les hélices, les laissant tourner à fleur d'eau et au ralenti. Bientôt, le chenal redevint plus profond, nous pûmes regagner de la vitesse et respirer plus à l'aise. Le ciel bleu et le soleil reparurent au-dessus de nos têtes et l'horizon fut à nouveau dégagé. Brown se mit à me raconter l'histoire de John Dawkins.

— Le Noir, dans les lettres, c'était lui, John Dawkins. Le gars qui transportait la dynamite le long d'la route. Personne d'autre n'aurait pu faire l'boulot.

Ce John Dawkins venait peut-être des Caraïbes, peut-être de La Nouvelle-Orléans. Quoi qu'il en soit, lui et sa famille étaient les seuls Noirs présents à l'époque dans les Glades. Il n'y avait d'ailleurs pas beaucoup de monde dans les marais au début du siècle et tous ceux qui y vivaient à la dure se considéraient comme formant une communauté.

— Mon p'pa et John Dawkins étaient amis parce que, par ici, on ne se posait pas de questions. Dans l'coin, un gars était estimé selon ce qu'il valait au travail. Et, à ce niveau-là, John Dawkins était un fameux gaillard.

Bâti en armoire à glace, les jambes « comme des fûts de chêne », Dawkings ne laissait jamais tomber un boulot pourvu qu'il en tire un profit quelconque. On l'appelait souvent quand tout le monde avait jeté l'éponge.

— Le seul moment où ce type-là refusait de travailler, c'était l'jour du Seigneur. D'après p'pa, tout l'monde était au courant. Il disait aussi que Dawkins était en r'lation avec Dieu.

Les herbes hautes devinrent plus clairsemées. Le père Brown put pousser le moteur tout en parlant.

— On va bientôt arriver sur Lost Man River.

C'était une zone de mangroves. Brown continua d'avancer, se guidant d'après des repères qu'il était seul à connaître et slalomant entre les racines entre-mêlées des palétuviers.

— P'pa nous racontait que c'était ce John Dawkins qui transportait la dynamite. Il connaissait la région comme personne et il avait des bœufs. J'me souviens d'être monté dans sa charrette avec ses gosses, un jour où il était venu prendre un gros chargement sur les quais.

— Et des parents de ce M. Dawkins seraient encore en vie ?

J'attendais depuis le début qu'il m'éclaire sur ce point.

— Un de ses fils, oui.

— Vous croyez que ce fils aurait entendu parler des lettres que son père a transportées pour Cyrus Mayes ?

— J'en sais rien, me répondit le vieux Brown. Z'allez lui poser la question vous-même.

Maintenant, la rivière s'était élargie, et l'horizon avec. Brown poussa le moteur. Il devint bientôt impossible de parler sans crier. Nous allions entrer dans la baie de Chokoloskee. J'étais assis sur le plat-bord, respirant à pleins poumons l'air chargé de sel. Brown, lui, était debout à la barre. Il mit le cap au nord, à travers cette zone qu'on appelle les Ten Thousand Islands, le long de la côte sud-ouest de la Floride. Elle doit son nom aux innombrables et minuscules îlots de mangrove dont elle est parse-mée. Vus de loin, ou survolés en avion, on les prend pour des fragments détachés de la côte couverts de forêt dense. Si l'on se rapproche, on s'aperçoit qu'il n'y a souvent pas la moindre parcelle de terre ferme sous les racines qui soutiennent et nourrissent les branches. Les bras de mer qui séparent ces îles sont autant d'abris pour les espèces marines et constituent des sites de reproduction parfaits. L'endroit ne comporte ni plage ni rivage constructible, ce qui ne fait pas l'affaire des marchands de cartes postales. Mais c'est précisément la raison pour laquelle quelques dizaines d'habitants choisirent de vivre ici, au siècle dernier.

Un peu plus au nord, Brown engagea le bateau dans une rivière, la Chatham River, selon ce qu'il me dit. Et il fallut de nouveau slalomer entre les racines, au fil d'un chenal étroit. De nouveau, il fallut parfois couper le moteur pour contourner des bancs de sable invisibles à un œil non exercé. Je voyais que le vieux *gladesman* regardait de temps en temps en arrière, et je pensais qu'il observait le sillage laissé par le bateau, jusqu'à ce qu'il me demande :

— Ce s'rait pas les types louches dont la fille de l'hôtel a parlé ?

Je me retournai, scrutai la surface de l'eau, mais je ne vis pas la moindre trace de bateau derrière nous. Je regardai le père Brown et vis qu'il pointait le doigt vers le ciel. Un hélicoptère. Il semblait garder ses distances, mais se balançait d'avant en arrière pour ne pas perdre de vue notre sillage. Il était trop loin pour que je puisse distinguer le moindre numéro peint sur sa carlingue.

— C'est pas les gardes forestiers. Ni le shérif.

— Des touristes, peut-être ?

— J'connais tous les hélicoptères qui viennent par ici, d'habitude.

Il accéléra et se rapprocha des mangroves pour passer au ras des branches.

— Ce n'sont pas non plus les gars des stups.

Je connaissais assez sa réputation pour le croire sur parole.

Brown accéléra encore, et l'écume se mit à jaillir de chaque côté du bateau. Je m'accroupis en m'agrippant plus solidement au plat-bord. Le vieux prit un virage à fond, provoquant un mini raz de marée sous les palétuviers. Derrière nous, l'hélicoptère nous suivait toujours. À cette vitesse, l'eau jaillissait si haut de chaque côté que je ne voyais plus la rivière devant nous, ni les prochains virages. Soudain, Brown tourna la tête vers moi et s'écria :

— Accrochez-vous !

Avant que je puisse faire un mouvement, le vieux tourna soudain la barre à fond vers la droite, en même temps qu'il coupa les gaz. Le silence qui suivit aussitôt aurait semblé paradisiaque si l'élan pris par le bateau ne l'avait pas précipité droit sur une mangrove. Brown s'arc-bouta de tout son poids sur la droite et me cria :

— Baissez-vous !

Le bateau tourna sa proue vers les remous provoqués par son propre sillage, puis se mit à dériver vers la droite, vers un passage qui n'était qu'à moitié dégagé et parut sur le point de s'encastrer dans les racines aériennes des palétuviers. Quand il heurta les premières racines, j'entendis un crissement et tombai à la renverse. Le vieux, lui, réussit à garder son équilibre.

Je restai allongé quelques secondes. Certes sous le choc, j'étais surtout surpris par le changement brutal de situation. Une minute auparavant, nous fendions l'eau à toute allure dans le soleil et, tout à coup, nous nous retrouvions cloués sur place, dans la pénombre, pris dans un enchevêtrement de branches et de racines.

— Tout va bien ?

— Ça ira.

— Voyons si ces gars-là nous suivent encore.

Nous attendîmes sans parler. Je regardai une famille d'araignées tombée des branches d'un palétuvier traverser le pont du bateau à toute vitesse. Tous les oiseaux et les alligators qui se trouvaient dans le coin avaient dû déguerpir, effrayés par le vacarme. Après quelques minutes, j'entendis le son caractéristique des hélices d'un hélicoptère. Il se rapprochait, mais je ne pouvais pas l'apercevoir à travers la canopée. Il ne vint pas assez près pour que l'air chassé par les hélices secoue les feuillages. J'éloignai de mon visage une horde de moustiques et considérai mes doigts qui saignaient. L'hélicoptère tourna au-dessus de nous pendant une dizaine de minutes, puis s'éloigna vers le nord-est et ne revint plus.

— Y a rien qui m'agace plus que des gars qui me surveillent, bougonna mon guide.

Il essaya de se lever, mais ne réussit pas à se tenir debout. Quand je le vis enjamber le plat-bord pour sortir du bateau, je l'imitai et sautai de l'autre côté, dans l'eau et la boue tiède. Dégager le bateau et le pousser en eau profonde nous demanda quelques minutes. En remontant à bord, nous étions de nouveau trempés jusqu'à la ceinture. Je compris à ce moment-là que Brown avait calculé son coup. Il avait tourné dans un petit affluent qui s'éloignait du cours principal de la rivière en contournant un groupe de palétuviers. De la rivière, nous devenions pratiquement invisibles. Démonstration de première main du savoir-faire exceptionnel grâce auquel Brown avait réussi à échapper pendant des années aux gardes forestiers et aux policiers lancés à sa poursuite, du temps où il braconnait des *gators* ou qu'il guidait vers l'intérieur des terres des bateaux de pêche chargés de marijuana. Personnellement, j'étais habitué à jouer plutôt le rôle du policier que celui du pourchassé. Mais l'hélicoptère d'aujourd'hui n'était pas de la police.

Très impressionné, je félicitai le vieux Brown :

— Bien joué, Nate !

Quand il put redémarrer, nous repartîmes vers le sud. Nous étions maintenant, me dit-il, sur la Lopez River.

— Les gars de l'hélicoptère, ils sont en rapport avec vos recherches ?

Il poussa le moteur, toujours en suivant le chenal. Je lui parlai des systèmes de détection qui avaient été installés sur ma camionnette.

— Si vous êtes inquiet, Nate, sachez que vous ne me devez rien. Je ne veux pas vous mêler à une histoire qui pourrait mal tourner.

Il ne répondit pas tout de suite. Ses yeux, usés par le soleil, restaient fixés sur l'horizon. Finalement, il lâcha :

— J'ai pas peur.

11

Nous repartîmes vers Chokoloskee Bay et, pour la première fois depuis le début du voyage, nous aperçûmes d'autres bateaux. Le long du rivage apparurent d'abord des hangars, puis des entrepôts et des marinas à mesure que la côte s'élevait. Un peu partout poussaient de grands pins d'Australie. Des quais et des escaliers avaient été construits. Les terres étaient pourtant basses et plates. Je me demandais comment ces constructions résistaient aux tempêtes venues du golfe. Les Indiens Calusa avaient autrefois aménagé la plupart des terres aujourd'hui habitables dans les Ten Thousand Islands. Ils avaient commencé par accumuler des coquillages pilés, qu'ils avaient ensuite répandus sur des parcelles. Il leur avait fallu des centaines d'années de travail pour constituer le soubassement de ces terres. Puis, peu à peu, tout ce que le vent et les marées apportaient avait recouvert ce tapis de coquillages et constitué de la terre fertile. Des graines avaient germé, des plantes et des arbres avaient poussé, et les Calusa étaient devenus des fermiers. Une civilisation avait réussi à se développer là où, auparavant, il n'y avait que de l'eau. J'avais lu un certain nombre de livres à ce propos, et entendu des témoignages irrécusables. Mais j'avais toujours autant de mal à croire que les choses s'étaient déroulées de cette façon.

Le vieux Brown ralentit et mit le cap vers un bassin aménagé le long d'un quai. Deux chalutiers y étaient amarrés. Vieux, avec des coques en acier et le même type de cabines installées à l'avant, ils étaient longs de quinze mètres environ. Tous deux étaient équipés d'un gros treuil à moteur à l'arrière. Brown gouverna pour s'approcher de l'échelle qui permettait de monter sur le quai, puis mit au point mort. Au bord de l'eau, un gamin sauta en l'air pour attraper la corde que le vieux lui lança avant de l'enrouler autour d'un taquet. Après quoi, il disparut sans dire un mot.

Le bateau amarré, nous grimpâmes sur le quai. Sur une vaste portion de terrain en arc de cercle, une aire de travail en terre battue servait à décharger les deux chalutiers. Elle était bourdonnante d'activité. Il y avait deux hommes à bord de chaque bateau, un autre travaillait avec le gamin sur le quai et un sixième conduisait un chariot élévateur chargé de pièges à crabes. Disposées en palettes, les cages étaient entreposées un peu plus loin, dans un hangar en tôle ondulée. Dès que le chariot déposait de nouvelles palettes près d'un des navires, les hommes commençaient à s'affairer autour. Ils formaient une chaîne, se passant de main en main les cages de bois, lourdes et encombrantes, jusque sur le pont arrière. Là, ils les empilaient. Le temps d'entreposer les pièges sur les navires, le chariot en avait déjà déposé d'autres au bord du quai.

Les hommes étaient tous habillés de la même façon : ils portaient des cuissardes en caoutchouc jaune, des jeans fatigués et des polos ou des pulls aux manches roulées au-dessus des coudes. Personne ne fit attention à nous, sauf un grand Noir qui se tenait sur le pont du bateau le plus proche. Il avait la peau si sombre que, de loin, je crus qu'il portait un T-shirt noir sous sa salopette. Arrivé plus près de lui, je compris qu'il était en fait torse nu. Il semblait aussi être le seul à parler, donnant les instructions et dirigeant les opérations. Dès que nous fûmes arrivés tout près, il cessa de gesticuler, toucha le bord de sa casquette en guise de salut et nous adressa un sourire en enlevant son gant de toile.

— Comment ça va, m'sieur Nate ?

Le vieux leva le bras au-dessus de l'eau pour serrer la grosse main qu'on lui tendait.

— Bonjour, capitaine Dawkins.

Dès qu'ils entendirent prononcer le nom du vieux, les autres marquèrent un temps d'arrêt. Même l'équipe de l'autre bateau nous regarda. C'était comme si Ted Williams, le célèbre joueur de base-ball, était en visite. L'un des hommes chuchota quelque chose à l'oreille du gamin, qui se mit à ouvrir de grands yeux.

Brown me présenta.

— C'est l'gars dont j'vous ai parlé.

Je m'avançai d'un pas.

— Max Freeman, enchanté.

En lui serrant la main, je vis qu'il avait quatre cicatrices parallèles sur l'avant-bras, quatre bourrelets de chair rose et lisse sur sa peau sombre et nette.

— Johnny Dawkins III.

Son air sérieux me fit comprendre qu'il s'agissait de sa façon habituelle de se présenter.

— Bon, eh bien, j'vais vous laisser, dit Nate Brown. J'vais marcher jusqu'au bistrot. J'prendrais bien un café.

Et il tourna les talons. Surpris, je le regardai s'éloigner. J'aurais juré qu'il m'avait adressé un clin d'œil.

— Alors comme ça, d'après ce que m'a dit M. Nate, vous auriez voulu que je vous parle de mon grand-père ?

Je me sentis pris au dépourvu. Je comprenais seulement maintenant qui était l'homme que le père Brown venait de me présenter.

— C'est-à-dire, euh... je suis tombé sur des lettres écrites dans les années 1920 par le parent d'un client. Il se trouve que, d'après ce que m'a raconté M. Brown, c'est votre grand-père lui-même qui les aurait déposées au bureau de poste.

J'ignorais comment Brown avait présenté la chose.

Dawkins remit son gant tout en me regardant des pieds à la tête. Je portais des chaussures passablement crottées et un jean pas encore tout à fait sec, sur lesquels le sel avait laissé de larges traînées blanches.

— Un client, vous dites ? Vous êtes avocat ?

— Détective privé. Je cherche simplement à établir la vérité.

— Écoutez, m'sieur Freeman. Moi, je veux bien vous raconter les histoires de mon grand-père. Le bon Dieu sait qu'elles sont vraies. Mais il me manque un gars aujourd'hui et nous avons encore des pièges à charger. Alors, si vous voulez bien nous aider tout en parlant, on va vous trouver une paire de gants.

Les hommes qui travaillaient sur l'autre bateau s'étaient déjà remis au travail, et le conducteur du chariot élévateur relança le moteur de son engin. Le capitaine Dawkins affichait toujours un large sourire.

— D'accord, répondis-je. Où voulez-vous que je me mette ?

De par ma taille, j'étais tout désigné pour aider Dawkins lui-même à attraper les cages et à les empiler sur le pont. Les pièges à crabes sont faits de lamelles de bois fixées par du fil de fer, dont le fond consiste en une plaque de ciment épaisse, indispensable pour que la cage reste au fond de la mer. Chacune pèse bien vingt kilos. Je compris vite comment réceptionner la cage des mains du type qui la passait, par la partie supérieure. Puis comment mettre à profit son poids pour la retourner et la faire passer dans l'autre main. Tout en travaillant, Dawkins commença à me raconter l'histoire de sa famille.

— Grand-père est arrivé le premier dans la région. Il était manœuvre sur un bateau de commerce qui faisait le voyage de La Nouvelle-Orléans à Key West puis, en suivant le Gulf Stream, vers la côte Est, jusqu'à New York. Son propre père faisait déjà le même boulot du temps de la marine à voile et des schooners. Grand-père était un homme qui craignait Dieu, m'sieur Freeman, et qui aimait pêcher. Dieu, ma grand-mère Emma May et la pêche. C'étaient ses priorités.

Dawkins lança quelques clins d'œil vers ses hommes. Tout le monde avait repris le rythme. Même s'ils la connaissaient déjà, j'imagine qu'entendre une histoire des Glades pendant que les muscles travaillaient pouvait avoir le même effet réconfortant qu'une gorgée de whisky.

— C'est ici qu'il a rencontré ma grand-mère. Dans la boutique de Smallwood. Grand-père avait la réputation de travailler comme un forcené sur les quais. Tous les jours, sa journée faite, il rentrait à la maison s'occuper de leur petit jardin. Puis ils passaient tous les deux la soirée à réparer des filets à la main.

— Et ils avaient aussi un bœuf, non ?

J'essayais d'orienter le récit sans en casser le fil, et Dawkins ne marquait pas la moindre hésitation. Il parlait sans arrêt tout en empilant les cages. Comme j'avais tout juste assez de souffle pour travailler, j'étais content de ne pas avoir à en dépenser pour poser des questions.

— Le bœuf, il l'avait eu en 1918. Grâce à un capitaine qui ne tenait pas trop à garder l'animal à bord. Selon papa, grand-père était d'avis que le capitaine avait dû se saouler le jour où il avait accepté de prendre la bête sur son bateau. Il était censé débarquer le bœuf à Key West. Mais, quand le capitaine avait fait escale ici pour charger du poisson, l'animal était devenu à moitié fou à force de tirer sur sa corde. Le capitaine était donc bien content que quelqu'un l'en débarrasse. Ce n'était pas un animal commode. Papa racontait que personne d'autre que grand-père n'osait le conduire par la bride. Il avait fabriqué une charrette spécialement pour lui. Tous les deux, ils se sont mis à transporter jusqu'à la conserverie le poisson que les petits bateaux de pêche débarquaient.

— Quand les ouvriers ont commencé à travailler sur le chantier de la route, votre grand-père s'est servi de la charrette pour transporter la dynamite…

Je commençais à avoir mal dans les bras et dans les épaules. J'essayais de tenir le rythme imposé par Dawkins, mais l'acide lactique s'accumulait dans mes muscles. Il fallait empiler les casiers jusqu'à la hauteur de la cabine et j'avais de plus en plus de mal à soulever les cages à un mètre quatre-vingts au-dessus du pont.

— Quand le chantier était en activité, on disait qu'il y avait beaucoup de travail à Everglades City.

Mais, selon papa, il y avait des hauts et des bas. Et puis, les gens n'aimaient pas beaucoup ces étrangers qui arrivaient chez eux, comme ça. Et ils n'étaient pas prêts à travailler pour ces gens-là. Grand-père, lui, avait absolument besoin de travail. Le jour où ils ont annoncé qu'ils avaient besoin de quelqu'un pour transporter la dynamite jusque sur le chantier, il est allé les voir. Les gens d'ici, la dynamite, ils s'en servaient de temps en temps, pour la pêche. Et puis, la plupart de ces poltrons avaient peur de se retrouver, la nuit, seuls au beau milieu des marais. Grand-père remplissait sa carriole, attelait son bœuf, et il n'avait besoin de personne pour aller jusque là-bas. Quelquefois, selon ce que papa racontait, l'aller et le retour lui prenaient plusieurs jours. Surtout à la saison des pluies, quand il fallait patauger dans la boue.

— À l'occasion de ces voyages, il est aussi arrivé que votre grand-père transporte du courrier, n'est-ce pas ?

Dawkins ajouta une cage à la pile, puis il émit un sifflement sec entre ses dents.

— On va faire la pause maintenant, les gars. Jordie, mon petit, va nous chercher un peu d'eau.

Le gamin partit en courant et toute l'équipe alla s'asseoir à l'ombre. Dawkins prit une petite serviette sur le plat-bord et s'essuya le visage et le cou avec. À bout de souffle, perclus, je m'assis sur une pile de cages à peine commencée. Dawkins s'appuya au plat-bord et continua en parlant un peu moins fort.

— Ça, c'est une histoire que racontait grand-mère Emma. Elle était la seule à accepter d'en parler.

Je me tus. C'était la suite qui m'intéressait.

— Quand grand-père transportait la dynamite, à Everglades City, le contremaître lui confiait un sac à remettre au chef de chantier, au bout de la route. Grand-père n'avait jamais appris à lire, alors il ne savait pas de quoi il s'agissait exactement. Il jetait un coup d'œil, de temps en temps. Vous savez comment sont les hommes. C'étaient toujours des documents, des papiers, des lettres, ce genre de choses. Une fois arrivé sur le chantier, s'il était déjà tard, il passait la nuit sur place et il pouvait dîner avec les ouvriers. Tous ensemble, ils formaient une drôle de bande. La plupart avaient connu des hauts et des bas. Quelques-uns étaient en délicatesse avec la justice. Mais ce n'était pas une situation exceptionnelle, dans le coin. Alors, quand grand-père, qui n'aimait pas trop les mauvais chrétiens, a repéré dans la troupe un type qui faisait sa prière avec ses enfants, ils sont devenus amis. Un jour, cet homme a eu l'idée de confier des lettres à grand-père. Dès qu'il rentrait, il allait les déposer lui-même au bureau de poste, chez Small-lwood. Discrètement.

L'occasion était trop belle. Dès que Dawkins arrêta de parler, je posai la question :

— Cet homme, il ne s'appelait pas Mayes, par hasard ? Cyrus Mayes ?

— Grand-père ne se souvenait jamais des noms des gens. Comme je vous ai dit, il ne savait pas lire.

Je réfléchis un moment. Il devait bien y avoir une autre façon de faire le lien entre Dawkins et Cyrus Mayes.

— Dans une des lettres, il est question d'une montre en or.

— Il l'a rendue !

Cette fois, Dawkins répondit sur un ton empreint de méfiance, d'une voix qui intimida le gamin qui s'approchait avec deux Thermos remplies d'eau.

L'homme se leva, adressa un sourire au gamin et lui prit les Thermos des mains.

— Merci, mon petit Jordan.

Il m'en tendit une. Les glaçons s'entrechoquaient à l'intérieur.

— Grand-mère Emma m'a raconté qu'un jour grand-père est revenu d'un voyage au chantier et l'a appelée pour lui montrer une grosse montre en or, en expliquant que l'homme qui lui demandait de mettre des lettres à la poste la lui avait donnée en guise de paiement. Les temps étaient durs, vous comprenez ? Grand-mère Emma ne se serait pas tracassée plus que ça si elle n'avait pas eu l'idée d'ouvrir la montre. À l'intérieur, il y avait une inscription. Grand-père était incapable de la lire, mais grand-mère comprit qu'il était question des Écritures et qu'un père s'adressait à son fils. Alors elle a dit à grand-père qu'il fallait la rendre. Que ce serait sûrement un péché de la garder.

Dawkins but une grande gorgée d'eau. Il avait l'air songeur. Il prenait manifestement plaisir à penser à sa famille.

— C'étaient des histoires qu'on racontait, vous comprenez ? Des histoires d'autrefois qu'on nous répétait autour du feu, à nous, les enfants. Grand-père les a racontées. Mon père les a racontées après lui. Et moi, je les raconte aussi à mes enfants. Ces histoires, on ne les trouve pas dans les livres, vous savez.

Sur ce, Dawkins se leva, siffla de nouveau entre ses dents et toute l'équipe se remit en mouvement pour regagner les postes de travail. L'élévateur arriva bientôt, chargé de nouvelles palettes de cages. J'enfilai de nouveau mes gants.

— Encore une question, capitaine Dawkins. Il y a un nom qui apparaît dans ces lettres. Peut-être quelqu'un d'ici. Quelqu'un qui s'appelait Jefferson. Ça vous dit quelque chose, Jefferson ?

Pour la première fois, un voile descendit sur les yeux du géant noir. En répondant, il évita de me regarder.

— Raconter les histoires de ma famille, ça ne me fait rien, m'sieur Freeman. Elles m'appartiennent, après tout. Mais les histoires des autres, je préfère leur laisser le soin de les raconter eux-mêmes. Sinon, on colporte des rumeurs et je ne voudrais pas blesser des gens avec des rumeurs.

En finissant de caler les piles de cages, Dawkins nous tint en haleine en nous racontant qu'un jour Al Capone en personne était venu dans les Everglades pour une partie de pêche. Il avait dormi au Rod & Gun Club. Les patrons avaient été très gênés quand ils s'étaient aperçus qu'ils avaient attribué au fameux truand la chambre dans laquelle, quelque temps auparavant, le président Truman lui-même avait dormi. L'histoire amusait beaucoup Dawkins, et nous aussi d'ailleurs.

Puis le chargement fut achevé. Le capitaine me remercia pour le coup de main et me demanda si je n'avais pas envie de passer deux jours en mer en les accompagnant jusqu'à l'endroit où ils allaient déposer les casiers. La pêche au crabe était officiellement ouverte. Ce serait la première nuit de la saison. Mais je dus décliner son offre.

— Vous n'avez qu'à venir le jour où nous les repêcherons. Comme ça, vous vous ferez une idée plus précise du travail. Et vous saurez si la pêche a été bonne.

Un large sourire éclaira de nouveau le visage de Dawkins.

— Je le saurai en allant dîner dans un restaurant de Fort Lauderdale.

— Alors priez pour qu'on nous en donne un bon prix. Avec un peu de chance, nous pourrons nous retirer cette année.

Et il me serra la main. Au moment où j'allais quitter le quai, l'élévateur déposa près des chalutiers des caisses de poulets congelés et des abats de poisson surgelés. Dawkins se mit en devoir de les concasser à la hache en faisant un raffut de tous les diables.

✽

Dawkins m'avait indiqué la direction du café, à un quart d'heure de marche à peine. Avant d'avoir parcouru quelques mètres le long du quai, je me rendis compte que j'avais les jambes en caoutchouc et les articulations, en revanche, raides comme du bois. Après ces deux heures passées à travailler sur le pont, j'avais mal aux bras et aux épaules comme si j'avais pagayé jusqu'à Key West.

Nate Brown m'attendait au bistrot, assis à l'ombre des pins, sur la terrasse. Il avait déjà déjeuné. Les pieds sur un petit tonneau, il avait sur sès genoux un grand bol de crème glacée. Je pris place à une table juste à côté de la sienne. Quelques instants plus tard, une serveuse entre deux âges sortit de l'établissement, tenant à la main une grande tasse de café qui m'était destinée. Je souris.

— M. Brown m'avait prévenue de votre arrivée. Voulez-vous manger quelque chose ?

Je commandai un sandwich au mérou et observai un instant le vieux Brown. Il s'y prenait drôlement pour déguster sa glace. Il faisait penser à un môme qu'on aurait menacé de priver de dessert s'il ne se montrait pas bien élevé. Il sculptait délicatement chaque boule de glace avec sa cuillère, avant de porter à plusieurs reprises à sa bouche une petite portion de crème qu'il modelait avec ses lèvres crevassées avant de l'engloutir. Entre deux cuillerées, il m'interrogea :

— Alors, vous avez eu une conversation avec le capitaine Dawkins.

— Il travaille tout le temps aussi dur, Dawkins ?

— Ah, ça oui ! C'est la seule manière, pour un homme comme lui, d'faire tourner une affaire comme la sienne, avec deux bateaux. Et d'faire en sorte qu'elle tourne bien.

« Un homme comme lui » était-elle une allusion au fait que Dawkins était noir ? Je ne relevai pas.

— Son p'pa était comme ça, et son grand-père avant lui. Ils lui ont transmis cette ardeur au travail en même temps qu'leur nom.

Je l'interrogeai à propos des étranges cicatrices que le capitaine portait autour des avant-bras.

— C'est à cause des cages… Quand ils les r'montent… Les pièges sont accrochés à un câble. À la queue leu leu. Le câble s'enroule sur le gros treuil qu'vous avez vu à l'arrière des bateaux. Quand ils le mettent en route, les casiers commencent à défiler sans arrêt. Faut qu'le type soit réglé comme une horloge. Faut attraper la cage avec un crochet, faut l'ouvrir, faut prendre le crabe, faut remettre de l'appât. Puis faut vite refermer le casier pour le r'lancer dans le circuit. Le type a juste le temps d'faire tout ça avant qu'un autre piège s'présente. Et ça continue comme ça pendant des heures et des heures. Si vot'gant reste coincé, l'bras est emporté. Faut pas croire. Le crabe a sa chance.

Je me trouvai ridicule avec les douleurs minables de mes muscles congestionnés.

— Il n'a pas voulu parler de ce Jefferson qui est mentionné dans la lettre de Mayes. Mais il m'a semblé qu'il connaissait la famille de cet homme, expliquai-je.

— Oh ! Par ici, tout l'monde les connaît, les Jefferson.

Brown resta soudain silencieux, les yeux fixés sur sa cuillère. De l'autre côté de la route, une demi-douzaine de magnifiques ibis blancs marchaient dans l'herbe. Quelque part derrière nous, un héron lâcha un cri. Brown continua à regarder sa cuillère en m'expliquant :

— J'avais dix-huit ans la première fois qu'j'ai eu d'la glace. Pour moi, c'est toujours comme si c'était un miracle.

❋

Brown démarra le moteur de son petit bateau et mit le cap vers Chokoloskee Pass. La fin de l'après-midi approchait. Une lumière verte baignait le golfe du Mexique. Vers le sud-ouest, des nuages bas et menaçants couraient au-dessus de l'horizon. Brown fixait son regard dans la même direction que moi.

— Nous allons longer la côte. Comme ça, on arrivera avant qu'l'orage soit sur nous. Un p'tit peu de pluie, d'toute façon, ça fait pas de mal. Et puis, ça empêche les hélicoptères d'décoller.

Je tournai la tête en arrière pour scruter le ciel. Il était vide, à part une troupe de pélicans qui volaient vers le nord, le long d'une mangrove, en battant l'air de leurs ailes recourbées à la manière d'un éventail. Brown obliqua vers l'est et poussa le moteur. La proue se mit à fendre la surface de l'océan en se soulevant légèrement et en retombant en rythme dans l'eau transparente. Je me tenais debout à côté de lui, cramponné à la console. J'en profitai pour lui demander pourquoi il ne m'avait pas dit qu'il connaissait le nom de Jefferson quand je lui avais lu les lettres pour la première fois.

— J'étais justement en train d'penser à tout ça.

Le vieux *gladesman* regardait droit devant nous et semblait plisser les yeux alors que nous avions le soleil quasiment dans le dos. Je crus comprendre que c'était le passé qu'il scrutait. Au bout d'un moment, il commença à mettre des mots sur ses souvenirs.

— C'était un p'tit homme. Un p'tit homme méchant. Du moins, c'était c'que les gens disaient. C'est c'que j'pensais moi-même, d'ailleurs. C'était pas évident, dans ce temps-là, d'éviter de fréquenter certaines personnes. Pourtant, mon p'pa disait toujours qu'il ne voulait pas avoir affaire avec M. Jefferson. Le fait est que M. Jefferson et lui étaient à peu près du même âge. Et on disait comme ça qu'avec un fusil dans les mains, ils étaient tous les deux les meilleurs dans la région. C'est vrai que j'ai vu p'pa tirer un raton laveur à cinquante mètres et abattre un oiseau en vol à plus que ça. Vous savez comment sont les gosses… On lui demandait si M. Jefferson était aussi fort que lui. Et p'pa ne répondait pas. Jamais. Il ne disait jamais ni oui ni non.

Brown regarda par-dessus son épaule. Je l'imitai. Les nuages se rapprochaient, de plus en plus menaçants, et formaient maintenant un front compact qui allait bientôt cacher le soleil. Nous étions encore à une bonne vingtaine de kilomètres de l'embouchure de la Lostmans River.

— On racontait beaucoup d'choses sur M. Jefferson. Certains disaient qu'pour tirer aussi bien, fallait que ce soit un criminel. Ou un professionnel qui s'était r'tiré, selon d'autres. Et puis, y a eu des meurtres. Un garde-chasse qui faisait un peu trop bien son boulot a été tué. Un gars des douanes, qui traquait l'alcool de contrebande, a disparu. Alors, bien sûr, on parlait d'tout ça, l'soir autour du feu. Et nous, les gosses, on entendait toujours le nom de Jefferson qui revenait. Il avait bien l'profil d'un tueur.

— Alors, personne n'a été surpris quand Jefferson s'est fait embaucher comme tireur d'élite sur le chantier, supposai-je. Il fallait bien protéger les ouvriers des alligators et des panthères…

Je regardai son visage pour observer sa réaction. Il resta un instant silencieux avant de reprendre le fil de son histoire :

— Pour p'pa, c'était normal qu'on mette un gars avec un fusil dans les mains sur le chantier. Et il était pas seul à penser comme ça. Mais y a eu des rumeurs. De plus en plus d'rumeurs. On disait que Jefferson se f'sait payer pour tirer sur tout et sur n'importe quoi. Et pt'être bien même sur n'importe qui. Et qu'justement, la compagnie l'avait embauché pour ça.

— Le capitaine Dawkins a parlé de la famille de Jefferson. Il a encore des parents dans la région ?

— Y a longtemps qu'ils sont partis. Ils s'étaient installés au bord de la Chatham River, puis ils ont déménagé. Le fils de Jefferson est allé à la guerre. Quand il est rev'nu, ils sont restés jusqu'à la mort du père et puis ils ont laissé tomber. Il y avait un petit-fils. On dit qu'il serait allé vivre au nord du lac Okeechobee et qu'il s'rait devenu pasteur. Il était à peu près du même âge que le cap'taine Dawkins. Moi, j'l'ai pas connu.

Le ciel avait déjà tourné au gris perle quand nous arrivâmes à l'embouchure de la Lostmans. La lumière baissait. Des centaines d'aigrettes blanches s'étaient rassemblées et formaient une nuée criarde dans le ciel. Comme chaque soir, elles commençaient leurs allées et venues au-dessus des hautes mangroves. Le vacarme augmenta encore et atteignit son paroxysme quand les oiseaux eurent choisi leur abri pour la nuit, regroupés sur les branches. Leur tapage incita Brown à mettre le moteur au ralenti. Nous contemplâmes le reflet des dernières lueurs du jour sur les amas de plumes blanches alignés, qui faisaient ressembler la canopée à un champ de coton à la tombée du jour. À mes yeux de citadin, le spectacle semblait irréel. Le vieux Brown lui-même, tout vétéran des Glades qu'il était, semblait transporté.

Le voyage continua en silence dans la pénombre qui s'épaississait. Au bout d'une heure, le vieux coupa le moteur, et le bateau se mit à dériver dans les joncs. Brown quitta la cabine, une torche électrique à la main. Il l'alluma et la dirigea par le travers.

— Vot'pick-up est là, m'sieur Freeman. Vous avez p't'être vingt mètres à faire.

J'enjambai le plat-bord. L'eau n'était pas très profonde.

— Comment puis-je rester en contact avec vous ?

— Quand vous aurez besoin d'moi, mon garçon, vous n'aurez qu'à l'faire savoir à la fille du Frontier Hotel. On m'passera l'message.

Je ne l'entendis même pas remettre le moteur en marche. Le temps d'arriver jusqu'à la camionnette, la pluie commençait à tomber. Je mis sans problème la clé dans la serrure grâce à la torche électrique. Dans la cabine, j'allumai le plafonnier, puis regardai machinalement, droit devant moi, à travers le pare-brise. C'est à cet instant que j'aperçus le trou.

Une seule balle avait été tirée. Du côté du conducteur. Juste à hauteur de la tête. Un réseau de fines craquelures rayonnait tout autour. Pendant que je contemplais l'orifice, ma main vint toute seule se poser sur la cicatrice à mon cou.

12

Il était presque 22 heures quand j'arrivai à Lauderdale. Le pick-up n'avait subi aucun autre dommage. Je décidai de ne pas signaler l'incident à la police. À tous les coups, il aurait été mis sur le compte du vandalisme ordinaire. Celui qu'on voyait par exemple à l'œuvre, le long des routes, sur les panneaux de signalisation. Ou bien on aurait parlé de la balle perdue d'un chasseur. Deux hypothèses d'ailleurs plausibles. En l'occurrence, je n'y croyais pas trop.

Je dus m'arrêter pour faire le plein. J'en profitai pour passer un coup de fil à Richards, d'une cabine. Mon état d'épuisement fut sans doute perceptible à ma voix, et sans doute le résumé des événements de la journée l'intrigua-t-elle. Toujours est-il qu'elle ne me laissa pas le temps de m'inviter moi-même, comme je me préparais à le faire avec élégance.

— Je mets en route un café et un bain chaud.

À mon arrivée, elle ne put se retenir de faire la grimace et me dirigea fermement vers la douche située à côté de la piscine, à l'extérieur de l'appartement. Là, j'ôtai mes habits, recouverts d'une croûte de sel et de boue, et mes chaussures, complètement imbibées, et m'efforçai de faire disparaître l'odeur des Glades qui me collait à la peau. Quand Richards revint, une tasse de café fumant à la main, j'étais au bord de la piscine, nu comme un ver. Elle montra du pied le tas de vêtements souillés abandonnés dans un coin :

— Dis donc, l'homme des bois, qu'est-ce que je dois faire de tout ça ? Un grand feu ?

J'étais trop fatigué pour répondre quoi que ce soit d'intelligent.

— Monsieur Freeman, la baignoire vous attend ! ordonna-t-elle.

Je restai une heure à transpirer dans l'eau brûlante, à la limite du supportable. Au sortir de mon étuve, je trouvai de quoi m'habiller : un short et un T-shirt laissés là lors d'un précédent passage. Nous nous attablâmes dans la cuisine. Sherry m'avait mitonné des œufs brouillés à la sauce mexicaine. Tout en mangeant, je complétai mon récit. Elle m'écouta sans un mot puis, lorsque j'eus terminé, elle se lança dans un résumé de la situation :

— On a truffé ta camionnette de systèmes de détection. On a tiré une balle dans ton pare-brise. Tu as été pris en filature par une fourgonnette, puis par un hélicoptère. On a essayé de te faire peur. Enfin, on a tenté d'acheter Billy. Or, les seuls indices que vous ayez pour le moment consistent en une série de lettres vieilles de quatre-vingts ans et des ragots que les vétérans des Everglades se racontaient autrefois autour du feu… Tu vas apparemment prendre de gros risques sans pouvoir être couvert. Personne ne voudra t'aider tant que tu n'auras pas retrouvé les restes de l'un ou l'autre de ces corps, quelque part le long des cent kilomètres de route qui traversent les marais. Un de ces squelettes devra évidemment avoir un bulletin de salaire en bonne et due forme dans sa poche, une note autographe désignant nommément son assassin. Comment penses-tu déclencher une enquête, sinon ?

— Il est sans doute un peu tôt pour envisager une enquête officielle…

J'étais trop crevé pour trouver autre chose à répondre. Mes jambes et mes bras étaient en compote et mon cerveau ressemblait à de la sauce blanche. J'aimerais pouvoir raconter que nous nous sommes retrouvés tous les deux sur son lit, que nous nous sommes allongés l'un contre l'autre sous le ventilateur de la chambre, que le parfum et la douceur de sa peau me rendirent mes forces, mais ce n'est pas exactement ce qui s'est passé. La vérité est que je m'endormis comme une pierre et ne me réveillai pas avant le lendemain, vers midi.

Richards était au bureau depuis longtemps. Elle avait laissé une note me signalant qu'elle avait téléphoné à un ami policier qui travaillait dans le comté de Collier, sur la côte Ouest. Autrement dit, de l'autre côté des marais, à l'autre bout du Tamiani Trail. Elle le présentait comme un type « qui connaît bien l'histoire des Glades ». Elle ajoutait qu'il avait peut-être eu vent de « rumeurs intéressantes » pour moi. Je m'habillai et sortis.

Le soleil brillait. Il faisait déjà chaud. Quand j'ouvris la portière de la camionnette, l'odeur âcre de la boue séchée, mêlée à celle de la transpiration, me prit à la gorge. À la lumière du jour, j'aperçus les éclats de verre sur mon siège. Je retrouvai même sans trop de mal, derrière le dossier, la balle qui avait traversé le pare-brise. Elle avait ricoché sur la paroi arrière du pick-up et provenait d'un calibre .38 ou .45. Autrement dit, pas d'un fusil de chasse. Je la saisis en m'aidant d'un bout de papier, la glissai dans un sac en plastique déniché dans la boîte à gants et la mis à l'abri. Puis je pris la direction de Federal Highway, les vitres baissées, histoire d'aérer. Il fallait que j'appelle Billy. D'une cabine publique, de préférence. Je ne faisais plus confiance aux portables et je ne tenais pas non plus à prendre le risque d'utiliser le fixe de Richards.

Finalement, je me servis du téléphone à pièces d'une petite épicerie et réussis à joindre Billy. Je lui expliquais que j'allais repasser par l'appartement et lui donner rendez-vous vers 20 heures chez Arturo, un restaurant situé sur Atlantic Boulevard, quand j'aperçus une voiture de police qui se garait derrière mon pick-up, de façon à m'empêcher de repartir.

— On se voit à 20 heures, Billy. Sinon, je t'appelle de la prison.

Je raccrochai sans lui laisser le temps de demander des explications. J'achetai un grand café et une boîte de beignets et je franchis la porte.

Les deux agents étaient sortis de leur voiture. L'un s'appuyait sur le coffre de mon véhicule pendant que l'autre inspectait l'intérieur de la cabine par la vitre du conducteur. Je m'avançai, ouvris la portière et passai la tête à l'intérieur en interrogeant du regard le plus jeune flic, de l'autre côté de la vitre. J'esquissai un sourire. Mais le type n'était manifestement pas d'humeur à plaisanter.

— Vous êtes monsieur Freeman ?

Je sortis la tête en me redressant. L'homme avait déjà la main droite sur l'étui de son 9 millimètres.

— Lui-même. Bonjour, monsieur l'agent.

Je posai ma boîte de beignets sur le toit, entre nous deux. Il me regarda un instant, prit un air renfrogné et demanda :

— Vous êtes bien le propriétaire de ce véhicule, monsieur Freeman ?

— Pour sûr. Comme l'indique la vignette qui est collée à l'arrière.

Le deuxième flic, plus âgé, s'était maintenant redressé. Il portait une matraque anti-émeute à la ceinture. Je le reconnus avant même qu'il n'enlève ses lunettes de soleil. C'était le flic avec qui Richards avait eu une altercation sur le parking du bureau du shérif. Celui qui battait son amie.

— Je peux voir votre permis et votre carte grise, monsieur Freeman ? demanda le jeune.

Je sortis les papiers de ma poche pour les poser sur la boîte de beignets.

— Ce trou dans le pare-brise…

Il ne finit pas sa phrase, me laissant le soin de la reprendre au vol pendant qu'il examinait mon permis. Il s'attendait à ce que je me montre sur la défensive. Mais je ne dis pas un mot. Finalement, il leva les yeux. Je fis de même.

— Vous savez ce qui s'est passé ?

— C'est un accident de chasse.

De mon côté du pick-up, l'amoureux violent avait changé de position. Tout en s'appuyant contre la carrosserie, il était maintenant fermement campé sur ses pieds.

— Quelqu'un a été blessé ?

— Pas que je sache.

Ce jeune flic n'encaissait manifestement pas ma désinvolture. J'aurais sans doute ressenti la même chose à sa place.

— Monsieur Freeman, vous savez que c'est un délit de conduire un véhicule dans cet état ? Je pourrais vous coller une amende et l'envoyer à la fourrière.

Il s'aperçut alors que je ne faisais pas du tout attention à ce qu'il était en train de dire. Je regardais son coéquipier, qui affichait un de ces petits sourires comme en arboraient les bons à rien qui fréquentaient le gymnase O'Hara, à Philly. Jamais ils n'avaient essuyé le tir d'un professionnel, et leurs petits sourires futés disparaissaient dès que nous leur faisions une démonstration. J'aurais parié que le type que j'avais en face de moi était du même genre.

— M. Freeman sait parfaitement qu'il est en infraction, Jimmy, dit-il sans baisser les yeux. Il a été flic dans le Nord. C'est un ex-collègue à nous. Un de nos potes de Philly, n'est-ce pas, monsieur Freeman ?

Je restai muet tout en soutenant son regard. Il poursuivit :

— M. Freeman était sûrement sur le point de régler le problème. De toute façon, par principe, nous ne collons pas de papier timbré à des collègues. Ni même à des ex-collègues. Pas vrai, Jimmy ?

Du coin de l'œil, je vis que Jimmy rangeait ses papiers. Je baissai la voix :

— Vous me suiviez, McCrary ?

Mon pick-up séparait maintenant les deux flics. C'était une erreur de la part du gamin. Il n'aurait pas dû rester de l'autre côté du véhicule.

— Pourquoi je vous suivrais, Freeman ? Ce que vous faites ne me regarde pas. Alors, s'il vous plaît, faites de même : ne vous mêlez pas de ce que je fais.

Sa répartie me surprit et McCrary profita de mon trouble pour tourner les talons. Il fit un signe de la tête à son coéquipier et tous deux se dirigèrent vers leur voiture. Pendant qu'ils démarraient, je regardai l'emblème et la devise qui ornaient la portière, juste au-dessous du profil de McCrary :

« *TO PROTECT AND SERVE.* » Protéger et servir…

❋

Sur Atlantic Boulevard, c'était l'heure où les gens commençaient à sortir. Les filles portaient le genre de pantalons décontractés qui, de loin, paraissent à la fois simples et confortables mais, de plus près, serrent horriblement les fesses et ont une taille si basse qu'on frôle constamment l'attentat à la pudeur. T-shirts et chemisiers étaient tous trop petits d'au moins une taille. Les talons hauts faisaient la loi sur le trottoir et, malgré le soleil de Floride, la plupart des femmes, quel que soit leur âge, arboraient des mèches décolorées. C'était d'ailleurs également le cas de bon nombre d'hommes jeunes.

J'arrivai chez Arturo avec une demi-heure d'avance. Billy avait téléphoné pour réserver. Aussitôt que je prononçai son nom, le propriétaire en personne s'avança pour me faire asseoir à une table dressée sur le trottoir, l'emplacement le plus demandé le samedi soir. Je commandai ma boisson habituelle, deux cannettes de Rolling Rock, que le serveur m'apporta dans un seau à champagne rempli de glaçons. Pendant que je dégustais ma bière, confortablement installé sur ma chaise, des éclats de rires de femmes me parvinrent de l'autre côté du boulevard. J'entendis, portée par le vent, la voix d'un animateur relayée par un micro, une ou deux rues plus loin. Un môme qui passait en voiture imita plutôt bien le hurlement d'un loup, histoire d'attirer l'attention des filles. Des bribes de musique franchissaient la porte des boîtes du quartier.

Billy arriva à 20 heures pile, dans un costume de lin blanc cassé, chaussé de mocassins rouge sang.

Pas moins de trois femmes, d'âges différents, se retournèrent sur son passage. Arturo l'accueillit avec empressement. Avant même que Billy ait eu le temps de s'asseoir et de croiser les jambes, un serveur avait déjà déposé sur la table une magnifique coupe de champagne.

— Tu as l'air en f-f-forme, Max…

C'était sa façon habituelle de dire bonjour, et cette phrase était devenue un sujet de plaisanterie entre nous. Billy se cala au fond de sa chaise, balaya du regard la foule qui se pressait sur le boulevard et respira profondément avant de porter un toast :

— Aux s-soirées tropicales et aux amis f-f-fidèles !

Je trinquai avec ma canette de bière en ajoutant, avec un sourire en coin :

— Tant qu'on n'est pas plongé jusqu'aux fesses dans la boue ni harcelé par des nuées de moustiques !

— Raconte-moi t-t-ton v-voyage, Max.

Tout en dégustant un poulet préparé à la cubaine, accompagné de haricots noirs et de riz, je lui parlai des inconnus du Frontier Hotel et de la disparition de la photo où figurait le nom de la Noren, puis de la balade en bateau jusqu'à Everglades City et de l'hélicoptère qui nous avait pris en filature. Je savais que, tout en m'écoutant, il classait les nouvelles informations que je lui communiquais, leur attribuait une place déterminée dans son carrousel mental de faits et d'hypothèses, établissant le scénario idéal pour une projection de diapositives susceptible de faire impression sur un juge.

Lorsque j'évoquai le capitaine Johnny Dawkins III, essayant de résumer son histoire, il m'écouta avec plus d'attention, rapprocha sa chaise et ne toucha pas à son verre pendant que je lui répétais les paroles du capitaine. Mon récit terminé, il cala de nouveau ses épaules contre le dossier de sa chaise et fit mine de tourner la tête. Aussitôt, un serveur se précipita. Tandis que Billy commandait un peu plus de vin pour lui et une bière supplémentaire pour moi, j'en profitai pour examiner la rue. Apparemment, personne ne restait planté sur le trottoir d'en face pendant plus de deux minutes, et aucune fourgonnette blanche n'était visible au milieu des Mercedes, des BMW et des petites voitures de luxe garées autour de nous. Une série de lampions suspendus entre les arbres empêchaient d'avoir une vue plongeante sur les trottoirs à partir des fenêtres des immeubles alentour, et le bruit de la rue et des conversations aurait rendu difficile l'interception de nos voix à l'aide d'un micro. L'endroit semblait sûr. Quand ma bière arriva sur la table, j'en pris une longue gorgée et Billy me résuma ses propres recherches.

— J'ai été aussi loin que p-p-possible dans m-mes investigations sur Internet. Mais il nous manque t-tant d'éléments… En fouillant d-dans les archives m-municipales et dans celles d-d-de l'État, j'ai trouvé une s-somme d'informations de p-première main sur les débuts du Tamiani Trail. Principalement des c-c-comptes rendus sur l'avancement des t-t-travaux parus d-dans les journaux de l'époque. J'ai aussi réussi à m-mettre la main sur une histoire s-sommaire du chantier écrite juste a-a-après l'achèvement de la route, en 1928. Aucun nom d'ouvrier n'y f-figure, mais on y explique que b-b-beaucoup d'ouvriers ont perdu la vie sur le chantier. C'est m-même très é-étonnant.

— Pourquoi ?

— Sur la f-f-fin, l'État de Floride lui-même a p-pris les choses en m-main et de l'argent p-p-provenant du c-comté de Collier a été injecté dans le p-projet. Mais des hommes ont continué à m-mourir.

Billy se tut et se mit à observer le boulevard, songeant manifestement à un détail qui faisait sens pour lui seul.

— Cela signifie-t-il que la responsabilité de l'État de Floride est engagée ?

— C'est une éventualité.

— Notre client est-il au courant ?

À son tour, Billy prit une gorgée de vin.

— Ce b-bon M. Mayes semble bien f-f-faire partie des rares c-clients pour qui les retombées f-f-financières d'une affaire comme celle-là ne c-comptent pas. Il semble s-sincèrement n'être préoccupé que d-de découvrir ce qui est arrivé à son a-arrière-g-g-grand-père.

Je regardai Billy dans les yeux.

— Raison de plus pour lui fournir une réponse.

À la fin du dîner, j'abordai la question des allusions faites dans les lettres à un certain Jefferson. Le rôle de cet homme paraissait aussi difficile à reconstituer que tout ce qui avait trait à l'histoire ancienne des Glades. Toutefois, un petit-fils de ce Jefferson vivait peut-être encore dans la région et il pourrait bien être devenu pasteur. L'indice était fragile, mais c'était tout de même un indice. Mes remarques ne tombèrent pas dans l'oreille d'un sourd.

— Il n'y a qu'une chose à-à faire : éplucher l-les déclarations de n-naissance, m'expliqua Billy. Les r-registres des églises sont les plus c-c-complets, du fait de l'exemption des t-taxes dont bénéficiaient les établissements r-religieux. Nous pourrions c-c-commencer par explorer, d-disons, le sud d'Orlando. Si nous faisons l'hypothèse d'un lien a-avec les baptistes, confession très p-p-populaire dans la région, nous pouvons espérer t-trouver quelque chose. Encore que J-Jefferson soit un patronyme plutôt c-courant.

Quand Billy tentait de résoudre un problème, ses neurones fonctionnaient à plein régime. Dans ces moments-là, il était contagieux.

— Tu as besoin de l'ordinateur qui est chez toi, demain ?

— Non, j'ai d-des rendez-vous.

— Alors, je reviendrai de la rivière vers 10 heures, et je passerai à ton bureau pour mes recherches.

Il ne tenta même pas de me dissuader de retourner à la cabane.

Arturo nous raccompagna jusque sur le trottoir. Billy le félicita et lui laissa un bon pourboire. Je cédai le passage à un couple de touristes qui ne pouvaient pas s'empêcher de jeter des regards admiratifs sur ce Noir, si élégant dans son costume à mille dollars.

— Surtout, appelle-moi si t-tu as besoin d'aide a-a-avec l'ordinateur.

— Je t'appellerai de toute façon.

Je rejoignis seul mon pick-up.

13

Il n'était pas loin de minuit. La nouvelle lune brillait dans le ciel étoilé et ses rayons tremblaient sur le miroir sombre de la rivière. Je pris mon temps pour remonter le courant sous les feuillages. L'air était tiède. Le vent du sud-est avait soufflé sur la forêt. Après un certain temps passé dans les Everglades, je pouvais repérer les évolutions les plus ténues dans l'air ambiant. À mon arrivée dans la région, j'étais encore tout imbibé de mes années passées dans les rues de Philadelphie ; mes sens étaient habitués aux bruits de la circulation et aux sons métalliques, aux parfums des cuisines mêlés aux relents des ordures ménagères, à l'odeur des gaz d'échappement qui finissait par tout imprégner et à la lumière électrique qui brillait toute la nuit. Ici, je m'étais d'abord senti aussi perdu qu'un prisonnier remis en liberté après des années d'isolement. À présent, je sentais dans ma bouche la plus petite variation du degré d'hygrométrie.

J'arrimai le canoë au ponton et déchargeai les provisions. Puis, à la lueur d'une petite torche électrique, j'examinai les premières marches. Pas la moindre trace. Une fois à l'intérieur, j'allumai la lampe à pétrole et mis de l'eau à chauffer pour mon café. Après m'être changé, je repris les copies des lettres de Cyrus Mayes. Cette prose vieillotte d'instituteur m'avait immédiatement fasciné, mais je n'avais jamais pensé qu'il suffirait de dérouler un fil pour parvenir jusqu'à la vérité.

Je choisis une des premières lettres du lot, m'assis, posai les pieds sur un coin de la table et me mis à lire, à la pâle clarté de la lampe qui projetait ma silhouette agrandie sur le mur.

Très chère Eleanor,

Nous sommes au travail ici depuis deux semaines et l'expérience a été à la fois épuisante et unique. Tu serais fière de tes fils si tu les voyais. Steven est passé maître dans l'art de faire des nœuds. Son savoir-faire nous est bien utile pour assembler d'énormes poutres et constituer une plate-forme flottante, afin de travailler au sec. Il y a par ici plus d'eau et de boue que ne l'avaient escompté les chefs de chantier et nous en sommes réduits à improviser à chaque instant. Parfois, la machine s'enfonce comme dans des sables mouvants. Nous devons alors l'encorder et la soutenir de toutes nos forces pour ne pas qu'elle s'embourbe définitivement. Dans ces moments-là, l'ingénieur devient très nerveux.

J'ai pensé constituer un groupe de prière avec les ouvriers, mais j'attends de les connaître un peu mieux. Ils forment une sacrée bande. Beaucoup sont des enfants perdus. L'un d'eux, impressionné par la prière quotidienne que nous faisons avant de manger, a paru intéressé. Mais, depuis quelques jours, il a été pris d'une toux rauque et il est devenu tout pâle. Quelqu'un a parlé de malaria. Les contre-maîtres l'ont tout de suite isolé du reste de l'équipe et, un matin, nous avons vu qu'on le chargeait sur un chariot qui est reparti vers l'ouest, sûrement à Everglades City. Un peu plus tard, l'homme à la carabine, le nommé Jefferson, nous a tous réunis pour nous mettre en garde contre ce qu'il a appelé la fièvre des marais. Il nous a dit qu'une ville entière, en Floride, avait été décimée par ce mal, que les habitants s'étaient transmis en parlant de voisin à voisin.

Steve a conçu une frayeur démesurée pour ce personnage. Il trouve que ce Jefferson a un regard de démon. J'ai essayé de lui faire abandonner cette idée et de le rassurer grâce à la prière. J'ai du mal à l'admettre, mais je crois qu'il y a quelque chose de vrai dans cette terreur.

Pardonne-moi, ma chérie, si je semble suspicieux ou si j'ai l'air de me plaindre. Ton petit Robert, notre rêveur impénitent, se montre très sensible à la beauté de la nature qui nous environne. Je trouve un réconfort dans l'émerveillement qu'il ressent devant les magnifiques oiseaux blancs qui volent au-dessus de nous de temps en temps, comme des nuages chargés de neige. Les serpents de toutes les couleurs qui hantent les marais lui inspirent pendant des journées entières un ravissement mêlé de crainte. Un jour de la semaine dernière, alors que la drague était en panne et qu'un silence inhabituel régnait sur le chantier, le premier, il a attiré notre attention sur une bande d'oiseaux qui s'étaient posés à quelques mètres de nous, d'une espèce que nous n'avions encore jamais vue. Leur plumage était d'un rose éclatant, qui se détachait sur le fond brun et vert des immenses étendues couvertes de joncs. Les contremaîtres eux-mêmes, qui ne sont pas du genre *romantique, ne pouvaient pas détacher leurs yeux de ce spectacle, et Robert était comme hypnotisé par cette troupe d'oiseaux qui sont restés longtemps à picorer, les pattes dans l'eau. De loin, on aurait dit des flocons de coton rose serrés les uns contre les autres. Comme tu peux l'imaginer, Robert est de ceux dont les yeux se remplissent de la beauté divine de la Création chaque matin quand, sur l'horizon, le soleil levant colore le ciel de mauve, de rouge et d'orange.*

Dans trois semaines maintenant, nous serons au terme de notre contrat, nous toucherons notre salaire et nous pourrons revenir auprès de toi.

Tes hommes t'embrassent.

Cyrus.

Je repliai la lettre, puis restai assis dans le silence de la forêt, buvant mon café en contemplant les jeux d'ombres que la lampe projetait sur le mur. Dehors, tout semblait reposer. Soudain, un héron nocturne poussa son cri rauque si caractéristique. Je pensai à la première fois que j'avais aperçu un de ces grands oiseaux au bord de la rivière. Je venais de pénétrer sur son territoire. Il m'avait laissé pagayer encore sur quelques mètres, puis il avait tout à coup détourné sa tête couronnée pour me montrer le motif qu'il portait sur sa joue en me fixant de son œil rouge sang.

Je tournai la molette de la lampe pour éteindre la flamme, avant de traverser la pièce au jugé. En posant ma tasse vide sur le bord de l'évier, je vérifiai que l'arrivée de gaz était bien fermée sur le réchaud, puis me déshabillai et m'étendis sur le lit. Un simple drap suffirait pour la nuit. Dans le rêve que je fis, cette nuit-là, l'œil du héron devint, je ne sais comment, celui d'Arthur Johnson, personnage dont je n'avais jamais rêvé pendant des années mais qui restait pour moi l'incarnation la plus convaincante du démon.

※

Je faisais encore partie de la brigade en charge du centre-ville. J'étais sans affectation officielle et je marchais sur des œufs après avoir contesté un peu trop ouvertement l'arrestation d'un employé de maintenance de la ville, handicapé mental, pour le meurtre d'une femme qui faisait du jogging sur Boathouse Row. J'étais novice. La leçon selon laquelle l'important était de trouver un coupable plausible me semblait encore particulièrement dure à avaler. Mais mes antécédents familiaux me maintenaient dans l'orbite de l'administration et mon aptitude naturelle à prendre des coups, au propre comme au figuré, me permettait de ne pas tout envoyer balader. Une nuit, on nous avertit qu'une personne avait été retrouvée morte sur un quai du métro entre le terminus de Speedline et City Hall. C'était pendant l'hiver, en janvier ou en février. Mon coéquipier, ce soir-là, était un vétéran nommé Edgerton. Je le vis s'approcher des voies et jeter un coup d'œil dans le tunnel qui partait vers le nord. Il interrogea le flic de permanence qui nous avait appelés.

— À quelle distance ?

— Cinquante ou soixante mètres. Dans la niche de maintenance.

Le flic frissonna en rentrant les épaules, comme si rien que le fait d'y penser lui glaçait le sang.

— C'est plutôt vilain, ajouta-t-il.

Edgerton baissa les yeux vers ses mocassins tout neufs, poussa un grand soupir, puis se tourna vers moi :

— Vas-y, toi. Le sergent et les gars de la patrouille vont me donner tous les détails. Ça doit être comme d'habitude.

J'empruntai donc au sergent sa torche électrique et je descendis sur les voies en empruntant une échelle. Tout était graisseux et noir de crasse. Heureusement, j'avais eu la présence d'esprit de garder les chaussures militaires que je portais du temps de mes patrouilles dans les rues. J'avais fait exprès d'acheter des pantalons légèrement trop longs. Grâce au revers, on ne remarquait rien. Je dirigeai le faisceau de ma torche vers le fond du tunnel et commençai à avancer.

À cinquante mètres de là, dans l'obscurité, un employé du métro attendait, emmitouflé dans un épais manteau, les mains dans les poches.

— Comment ça va ? me lança-t-il.

— Plutôt fraîchement.

Le type alluma sa torche et leva le bras, éclairant une encoche rectangulaire creusée dans le mur où trois anneaux de métal étaient scellés. Je passai les gants de chirurgien que j'avais toujours dans mes poches et grimpai. Quand ma tête arriva au niveau de la plate-forme, la puanteur me suffoqua. Je tournai la tête pour prendre une inspiration avant de faire un pas de plus. Une odeur de détritus, d'urine et de mort sortait d'une espèce de réduit carré, large d'un mètre cinquante et haut d'un peu plus d'un mètre quatre-vingts. Il me fallut baisser la tête pour pouvoir rester debout. Une porte métallique verrouillée fermait le mur du fond. Sur le sol s'étalaient des haillons crasseux et des lambeaux de laine moisis. Ils avaient dû servir à couvrir un corps. Je m'accroupis et orientai la torche vers le fond du réduit. Un bout de manteau apparut, puis une masse de cheveux gris ébouriffés dans lesquels je dus fouiller pour trouver une mâchoire qu'il fallut manipuler pour tourner la tête et confirmer l'intuition d'Edgerton. Il y avait deux trous noirs à la place des yeux. Les nerfs arrachés étaient profondément enfoncés dans les orbites et les paupières avaient la couleur des prunes abîmées. Je sentis venir la nausée et détournai très vite le faisceau lumineux vers le menton de la victime, soulevant juste assez la mâchoire déjà rigide pour dégager la gorge et apercevoir l'entaille en forme de croissant. Edgerton avait raison. C'était comme d'habitude.

J'étais en train de vérifier s'il y avait un moyen quelconque d'identifier la victime quand l'employé du métro fit retentir un juron.

— Bon Dieu, mais c'est pas vrai !

Il était toujours sur les voies, les yeux fixés sur le tunnel.

— Quelle bande de nases ! ajouta-t-il encore.

Il alluma alors sa torche et se mit à l'agiter en direction du nord. On entendait vaguement le grondement de la masse de métal en mouvement sur les rails, et le bruit semblait se rapprocher. En sortant la tête de l'alcôve, j'aperçus un halo lumineux qui se déplaçait le long de la courbe du mur, au ras des voies, et reconnus à l'instant le son familier d'une rame de métro. Le type agita encore sa torche, mais il avait déjà fait deux grands pas vers l'échelle de métal.

— Ces cons étaient censés arrêter le trafic pendant que nous étions sur les voies !

Il fouilla à l'intérieur de son manteau pour trouver sa radio. Le bruit saccadé des roues d'acier augmentait toujours.

— Quatorze au contrôle ! Quatorze au contrôle !

Il hurlait maintenant dans son micro, la main sur un barreau de fer et les yeux fixés sur la lueur qui grandissait.

— Bon sang, ce salaud a dû s'endormir au volant !

Le bruit de ferraille devenait assourdissant. Je m'avançai pour saisir le type par la manche et le tirer de toutes mes forces vers l'intérieur du réduit. À mesure que le train poussait la masse d'air devant lui, je sentais la pression augmenter dans mes oreilles. Je dus fermer les yeux quand le courant d'air souleva les détritus et la poussière du réduit. Puis, aussi vite qu'il avait grossi, le grondement diminua, et l'appel d'air créé par le passage en trombe du dernier wagon emporta avec lui des miasmes de mort. Tout retomba dans le silence. Quand nous descendîmes les barreaux de métal, les lueurs des torches électriques se rapprochaient en oscillant. Le sergent courait loin devant Edgerton, et j'eus une pensée émue pour les mocassins de mon coéquipier.

Une heure plus tard, un assistant technique de la police et un médecin légiste auxiliaire étaient sur place. Les aides du médecin légiste enveloppèrent le cadavre dans un grand sac en plastique, et pestèrent en faisant passer le tout au-dessus des tourniquets. Le médecin légiste, de l'air détaché du professionnel, me communiqua ses conclusions :

— Même scénario que les deux autres. La victime est morte par égorgement. À la fois par asphyxie et hémorragie, puisqu'on lui a tranché la carotide. C'était un homme, de type caucasien. La trentaine, probablement, mais avec ces SDF c'est toujours difficile à dire. Je n'ai pas trouvé de papiers d'identité. On découvrira peut-être un tatouage ou un signe distinctif quelconque à la morgue.

Le type parlait sans notes. Il n'avait peut-être même pas pris la peine de mettre quoi que ce soit par écrit.

— Les yeux ? demanda Edgerton.

— Même chose. Arrachés *post mortem* avec un instrument émoussé. Peut-être une cuillère.

— Bon Dieu ! Trois en six semaines. Ce cinglé va nous foutre en l'air notre quota d'affaires à lui tout seul !

Edgerton mena l'enquête avec moi pendant trois semaines, puis préféra s'occuper du double assassinat d'un couple de Cherry Hill, sur le parking de Bookbinders. Cette histoire excitait beaucoup les journaux. Je continuai ainsi tout seul les recherches pendant une semaine. J'arpentais les couloirs de métro entre 20 heures et 23 heures, pour interroger les usagers rentrant tard du travail. Je revenais à partir de 5 heures et restais jusqu'au lever du jour, au moment où les quais sont presque silencieux, troublés seulement par l'écho d'une rame ou le frôlement d'un rat qui trottine sur le béton. Je faisais ainsi le trajet de City Hall à Locust Street sans voir la lumière du jour. Je parlais avec les miséreux et les SDF qui se pressaient au-dessus des bouches d'aération, sur les trottoirs, quand leurs habits étaient trop humides ou qu'ils risquaient de mourir de froid. Je les regardais dans les yeux et respirais leur haleine fétide, mais ne recueillais guère que des propos de psychotiques.

Un soir, je vis une femme aux prises avec un grand sac-poubelle rempli de vêtements. Lorsque je voulus l'aider, elle saisit brusquement le sac en me regardant avec ses yeux bleus et humides et s'écria :

— Laissez-moi tranquille !

Mieux que par sa voix, sa féminité était révélée par la taille de ses petites chaussures blanches sur lesquelles était collée une petite pâquerette en caoutchouc. Je m'étonnai de ce reste de coquetterie.

Le lieutenant de notre unité me retira l'enquête au bout de quelques jours.

— Occupe-toi des autres affaires, Freeman. On a des priorités, fiston.

Mais, le week-end, j'allais tout de même rôder du côté des stations de banlieue, cherchant à repérer dans les rues alentour un individu susceptible de descendre sous terre pour assassiner des êtres humains et leur arracher les yeux. Je continuais à arpenter les couloirs de métro en me rendant au travail et en rentrant chez moi, une fois ma journée finie. Ce qui provoquait des sourires narquois et quelques plaisanteries pesantes de la part de mes collègues. Un jour, Edgerton me prit à part et crut se montrer de bon conseil en me décourageant de chercher à imiter mon père.

— Ça ne marche plus comme ça, aujourd'hui, Max. Dans le métier, les obsessionnels ne sont pas bien vus. En plus, il ne s'agit pas de gosses innocents ! Et puis…

Il se tut, gardant pour lui la suite de la phrase qui devait achever de refléter son opinion : « Regarde où ça a mené ton père. »

Le scepticisme général dura jusqu'au vendredi suivant. Ce jour-là, il commença à neiger vers 10 heures. C'était en fait de la pluie gelée qui ressemble à de la neige à la lumière des réverbères, mais qui pique quand elle touche la peau. Un temps à rester à l'abri.

Les rames de métro avaient été prises d'assaut pendant les heures de pointe, puis, comme d'habitude, les couloirs s'étaient vidés. Jusqu'au moment où cette pluie glacée se mit à tomber. Les fêtards du vendredi soir et les sans-abri à demi frigorifiés commencèrent alors à affluer. Je reconnaissais les habitués à leur dos voûté et à leur manière de traîner les pieds, et pus ainsi concentrer mon attention sur les nouveaux venus.

Peu après minuit, près de Market Street, je croisai un homme grand, habillé d'un caban en lambeaux. Il avait un grand nez recourbé comme un tuyau d'arrosage et les épaules ramenées autour d'une poitrine creuse, comme si elle avait été défoncée par un formidable coup de vent et n'avait jamais repris sa forme initiale. Vers 2 heures, les quais et les couloirs s'étaient de nouveau vidés, et ceux qui étaient encore dans la place avaient trouvé un coin où se blottir. Je suivais un couloir au nord de Chesnut quand je flanquai la frousse à une jeune femme qui se dirigeait vers le sud. Elle portait des chaussures de pluie, une veste de ski et un sac à dos sur l'épaule et eut le souffle coupé quand elle me vit. Je lui montrai immédiatement mon badge en disant :

— Je suis de la police. N'ayez pas peur.

Elle parut soulagée et s'apprêta à me répondre quand, tout à coup, nous entendîmes un hurlement d'agonie qui s'interrompit presque aussitôt.

Les yeux de la femme s'agrandirent et elle fit un pas dans la direction opposée à celle d'où venait le cri, au moment même où je m'élançai en sens inverse.

— Dirigez-vous vers la sortie, s'il vous plaît.

Elle regarda de l'autre côté et sembla hésiter, prise de panique. Je lui criai :

— Tirez-vous d'ici ! Allez-vous-en !

Je me mis à courir. Avant d'avoir atteint le bout du couloir, j'avais déjà ma radio et mon 9 millimètres dans les mains. Je baissai le volume de mon émetteur et envoyai un message donnant ma position et signalant une possible agression dans le métro. Cent cinquante mètres plus loin, j'entendis un raclement de gorge qui émanait de derrière les carreaux de faïence couverts de graffitis. Je savais qu'il y avait un réduit un peu plus loin, fermé par une porte cadenassée dont un coin avait été tordu avec des cisailles. Je rangeai radio et torche et j'avançai.

Je m'arrêtai devant la porte. Le rugissement d'un train qui entrait dans la station couvrit un instant tous les autres bruits, et je profitai du bruit pour approcher du coin de la porte qui avait été soulevé. De l'autre côté, un tas de barrières métalliques étaient rangées contre un mur sombre et des éléments d'échafaudages posés contre l'autre. Entre eux, l'espace était tout juste assez large pour livrer passage à un homme. Plus loin, la faible lumière du couloir n'éclairait plus la pénombre. Je m'accroupis pour éviter d'apparaître en contre-jour et tendis l'oreille. Après quelques minutes de silence, j'entendis quelque chose qui bougeait. Le raclement de chaussures de cuir sur le béton. On déplaça quelque chose de lourd et de mou. Puis ce fut comme si on déchirait du carton humide. Un bruit de succion suivit. Dans ma tête, j'eus soudain la vision des orbites vides. J'appliquai la torche contre le canon de mon 9 millimètres, déclenchai le faisceau lumineux et me précipitai en avant.

— Police !

Je criai en balayant le réduit avec la lampe, d'un recoin à l'autre.

— Police !

Je hurlai encore une fois. Lorsque le faisceau lumineux capta un mouvement, mes doigts se resserrèrent sur la crosse du revolver. Je dirigeai la lumière sur le visage de l'homme pendant qu'il se relevait, éclairant sa peau blanche. Il ne semblait pas être ébloui par la lumière. Comme sur une photo ratée, ses yeux renvoyaient un éclat rouge. Et ne laissaient lire aucune crainte.

— Les mains en l'air, le plus loin possible du corps !

Je hurlais toujours, me forçant à détacher mon regard de ces yeux si étranges pour me concentrer sur le mouvement de ses bras. Il était grand et habillé de sombre. Il avança d'un pas.

— Putain de froid ! lâcha-t-il.

Il était à trois mètres de moi. À la lueur de la torche, une lame brilla dans sa main gauche. Dans sa main droite, je reconnus une cuillère en métal. Derrière lui, à sa gauche, je devinai un corps étendu, immobile. Je vis un bout de peau blanche, puis je distinguai une pâquerette de caoutchouc sur une petite chaussure blanche.

L'homme avança encore d'un pas. Je fixai de nouveau ses yeux et appuyai sur la détente, visant le bas de la hanche, sans rechercher le maximum de précision. Il se baissa en poussant un cri de douleur. Avant qu'il ait posé un genou à terre, je pris mon élan, lançai ma jambe droite et lui flanquai un coup de talon dans la poitrine avec ma chaussure de combat. Il tomba sur le dos, le regard fixe. L'éclat animal de ses yeux rouges ne s'était pas éteint. J'appuyai violemment avec mon pied sur son poignet et regardai les doigts libérer le manche d'un couteau d'une quinzaine de centimètres de long.

Le suspect était armé et, craignant pour sa vie, ce policier estima que l'usage de la force était requis pour maîtriser ledit suspect.

Je récitai mentalement la formule rituelle tandis que je pesais de tout mon poids sur le bras de l'homme.

Je me baissai, poussai le couteau hors de sa portée, puis pointai le canon de mon revolver sur son œil gauche.

— Retourne-toi et mets les bras derrière ton dos.

Je passai les menottes à l'agresseur avant de diriger la torche vers la femme. Elle était déjà morte. L'odeur acide du sang s'échappait de son corps. Je la retournai pour voir son visage. Un œil y brillait encore. À la place de l'autre, il y avait un trou noir, et le type lui avait déjà tranché la gorge. Je remis en service ma radio. Nos hommes arrivaient en ce moment même à l'entrée de la station. Le type allongé sur le sol pleura de douleur, mais le bruit d'un train couvrit ses gémissements.

❋

Brusquement, je me redressai sur mon lit, les oreilles encore emplies du crissement métallique d'un train qui freine. Dans la cabane, il faisait encore nuit. Je posai les pieds sur le plancher, me frottai les yeux et me mis debout. J'entassai aussitôt des brindilles dans le poêle et le mis en route. Je regardai un instant les flammes danser et grandir, puis mis de l'eau à chauffer sur le poêle. En attendant ma première tasse de café, je sortis dans la nuit. Il me fallut plusieurs bouffées d'air frais pour chasser l'odeur de moisi du métro qui était revenue dans mes narines. Pendant des jours après l'arrestation de l'homme qui crevait les yeux, mes collègues m'avaient mis en boîte.

— Vous, les Freeman, vous devriez former une section de la police montée. « Nous, nous attrapons toujours notre homme. »

— « Jusque dans les bas-fonds du quartier ! »

— Dis plutôt : « Jusque dans le fond de la bouteille ! »

À l'époque, mon père faisait encore partie du réseau des anciens. Ses collègues avaient longtemps couvert ses penchants alcooliques, et sa réputation avait fini par constituer un sujet de plaisanterie entre collègues, en son absence. Heureusement pour lui, son comportement à la maison était demeuré un secret de famille.

J'entendis l'eau qui passait dans la cafetière et rentrai dans la cabane.

❈

À 9 heures, j'étais chez Billy, dans la pièce aux murs immaculés qui faisait office de bureau, au milieu des manuels de droit, des livres d'histoire et des essais sur des sujets aussi passionnants que les droits du propriétaire. Installé face aux deux écrans d'ordinateur, je profitai de la liaison Internet de Billy et de son abonnement à LexisNexis pour consulter les registres des paroisses de la région et établir la liste des églises implantées dans le sud de la Floride. Notre point de départ était le souvenir de Nate Brown, d'après lequel un petit-fils de Jefferson était devenu pasteur, en espérant qu'il n'avait pas quitté l'État. Je pensais qu'un homme ayant grandi à la campagne, dans un certain isolement, n'avait sans doute pas eu envie de s'installer dans une grande ville comme Tampa ou Orlando.

J'étais en train de prendre l'air sur la terrasse lorsque Billy me rejoignit, vers midi. Au large, un voilier naviguait contre le vent, avec son grand foc tendu et ses rambardes frôlant la surface de l'océan. Ce matin-là, au lever du soleil, avant de charger mon canoë, je m'étais assis à ma table, et j'avais nettoyé mon 9 millimètres dans la lumière du petit matin. Je gardais l'arme soigneusement enroulée dans une toile cirée, cachée dans le double fond d'une de mes vieilles armoires. Pourtant, il y avait quelques taches de rouille sur le canon et la gâchette, là où l'humidité de la rivière avait réussi à s'infiltrer. J'avais sorti mon nécessaire d'entretien, démonté le revolver sur la table et méticuleusement frotté et huilé chaque pièce, sans m'interroger sur ce qui me poussait à faire cela. L'incendie, les systèmes de détection, l'hélicoptère, la balle tirée dans le pare-brise ou bien l'éclair de folie surpris dans l'œil du tueur du métro ? Un frisson était passé dans mes veines quand j'avais remonté l'arme, mis en place le chargeur et actionné une fois la détente, avant de glisser l'arme au fond de mon sac pour l'emporter. J'avais présentement laissé le sac dans le pick-up, devinant que Billy n'aurait pas aimé savoir le revolver chez lui. Mais sa présence me réconfortait, même à distance. Je quittai la terrasse et, après m'être servi une tasse de café supplémentaire, je retournai à mon travail.

À la fin de la journée, nous étions face à onze possibilités. Billy avait trouvé six pasteurs portant le nom de Jefferson, installés dans six villes situées autour du lac Okeechobee et dans le centre de la Floride. Pour ma part, j'en avais découvert deux à Miami, deux à Tampa et un dernier à Placid City. Nous en avions éliminé plusieurs autres, grâce à la base de données du département des Transports, qui liste tous les détenteurs de permis de conduire. D'après les dates de naissance, les Jefferson ayant entre quarante et soixante ans étaient les seuls qui nous intéressaient. L'accès au logiciel permettant de voir les photos d'identité nous aurait permis de ne sélectionner que des Blancs, mais nous avions déjà bien réduit le nombre de candidats. Nous nous partageâmes ces onze Jefferson, et le téléphone prit le relais de l'ordinateur.

— Allô, ici le révérend Jefferson. Que puis-je faire pour vous ?

— Merci de bien vouloir prendre le temps de me répondre, mon révérend. Mon nom est Max Freeman et je travaille pour le cabinet de Billy Manchester, avocat à West Palm Beach, sur un problème de succession. J'espère, monsieur, que vous êtes bien l'homme que nous cherchons.

Mon interlocuteur sembla marquer un silence sceptique.

— Si vous ne cherchez pas à me vendre quelque chose, vous pouvez continuer, monsieur Freeman.

— La seule information dont nous disposons sur le M. Jefferson que nous cherchons est qu'il est pasteur en Floride et qu'il a grandi dans la partie sud-ouest de l'État.

À l'autre bout de la ligne, la voix de baryton fit entendre un petit éclat de rire :

— Alors, je suis désolé, monsieur Freeman, mais je suis né à New York et toute ma famille vit dans le Nord depuis des générations. J'appartiens à cette congrégation depuis seulement cinq ans, et je suis venu dans le Sud pour en finir avec les hivers rigoureux.

— Dans ce cas, je vous ai fait perdre votre temps, mon révérend. Pardonnez-moi. Puis-je vous demander si vous connaissez un autre pasteur portant le même nom de famille que vous ?

Les conversations se ressemblèrent toutes. Je n'en fus pas surpris. Chaque fois que je pouvais parler directement aux pasteurs, l'absence d'accent constituait déjà une indication suffisante. Impossible d'avoir grandi dans le sud de la péninsule au cours des années 1940-1950 sans avoir gardé l'accent traînant caractéristique des gens d'ici. Je sentais que l'homme que nous cherchions devait vivre dans une petite ville rurale. S'il avait cherché à fuir ce monde tellement particulier des Everglades, il serait allé s'installer dans une région où les tours et le béton sont rois.

J'affichai une carte de la Floride sur l'un des deux écrans et me mis à l'examiner attentivement, avec en tête la liste des Jefferson restant à contacter. Plant City se situait juste à la sortie de Tampa, sur l'autoroute 4, qui mène à Orlando. Les activités commerciales s'étaient développées de telle façon le long de cette autoroute qu'elle était aussi fréquentée que la 95, à la sortie de Miami. Harlem, quant à elle, était une petite ville agricole sur la rive sud du lac. C'était une possibilité. Mais je dus également exclure de la liste le pasteur Jefferson de l'église baptiste de Harlem.

— Je suis vraiment désolé, monsieur Freeman, mais ma famille vit ici depuis plus de cent ans. Mon père dirigeait cette église avant d'être rappelé par le Seigneur et il avait pris la suite de son père. Mais vous devriez essayer Placid City. Il y a là-bas un pasteur qui porte le nom de Jefferson. Un homme de bien. Mais je ne saurais pas dire d'où est sa famille.

Placid City était figurée sur la carte par un petit point noir. La ville était sur la 27, au nord-est du lac et au sud de Sebring. Tout autour, des taches bleues représentaient de petits lacs pris dans les terres. Partout ailleurs, la carte n'affichait que du blanc. Je traçai un cercle autour du nom du pasteur William Jefferson, de la Première Église de Dieu, habitant Sylvan Street, et composai son numéro.

— Vous êtes bien chez le pasteur Jefferson, mais il est absent pour le moment. Voulez-vous laisser un message ?

La voix était chaleureuse et distinguée. Il ne s'agissait certainement pas d'une assistante.

— À quel moment pensez-vous qu'il sera de retour ?

— Eh bien, il est allé rendre visite à Mme Thompson, à Lorida. Elle est malade, et je pense qu'il rentrera tard. Je suis sa femme, Margery. Puis-je vous aider ?

Je répétai mon petit baratin, qu'elle écouta sans m'interrompre.

— Vous dites qu'il s'agit d'un problème de succession, monsieur Freeman ? Je ne suis pas sûre de comprendre de quoi il s'agit.

— Nous cherchons un M. Jefferson dont la famille aurait vécu dans la région d'Everglades City. Pouvez-vous me dire si votre mari est originaire de cette partie de la Floride ?

Il y eut encore un silence.

— Ça remonte à longtemps, monsieur Freeman, et je ne pense pas que mon mari ait encore un problème de succession à régler, comme vous dites. Cette branche de la famille s'est trouvée éteinte il y a longtemps.

— Je comprends, madame. Nous pouvons nous tromper de personne. Puis-je m'en assurer en rappelant quand votre mari sera là ?

— Mais bien sûr. Laissez-moi votre numéro et je vous promets que le message lui sera transmis.

Après avoir raccroché, je m'enfonçai dans le fauteuil de Billy et contemplai encore une fois le petit point noir qui figurait Placid City sur la carte. C'était la piste la plus sérieuse jusqu'à présent. Et les silences de Mme Jefferson, les réticences que j'avais perçues dans sa voix me chiffonnaient. « Cette branche de la famille s'est trouvée éteinte… » Ce n'était pas la formule habituelle. Ces mots formaient maintenant un petit caillou aux faces irrégulières que je me mis à tourner et à retourner dans ma tête.

14

Je passai la journée suivante sur la plage avec Richards. C'était son jour de repos et elle m'avait fait promettre que nous ne ferions strictement rien d'autre, ce jour-là, que nous prélasser au soleil. Sa proposition ne pouvait pas mieux tomber. Les recherches de Billy sur les Jefferson n'avaient pas donné grand-chose : deux éliminations définitives et des promesses de rappel. Nous étions d'accord pour miser sur Placid City. Aussi, faisant abstraction de ma paranoïa à propos des écoutes téléphoniques et malgré ma promesse, j'avais mon téléphone portable à portée de main et allumé, au cas où le révérend William Jefferson rappellerait.

Je passai prendre Sherry vers 10 heures et la conduisis à l'extrémité nord de la plage de Lauderdale. Nous plantâmes notre parasol dans du sable fin, dépliâmes deux chaises basses, fîmes en sorte que la glacière que j'avais apportée et garnie reste bien à l'ombre : on aurait pu nous prendre pour ces fermiers d'Oklahoma qui viennent passer leurs vacances en Floride. Mon amie étira ses longues jambes et planta ses chevilles dans le sable chaud en poussant un soupir de satisfaction.

— Pas question de parler boulot. Pas un mot à propos d'histoires de flics. Ni dissection ni déduction !

Compris, Freeman ? Soyons des gens normaux qui se la coulent douce et n'ont pas le moindre souci.

Je ne voyais pas ses yeux, cachés derrière ses lunettes de soleil.

— Ça existe, des gens normaux qui n'ont pas le moindre souci ?

— Tu sais très bien ce que je veux dire, Max.

Le ciel était limpide et l'océan bleu turquoise. Une bande de bécasseaux becquetaient dans le ressac, autour d'un poteau qui servait de repère pour mesurer les marées. À chaque nouvelle vague qui venait mourir sur le sable, ils agitaient frénétiquement leurs petites pattes noires pour ne pas se laisser emporter. Richards régla le dossier de sa chaise pour exposer son visage au soleil selon le meilleur angle. Elle portait un maillot une pièce semblable à ceux qu'utilisent les champions de natation, avait ramené ses cheveux en arrière, les avait noués en queue de cheval et s'était coiffée d'une casquette griffée Robicheaux's Dock & Bait Shop. J'étais content d'être assis à côté d'elle et de pouvoir la regarder, détournant parfois les yeux pour observer un nuage solitaire qui traversait le ciel bleu. Elle demeura silencieuse pendant quelques minutes avant de sortir un tube de crème solaire de son sac et d'étendre le baume protecteur sur ses jambes. Cela fait, elle resta de nouveau tranquille un moment. Une femme passa devant nous, un chapeau de paille sur la tête, marchant lentement vers le sud en ramassant des coquillages. J'avais l'habitude de rester silencieux. Je savais que Richards serait la première à parler.

— D'accord, Max, déclara-t-elle finalement, au bout de vingt minutes. Tu as gagné.

— Comment ça, j'ai gagné ?

— Raconte-moi où en sont tes recherches à propos des ouvriers du Tamiani Trail. Tu as des nouvelles des types qui t'ont suivi ?

Essayant de dissimuler ma jubilation, je résumai les résultats de la recherche à partir de la liste des pasteurs répondant au nom de Jefferson, et mon intuition à propos de celui qui officiait à Placid City.

— Et en ce qui concerne les filatures ? La fourgonnette blanche s'est montrée de nouveau ?

— Je n'ai rien remarqué.

— Tes types avaient pensé à occulter les numéros sur l'hélicoptère ?

— Il n'est pas venu assez près pour que je puisse les lire. Tout ce qu'on peut dire, c'est qu'il s'agissait d'un appareil privé.

— Tu t'es renseigné auprès des aéroports du coin à propos des hélicoptères qui ont décollé ce jour-là ?

— Tu parles vraiment comme un flic, Richards. Je ne suis pas sûr que les contrôleurs aériens soient prêts à se montrer coopératifs avec un privé. Cela dit, c'est vrai que je n'ai même pas pensé à vérifier. Bien vu, lieutenant.

Elle esquissa un sourire et s'enfonça encore un peu plus profondément dans sa chaise.

— Je peux lancer une recherche au Cnic à propos de ton pasteur. Si ça marche et si nous pouvons obtenir la date de naissance de son père, nous pourrons aller fouiner dans les archives.

Je savais que le Centre national d'information criminelle n'était accessible qu'à l'administration et la police.

— Utiliser une banque de données du gouvernement pour des motifs privés, ce n'est pas très catholique, lieutenant…

Elle finit par se tourner vers moi et me regarda par-dessus ses lunettes en affichant un petit sourire :

— C'est possible, mais tu es sur une piste. Et quelque chose me dit que cette affaire ne va pas rester longtemps dans le domaine privé.

Nous restâmes assis un moment, laissant notre peau transpirer sous le soleil. Puis elle sortit un journal de son sac et se mit à lire pendant que je gardais les yeux fixés sur la courbe des vagues, les tourbillons d'écume et les embruns soulevés par la brise du sud-est.

Si le centre industriel et financier du sud de l'Amérique se situait désormais en Floride, dans les ports aménagés à la fin du XIXᵉ siècle à l'embouchure des rivières, c'était grâce aux voies ferrées et aux routes qui avaient été bâties à mains nues, grâce au sacrifice d'hommes tels que Cyrus Mayes et ses fils, et qui assuraient aujourd'hui la circulation des marchandises. Le creusement du canal de Panamá et la construction du chemin de fer de la Transcontinentale en Californie avaient également produit leur lot d'ouvriers sacrifiés. L'ouragan qui s'était abattu sur les Keys, en 1935, avait fait six mille victimes, dont beaucoup d'ouvriers qui travaillaient sur le chantier de l'invraisemblable ligne de chemin de fer dont Henry Flagler avait dessiné le tracé et qui devait relier le continent à Key West, en passant par les îlots coralliens. C'était à la faveur de tels projets pharaoniques que les noms des seigneurs et des rois étaient entrés dans l'Histoire, alors que ceux des ouvriers morts à la tâche étaient oubliés ou, au mieux, gravés sur un mémorial auquel personne ne s'intéressait. Y avait-il la moindre justice dans tout ça ? Non, sans doute. Pourtant, dès lors qu'une famille avait presque été anéantie par l'une de ces entreprises broyeuses de vies humaines, la société n'avait-elle pas un devoir de justice ou de vérité envers ces hommes ?

Le pied couvert de sable de Richards effleura soudain le mien. Je tournai la tête vers elle. L'énergie toujours bouillonnante de mon amie ne lui permettait décidément pas de rivaliser avec moi en matière de farniente…

— Eh ! Avant que tu ne sombres dans le coma, tu ne veux pas faire un petit footing ? Sans forcer, pour une fois !

Elle se mit immédiatement debout. Nous commençâmes alors à courir à petites foulées vers le nord sur la bande de sable mouillé, au ras des vagues. Richards avait passé un T-shirt et courait à ma droite, du côté de l'océan, les pieds dans l'eau. Cette fois, je le reconnais, c'est moi qui engageai la conversation.

— Comment va ton amie qui a un problème avec le type de la patrouille urbaine ?

Elle ne répondit qu'après une quinzaine de foulées.

— Elle est venue chez moi l'autre nuit.

— Vous vous êtes réconciliées ?

— Elle a besoin d'aide, Max. Elle râle contre ce type et, la minute d'après, elle le défend. Elle ne sait pas où elle en est, mais je ne veux pas la pousser à laisser tomber ce goujat. Si j'en fais trop, elle le prendra mal, comme la dernière fois, et retournera avec lui juste pour me montrer que j'ai tort.

Plus sa colère montait, plus vite nous courions.

— Je vois bien comment les choses se passent, Max. Elle reste injoignable pendant deux heures.

Lorsque nous sommes de retour, elle s'aperçoit que son portable a sonné vingt fois. Elle tente de savoir qui elle doit rappeler mais il n'y a pas de message et le numéro est masqué. Mais c'est lui à chaque fois, je te le certifie. Il voudrait contrôler tous ses mouvements.

Nous avions accéléré le rythme, au point qu'il devenait difficile de parler sans être essoufflés. Je la laissai donc prendre un petit avantage sur moi et en profitai pour la regarder courir. Sa queue de cheval sautillait et battait l'air, les muscles de ses mollets et de ses fesses étaient délicieusement tendus. Au bout de quelques instants, elle se laissa rattraper.

— Tu as interrogé les autres types de la patrouille à son sujet ? continuai-je.

Je ne lui dis rien de ma rencontre avec McCrary autour de mon pick-up.

— J'ai parlé avec son sergent, qui m'a répondu qu'il allait s'en occuper. Qu'il allait faire passer le message au type. Mais quel message ? Sois plus discret quand tu bats ta petite amie ?

Elle avait visiblement besoin d'évacuer sa mauvaise humeur. Après quelques dizaines de mètres supplémentaires au même rythme, je proposai de sprinter jusqu'à l'embarcadère des bateaux de pêche qui barrait la plage, à trois cents mètres de là. Mais l'effort m'essouffla rapidement et mes jambes se firent bientôt douloureuses. Au bout de cent mètres, je crus apercevoir un petit sourire sur le visage de Richards, qui se lança alors dans un sprint jusqu'au pied de l'embarcadère. Nous nous arrêtâmes à l'ombre de la jetée, piétinant sur place, haletants, les mains sur les hanches, avant de revenir sur nos pas, vers le sud. Elle me prit la main.

— Je t'ai battu ! me lança-t-elle fièrement, avec un grand sourire.

Je ne répondis rien.

Le reste de l'après-midi se passa à l'ombre du parasol, à manger des sandwiches jambon crudités et à boire du thé glacé. J'en profitai pour respecter la promesse que j'avais faite à Richards : je lui racontai l'histoire de mon père.

Elle m'écouta sans rien dire, les jambes croisées, les épaules tournées vers moi, pendant que je faisais le récit des violences commises régulièrement par mon flic de père à la maison. J'insistai sur ma peur et sur ma honte de me sentir impuissant à agir pour les faire cesser. Je racontai aussi comment ma mère et celle de Billy avaient gardé le secret. Comment deux femmes, une Noire et une Blanche, que tout aurait dû séparer mais que leur courage unissait, avaient conspiré et agi ensemble pour que ma mère puisse en finir avec le harcèlement et l'humiliation. Je n'avais jamais confié à personne cette histoire. Billy et moi avions délibérément choisi de laisser dormir ces mauvais souvenirs.

Lorsque j'eus terminé, Richards ôta ses lunettes et me regarda. Il n'y avait ni douleur ni pitié dans ses yeux. Elle essayait juste de me sonder. Je lui rendis son regard.

— Qu'est-ce qu'il y a ?

— Merci, me dit-elle en me prenant la main.

— D'avoir tenu ma promesse ?

— Non. De m'avoir révélé une partie de toi, Freeman.

Je tournai les yeux vers le bleu de l'océan et les oiseaux qui volaient au ras de l'eau, puis la regardai de nouveau, en serrant fort sa main :

— C'est aussi bien comme ça.

Nous avons ramassé nos affaires et rejoint la terrasse du Tiki Bar, en haut de la plage, pour commander des pizzas et des beignets de fruits de mer, et dîner en regardant la lumière du jour baisser lentement et le bleu de l'océan virer peu à peu à l'indigo, puis au gris ardoise. Mon portable n'avait pas sonné. J'allais donc devoir faire le déplacement jusqu'à Placid City pour obtenir les réponses à mes questions. Mais, cette nuit, nous allions continuer à ne rien faire. Plus d'histoires de flics. Plus de dissections, plus de déductions. Nous allions être comme des gens normaux. Sans le moindre souci.

15

Un dimanche matin, de bonne heure, je bouclai mon sac de voyage, repliai ma carte de la Floride et me mis en route pour l'église. Les pasteurs contactés nous ayant tous rappelés, notre liste s'était considérablement réduite. En revanche, j'avais laissé deux nouveaux messages à l'Église de Dieu de Placid City et ils étaient restés sans réponse. Billy et moi, nous avions évoqué la possibilité d'élargir le champ de nos recherches. En effet, seule la rumeur nous laissait penser que le petit-fils du tireur d'élite nommé Jefferson était devenu pasteur. Et même si c'était le cas, nous ne savions pas s'il avait ou non quitté l'État. Billy avait donc décidé de passer au peigne fin le nord de la Floride et il parlait d'étendre l'enquête aux autres États du Sud. Par ailleurs, le petit-fils de Jefferson avait très bien pu changer de nom après son départ d'Everglades City, dans les années 1970.

Mais l'accent de Mme William Jefferson et son aveu que son mari avait bel et bien des racines dans le sud-est de la Floride rendaient ma visite obligatoire. Sa petite phrase continuait à me tourner dans la tête : « Cette branche de la famille *s'est trouvée éteinte.* » La réticence que j'avais perçue dans sa voix m'intriguait.

Je suivis Southern Boulevard à travers les faubourgs de West Palm Beach. Au bout d'une trentaine de kilomètres, le pays devint plat et l'horizon se dégagea. Les champs de canne à sucre succédèrent aux terres maraîchères fraîchement labourées et les prairies aux champs. Tout devint vert et lisse comme une immense table de billard. La 441 me mena jusqu'à Belle Glade, petite ville qui, depuis un demi-siècle, voyait affluer ouvriers agricoles et saisonniers au moment des récoltes. Elle est établie sur la rive sud de l'immense lac Okeechobee, mais je ne réussis pas à apercevoir l'eau du lac, une énorme digue ayant été construite par le gouvernement fédéral, dans les années 1930 ; une décision prise à la suite de l'ouragan de 1926 qui, dans sa progression à partir des tropiques, avait charrié de véritables torrents de pluie. Sur le lac, la tempête avait soulevé des vagues plus hautes que celles de l'océan. Des tonnes d'eau avaient submergé la rive sud et emporté la petite ville de Moore Haven, tuant plus de deux mille cinq cents habitants. Beaucoup de corps, ensevelis dans la boue, n'avaient même pas pu être retrouvés.

Aujourd'hui, la qualité de ses sols faisait de cette région de la Floride un joyau vert, l'une des premières du monde pour les productions maraîchères d'hiver. Après la catastrophe, l'homme avait décidé de domestiquer la nature. Le lac Okeechobee alimentait naturellement les Everglades, répandant son flux d'eau douce sur plus de mille cinq cents kilomètres, jusqu'à la pointe de la péninsule. Depuis la construction de la digue, ce flux naturel était définitivement contrarié, et beaucoup de gens disaient qu'il fallait s'attendre au pire. La même chose s'était produite quand le Tamiani Trail avait été bâti : Cyrus Mayes et ses fils avaient contribué à édifier la première barrière artificielle opposée au flux qui allait se déverser dans la baie de Floride.

Je traversai lentement Clewiston, capitale régionale de la canne à sucre. Au nord-ouest de la ville, je croisai un panneau proclamant : « Notre terre est notre avenir. » Puis la route commença à grimper. D'immenses pins bordaient la chaussée, avec leurs troncs droits et lisses comme des poteaux qui se terminaient par une touffe de verdure. Parfois, une orangeraie poussait au milieu des bois. Ses arbres couraient vers l'horizon en rangs serrés, portant des grappes de fruits qui achevaient de mûrir. J'entrai à Placid City un peu après 8 heures. La petite ville était presque déserte. Normal pour un dimanche. Je fis le tour des rues commerçantes et des quartiers résidentiels construits le long de la route principale : partout, des maisons de bois et de brique, des pick-up et des trottoirs bien propres.

Je me garai devant le Mel's Placid Café, coupai le contact mais restai encore assis un instant, le temps que le bruit du moteur se dissipe dans mes oreilles. L'escalier qui montait jusqu'à la porte du restaurant était couvert de poussière grise. Je n'avais pas encore la main sur la poignée de la portière qu'une voiture se gara contre mon pare-chocs arrière, remplissant entièrement mon rétroviseur. Je ne pus m'empêcher de murmurer : « Bon sang, Max, mais tu les attires ! »

Je sortis du pick-up. Un petit homme était posté devant le capot d'une Crown Victoria, le genre de voiture qu'on imagine plutôt conduite par des costauds. Je fis semblant de compter ma monnaie tout en le jaugeant. Il portait des habits kaki, mais sa chemise était vierge de tout ornement : ni épaulette ni insigne, à part une simple étoile épinglée sur sa poitrine, à gauche. Je balayai le parking des yeux : pas de voiture de police ni le moindre véhicule de renfort.

— Bonjour, dit-il, sachant pertinemment que je l'avais repéré. Pour un dimanche, c'est un beau dimanche.

Il appuya ses mots en dirigeant ses yeux sur le haut des arbres et le ciel bleu. Il avait le crâne chauve et bronzé et devait mesurer, en étant généreux, un peu plus d'un mètre cinquante-sept. J'essayai de continuer sur le même ton :

— Vous avez un bien magnifique petit pays, shérif.

— Et drôlement tranquille, monsieur…

Il s'appuya sur l'aile de mon pick-up et me tendit la main.

— … Freeman, répondis-je en faisant un pas en avant.

Il avait la main petite, mais il serrait fort. Ainsi font les petits hommes qui occupent des positions de pouvoir. Ils serrent toujours un peu plus que nécessaire.

— Monsieur Freeman, je vous souhaite la bienvenue à Placid City. Vous êtes ici pour goûter la cuisine de Mel ?

Il posa sa question en l'accompagnant d'un sourire de commande digne d'un politicien.

— Pas exactement. Même si je ne doute pas qu'elle vaille le voyage, shérif…

— … Wilson. O. J. Wilson.

Il était difficile d'évaluer son âge. Il avait des pattes-d'oie très marquées au coin des yeux et trois rangs de rides sur le front. Mais il était mince et déga-geait une énergie plutôt typique de la jeunesse. Il me regardait dans les yeux, essayant de soutenir mon regard. Je n'aimais pas ça. J'avais moi-même pratiqué l'exercice dans les rues de Philadelphie et je suppor-tais mal que les rôles se trouvent inversés.

— Vous avez été dans la police ou dans l'armée, monsieur Freeman ?

— Vous avez une préférence, shérif ?

— Excusez ma curiosité. C'est la façon dont vous vous tenez qui me fait penser à ça. N'y voyez pas d'offense.

Son comportement de chien de garde commençait à m'intriguer.

— Je ne le prends pas mal. J'ai été flic, en effet. Dans le Nord. Et je suis détective, à présent. Je tra-vaille essentiellement du côté de West Palm et de Lauderdale.

— Vous êtes sur une enquête, actuellement ?

— J'ai quelques vérifications à faire dans l'État pour le compte d'un avocat.

Il hocha la tête comme s'il comprenait de quoi il s'agissait et avança la main pour toucher mon pick-up.

— Belle voiture. Vous êtes chasseur, monsieur Freeman ?

— Pas du tout. Je ne l'ai jamais été.

— Donc, il n'y a pas la moindre arme à feu der-rière les sièges, n'est-ce pas ?

— J'ai un permis pour une arme de poing. Elle est juste là, derrière le siège du conducteur. Voulez-vous jeter un coup d'œil, shérif ?

Je n'étais pas certain de comprendre ce qui se passait, mais Wilson avait sans doute ses raisons et je n'étais pas d'humeur à le mettre en boule.

— Eh bien, j'aimerais bien, en effet. Merci de votre permission, monsieur Freeman.

Petit comme il était, les marchepieds lui arrivaient au-dessus des genoux. Il se hissa dans la cabine du pick-up et se lança dans une fouille en règle. Rien ne fut négligé, même mon sac de voyage. Pendant qu'il était à l'intérieur, une autre voiture se gara. Un couple en sortit et passa devant nous pour entrer dans le restaurant. Ils ne se retournèrent même pas, comme s'ils étaient habitués à voir leur shérif fouiller le véhicule d'un étranger. Quand il eut fini, il remit tout en place.

— Merci de vous être montré coopératif, monsieur Freeman.

En parlant, il fit un pas en arrière, à la manière d'un agent de sécurité dans un aéroport qui vient de fouiller vos bagages.

— Pourriez-vous m'expliquer pourquoi vous faites ça, shérif ?

— Disons que c'est une simple mesure de précaution et n'en parlons plus. Comme vous le disiez tout à l'heure, pour un dimanche, c'est un beau dimanche. Un dimanche bien tranquille.

— C'était votre formule. Pas la mienne, shérif.

Mais le petit homme n'écoutait plus. Il avait déjà tourné les talons pour entrer dans le restaurant en me laissant à mes questions. Finalement, je montai moi aussi l'escalier. Je n'avais pas encore pris mon petit déjeuner, après tout.

Vaguement grognon, je poussai la porte. Une sonnette retentit alors, suivie d'un « b'jour ! » en provenance de la serveuse. Un type à l'aspect rugueux et au teint marbré toucha la visière de sa casquette quand je passai devant lui. Je lui fis un signe de tête en retour et m'assis devant une table recouverte d'une nappe rouge et blanche et décorée d'un géranium en plastique. La serveuse portait un jean, un petit tablier et un chemisier à fleurs. Elle m'adressa un sourire chaleureux, comme si j'étais une vieille connaissance.

— Comment ça va, ce matin, monsieur ? Qu'est-ce que vous diriez de commencer par un peu de café ?

— Vous lisez dans mes pensées, mademoiselle.

Je commandai le plat du jour. Quand elle revint, je désignai du menton le fond de la pièce et demandai :

— Il est toujours aussi méfiant avec les étrangers, votre shérif, le dimanche matin ?

Elle esquissa un petit sourire en coin et hocha la tête comme une mère à qui l'on vient raconter que son garçon a encore taquiné les filles.

— Vous inquiétez pas pour O. J. Il fait ça par acquit de conscience.

Elle baissa la voix et continua sur le ton de la confidence :

— La vérité, c'est qu'il se comporte comme un père protecteur. Un peu trop protecteur, même. Ces meurtres, ç'a été un gros pépin pour lui. Et puis, il pense que c'est sa faute si le coupable n'a pas encore été découvert.

— Des meurtres ?

Elle sourit de nouveau.

— Vous, vous êtes pas du coin. J'me trompe ?

— Non, mademoiselle.

Elle baissa encore un peu plus la voix.

— Alors, j'dois vous apprendre que nous sommes la plus petite ville dans l'État à avoir notre propre *serial killer*.

L'homme à la casquette se l'enfonça un peu plus sur le crâne. Il devait déjà connaître par cœur les ragots.

— Il fait la peau aux voyous du comté depuis déjà plus de quinze ans. Tous les deux ans à peu près, il y a une nouvelle victime. Ça fait un foin de tous les diables. Le pauvre vieux shérif Wilson, il doit essayer de trouver le coupable. Alors, il fouille tous les étrangers qui passent par ici.

L'homme à la casquette commençait à s'impatienter sérieusement.

— Annette ? On pourrait commander, s'il te plaît ?

La serveuse fit les gros yeux et m'adressa un petit sourire entendu. Je répondis par un large sourire amical et commandai une omelette composée, que je mangeai de bon appétit sans penser plus que ça aux potins de Placid City. Quelle petite ville n'a pas les siens ? D'ailleurs, la violence ne connaît pas les frontières. Qui y échappe ? Pas besoin d'avoir été flic pendant des décennies pour répondre à la question. Personne n'est à l'abri. Lorsque Annette m'apporta l'addition, je l'interrogeai sur la direction à prendre pour atteindre l'église du pasteur Jefferson.

— Vous alors, vous n'êtes vraiment pas du coin !

Elle m'indiqua précisément le chemin, et je lui laissai un pourboire habituel pour la ville : vingt pour cent. J'eus droit en retour à un grand merci.

❋

L'église avait été construite en bois, en retrait de la route, au fond d'un petit ravin. Quelques voitures étaient déjà garées le long d'un de ses murs. Je descendis le mauvais chemin et, comme les premiers arrivants, garai mon pick-up à l'ombre des chênes centenaires. L'église du révérend Jefferson rappelait celles des mormons de Pennsylvanie. Le haut du clocher était ajouré pour laisser s'échapper l'air chaud. Les fenêtres étaient hautes et étroites, sans aucun vitrail ni aucun autre ornement, sinon un cadre fait d'une double baguette de bois. Je restai assis dans la voiture à observer l'arrivée des fidèles pour l'office de 10 heures. Ils formaient une assemblée plutôt bigarrée. Un couple de Blancs, d'âge moyen ; lui, avec autour du cou le cordon noué qui fait office de cravate dans l'Ouest et elle, habillée d'une robe à motifs et d'un pull brodé. Une famille noire ; les parents en chemise blanche soigneusement repassée, pantalons et jupe noirs, et les trois fils parfaitement assortis, le col de la chemise boutonné. Un groupe d'Indiens Seminole, j'imagine, sortant d'un énorme pick-up ; les hommes en bottes de cow-boys bien astiquées, les femmes en jupes aux couleurs vives, cheveux ramenés en arrière, noirs et brillants, visages impassibles, fronts lisses et nez fins et recourbés. Des Indiens qui ressemblaient à des Indiens.

J'attendis jusqu'à 10 heures puis je sortis de la voiture, passai ma veste de marin et pénétrai dans l'église. On me fit une place au dernier rang. Je remerciai poliment de la tête. L'intérieur était d'une élégance aussi discrète que l'extérieur. Les bancs étaient par contre très fatigués. Par endroits, le vernis avait totalement disparu, usé par des années de frottements. Il y avait des poutres au plafond. Les fenêtres hautes laissaient entrer les rayons du soleil qui faisaient lentement danser la poussière au-dessus de la tête des paroissiens. L'autel était petit et entièrement blanc. Derrière lui, une croix montait du sol jusqu'au plafond. La nef pouvait accueillir une cinquantaine de fidèles. Ce matin-là, ils étaient trente ou trente-cinq. Obéissant à un signal qui m'avait échappé, ils se levèrent comme un seul homme.

Le pasteur Jefferson ne faisait pas ses cinquante ans. Sans la moindre trace de calvitie, ses cheveux sombres étaient coupés de façon classique. Il paraissait menu et son visage et ses épaules étaient tout en angles et en arêtes.

— Bonjour à tous.

— Bonjour à vous, révérend.

— Dieu soit avec vous.

— Et avec votre esprit.

— Prions.

Je fus le seul à ne pas baisser la tête pendant que Jefferson récitait la prière. Il balaya l'assemblée du regard, puis ses yeux revinrent vers moi. Il avait bien sûr repéré l'étranger, plutôt grand, au dernier rang de son église. Il parlait d'une voix claire, mais pas très fort, comptant apparemment sur la force intrinsèque des mots eux-mêmes plutôt que sur l'énergie qu'il pouvait leur insuffler. Le ton qu'il employait était aussi ordinaire que son aspect physique. De loin, je ne pouvais pas discerner la couleur de ses yeux.

— Je vous en prie, asseyez-vous.

Le service fut informel et simple ; le sermon, à la fois personnel et adapté à un public populaire. Le pasteur donnait l'impression d'être à la fois un patricien et un bon voisin. Son accent du Sud disparaissait quand il faisait la lecture, mais ressortait dès qu'il formulait une phrase qu'il n'empruntait pas aux Écritures. Je remarquai qu'il arrêtait son regard sur plusieurs de ses paroissiens au cours de son sermon, mais semblait éviter le mien. Au moment où le plateau des offrandes parvint entre mes mains, je vis qu'il était rempli d'enveloppes contenant, j'imagine, les dons des fidèles. Je glissai sous le tas un billet de vingt dollars.

À la fin de l'office, j'attendis que les derniers assistants soient sortis. Jefferson se tenait au bas des marches, distribuant des poignées de main, adressant un mot à chacun. Il n'y avait plus personne sur l'escalier quand il se tourna vers moi pour me serrer la main. La pression fut douce. Les os, sous la peau fine, semblaient fragiles. Il attendit quelques secondes supplémentaires, afin que le dernier paroissien ne puisse pas entendre notre conversation, puis commença par afficher un sourire convenu.

— Monsieur Freeman, le détective privé, je présume ?

Je fus vraiment pris au dépourvu.

— C'est exact, mon révérend. Vous n'êtes pas seulement un pasteur éminent. Vous êtes aussi extra-lucide.

Il se mit à rire de façon plus naturelle.

— Non, pas vraiment… Je savais que vous alliez venir un jour ou l'autre. Je crois que j'ai toujours su que quelqu'un viendrait.

Une heure plus tard, nous étions seuls, assis devant une grande table sous les chênes. Jefferson avait fait la tournée de ses ouailles, distribuant encouragements, bénédictions et promesses de visite et fixant des rendez-vous pour la semaine. Quand il devint un peu délicat pour le pasteur de me présenter comme M. Freeman, sans autre précision, je restai assis à contempler la mousse qui s'accrochait aux grosses branches d'un chêne ou à essayer de reconnaître les oiseaux qui chantaient dans le champ d'à côté. À la fin, lorsqu'il n'y ait plus sur le pré que quelques volontaires qui débarrassaient la table, le pasteur vint me rejoindre. J'allai droit au fait.

— Vous êtes né dans la région d'Everglades City. Je ne me trompe pas, n'est-ce pas, mon révérend ?

— C'est exact.

— Et votre père et votre grand-père avant lui y ont vécu ?

— Nous sommes partis en 1962, monsieur Freeman. Mes parents ont décidé de déménager à Naples l'année de la mort de mon grand-père.

Son visage était serein et ne laissait transparaître aucune émotion. Il me rappela un autre visage, que j'avais vu des années auparavant dans le nord de Philadelphie, chez une femme d'origine allemande qui avait avorté. Il avait fallu quelques jours à la brigade et au médecin légiste pour retrouver sa trace. Quand nous étions finalement arrivés chez elle, elle nous attendait. Jefferson avait la même expression résignée et hagarde, comme s'il s'attendait à ce que je lui annonce qu'il était en état d'arrestation et que je lui passe les menottes.

— Mon révérend, j'enquête sur la disparition de trois hommes. Un père et ses deux fils. Nous avons des raisons de penser qu'ils ont été tués alors qu'ils travaillaient à la construction du Tamiani Trail, en 1924.

Jefferson ferma les yeux quand je mentionnai les deux fils, et ne les rouvrit pas tout de suite.

— Nous avons retrouvé des lettres écrites par le père disparu, dans lesquelles il mentionne un tireur d'élite nommé Jefferson, chargé, selon ce qu'il raconte, de surveiller les ouvriers. Est-il possible qu'il s'agisse de votre grand-père, mon révérend ?

Il rouvrit alors les yeux et sembla d'abord concentrer son attention sur un point situé loin derrière mon oreille gauche. Je me serais retourné si je n'avais pas été certain qu'il n'y avait rien d'autre que le gros tronc noueux d'un chêne. Finalement, il me regarda en face.

— Du moment qu'il est question de tueries et d'actes diaboliques, monsieur Freeman, il y a des chances pour que mon grand-père y soit pour quelque chose.

Il avait parlé sur un ton à la fois neutre et résigné. La brutalité de la formulation me surprit.

— Pardon ?

— Voyez-vous, monsieur Freeman, John William Jefferson était un démon. Parmi ceux qui l'ont fréquenté, quelques-uns ont même pu penser qu'il était le diable en personne.

Le pasteur croisa les bras, respira un bon coup, comme s'il voulait se donner du courage, et commença à me raconter ce qu'il savait de ce grand-père à la réputation si noire.

John William était arrivé dans la région des Ten Thousand Islands avec sa femme vers 1920. Il disposait d'une somme d'argent assez considérable pour l'époque, qui lui permit d'acquérir des terres exceptionnelles le long de la rivière Turner. Elles étaient situées sur l'une des plus hautes collines artificielles édifiées autrefois avec des coquillages par les Indiens. Elles étaient cultivables, et donc particulièrement précieuses, mais John William n'avait pas l'âme d'un fermier. C'était un petit homme aux mains délicates, comme son petit-fils. Sous son chapeau à large bord, on ne voyait jamais ses yeux. Une première rumeur courut à son sujet : on crut qu'il était incapable de prononcer le moindre mot. On le prit pour un muet. De fait, il se montrait si peu loquace que seule sa femme était capable de reconnaître le son de sa voix. Ted Smallwood, qui s'occupait de la poste à Chokoloskee, avait dissipé ce bobard. Au cours de ses échanges avec John William, il avait pu non seulement constater que celui-ci parlait parfaitement, mais aussi qu'il savait lire et écrire. Il se montrait même plutôt efficace et rigoureux dans la gestion de ses affaires.

Une deuxième rumeur se répandit alors : le nouveau venu était en réalité un criminel, un assassin ayant échappé à l'arrestation dans le Missouri et venu en Floride pour s'y cacher. Contrairement à l'autre, cette rumeur-là ne fut jamais démentie. Elle s'amplifia même avec le temps. Les récits de ses exploits ne reposaient pratiquement sur aucun fait avéré, mais une chose était sûre : il était capable de faire des prouesses avec son fusil. Son adresse en la matière devint vite de notoriété publique dans la petite communauté des Ten Thousand Islands, et les spéculations à propos de cette habileté exceptionnelle finirent par occulter les autres aspects de sa personnalité.

En dépit de tout ce que les mauvaises langues racontaient, John William n'était pas un paresseux. Au bord de la rivière, il construisit une des plus jolies maisons du coin, dotée d'une citerne en pierre pour garder de l'eau fraîche, et une grange que ses voisins, pour la plupart jaloux, estimèrent tape-à-l'œil. John William n'était pourtant ni un paysan ni un pêcheur ; c'était un chasseur qui ne reconnaissait ni dieu ni maître.

Le grand-père du révérend avait donc vécu en tuant. Lorsqu'à New York et sur toute la côte Est la mode féminine était à d'extravagants chapeaux à plumes, les hommes qui possédaient son savoir-faire étaient recherchés. Connaissant parfaitement la région, il savait tout sur la nidification des magnifiques aigrettes blanches du sud de la Floride et celle des superbes flamants roses. Grâce à sa réputation de tireur d'élite, il devint ainsi le guide attitré des fournisseurs des chapeliers de New York. D'autres habitants des marais, qui pratiquaient la même activité, connaissaient l'existence de colonies d'aigrettes blanches dans des zones de nidification moins accessibles, dans les îles. Ces oiseaux devenant plus rares, ils finirent par s'y rendre en bateau, mais comprirent vite qu'ils arrivaient trop tard. Franchie la dernière courbe de la rivière, ils tombèrent sur un véritable carnage. Au milieu d'un bouquet d'arbres, dans le sous-bois humide, le sol était jonché de cadavres d'aigrettes mutilées, déjà en train de se décomposer. Les plus gros oiseaux avaient perdu leurs plus belles plumes. Une bande d'alligators bien gras se prélassaient tout près de là, à fleur d'eau, ou prenaient le soleil sur l'herbe. Gavés par un festin aussi somptueux, ils n'avaient pas pu aller plus loin.

« On dirait que M. Jefferson est déjà passé par là, disaient les gens. Décidément, il est plus fort que nous, ce Jefferson. » Bientôt, toutes les colonies d'aigrettes du lac Okeechobee furent décimées par le commerce des plumes et tout le sud de la Floride se trouva menacé par l'hécatombe. Chasser ces oiseaux fut donc interdit. Mais tant qu'il y eut un marché, le braconnage perdura. Pour John William, tuer pour de l'argent était une sorte de droit inné. Aucun décret du gouvernement, pris dans une capitale située à mille cinq cents kilomètres de là, ne pourrait jamais le contraindre à changer de vie.

Moins de deux ans plus tard, la société Audubon décida que la présence d'un garde-chasse était nécessaire dans la région des Ten Thousand Islands pour y faire respecter la loi. Le premier qu'elle envoya fut retrouvé mort dans une mangrove, à l'ouest de Chevelier Bay. Il avait disparu depuis une semaine quand un groupe de pêcheurs découvrit le cadavre. En s'approchant, ils crurent d'abord qu'il était vivant. Dans la lumière du petit matin, il paraissait tenir sur ses jambes, campé sur la terre ferme, et faisant signe. Arrivés tout près, ils se rendirent compte qu'il était planté dans la boue jusqu'aux genoux, au pied de la mangrove, le bras levé étant en fait coincé dans les branches. Puis ils comprirent qu'il avait été assassiné. Une balle, une seule, était entrée à l'arrière du cou et lui avait déchiqueté la poitrine. L'assassin avait abandonné le corps sans faire le moindre effort pour le cacher. Dans la petite communauté, toutes les conversations à propos de l'identité du meurtrier citèrent le nom de Jefferson.

Le bruit d'une porte grillagée qui claqua en se refermant interrompit le pasteur, et nous tournâmes tous deux les yeux vers l'église. Une femme marchait vers nous, un plateau à la main, une carafe et deux verres posés dessus. Elle portait une longue robe imprimée et paraissait grande. Elle avait des chaussures plates qui ressemblaient à des ballerines de danseuse. Ses cheveux teints, dans un ton brun-roux, étaient relevés, laissant apercevoir quelques touches grises au niveau des racines au-dessus des oreilles. Elle avait les yeux rougis par des pleurs ou de la colère et l'inquiétude se lisait dans son regard.

— Ah ! Margery, merci bien. Monsieur Freeman, je vous présente ma femme, Margery. Je crois que vous vous êtes parlé au téléphone.

Je me levai pour la saluer. Elle posa le plateau avec la carafe de limonade sur la table, mais ne me tendit pas la main et ne me salua pas.

— En effet, dit-elle. Tu vas bien, William ?

— Oui, Margery, nous allons bien, répondit son mari.

Je crus comprendre que le « nous » les désignait tous les deux. Elle hocha alors la tête et reprit aussitôt le chemin de l'église. Jefferson attendit qu'elle soit partie pour remplir les verres. La fraîcheur de la limonade me fit tout à coup prendre conscience de la chaleur moite qui montait tout autour de nous dans l'ombre des feuillages. Il était midi passé. Un peu plus loin, des sauterelles bondissaient dans l'herbe. J'eus envie de proposer à Jefferson de faire une pause, mais je me retins. Quand un type se met à parler, il ne faut surtout pas l'arrêter. C'est ce qu'on apprend aux flics. Le pasteur Jefferson était bien parti, aussi inclinai-je légèrement la tête et continuai-je à l'écouter.

— Pour mon père et ma mère, la situation n'avait rien de confortable. Les rumeurs qui ne s'arrêtaient jamais, la peur…

Jefferson reprit son récit tout en contemplant la prairie. Lui aussi semblait s'intéresser aux sauterelles. Sa mère, une personne très religieuse, était d'Everglades City. Elle savait que des bruits couraient à propos des Jefferson qui vivaient au bord de la rivière. Mais Clinton Jefferson était de son âge et ils se retrouvèrent ensemble à l'école, la seule dans un rayon de cinquante kilomètres. Le garçon était poli et timide, et n'avait pour ainsi dire pas d'amis. Les premières fois qu'elle fréquenta la maison, elle n'entendit jamais la voix de M. Jefferson. Lorsqu'elle réussit à convaincre Clinton de l'accompagner pour écouter des lectures de la Bible, son père ne s'y opposa pas. Quand ils eurent dix-huit ans, ils se marièrent. M. Jefferson père n'assista pas à la cérémonie. En guise d'excuse, son épouse expliqua qu'il était occupé ailleurs.

Malgré la réputation de son père, dont il pâtissait, Clinton Jefferson ne voulut pas quitter ses parents et laisser sa mère porter seule ce fardeau. Il installa sa femme dans la maison près de la rivière. Les deux femmes devinrent alors très proches. La mère du révérend fut ainsi la dépositaire de bien des confidences sur le calvaire secret d'une femme contrainte de supporter, des années durant, l'étrange isolement de son mari et de se contenter de ses justifications ambiguës.

— C'est ma mère qui m'a raconté toutes ces histoires, au fil des années, précisa Jefferson. Elle les accompagnait de considérations sur les desseins de Dieu et sa miséricorde. Cela constitua ma première éducation religieuse.

Pour la première fois depuis qu'il avait commencé son récit, j'osai lui poser une question :

— Vous avez donc déménagé après la mort de votre grand-père ?

Jefferson me corrigea sèchement :

— Après son suicide, oui.

Cette révélation me fit relever la tête.

— Mon père retrouva le corps dans la grange pendant l'hiver de 1962. Il s'était servi de sa propre carabine. Ma grand-mère ne lui survécut pas plus de quelques années. J'avais douze ans quand nous sommes partis. Je me souviens encore de mon père en train de fermer à clé la porte de la maison. Nous n'avons emporté que ce qui pouvait rentrer dans la camionnette, et nous ne sommes jamais retournés là-bas.

Le révérend continua à contempler la prairie. Je lui demandai si son père avait en mémoire quelques détails sur les activités de John William vers 1924 et sur le travail qu'il avait effectué sur le chantier de la route.

— Je suis certain qu'il a tout connu dans le détail. Mon père a dû vivre avec les soupçons, les exploits réels accomplis par mon grand-père et ceux que la rumeur lui attribuait. Tout cela a hanté mon père. Dans une telle situation, on se débat sans cesse avec sa conscience. Seul Dieu a le pouvoir de pardonner.

— Serait-il possible que je lui parle, pour avoir une idée de ce dont il peut se souvenir précisément ?

Le révérend marqua un long silence avant de me répondre.

— Mon père est mort voilà quinze ans, monsieur Freeman. Je venais juste d'être nommé à la tête de cette église.

Il se leva, prit le plateau que sa femme avait apporté et se dirigea vers le bâtiment. Je le suivis et me laissai surprendre par la lumière et la chaleur soudaines. Arrivé face à la porte de derrière, il entra sans un mot. Je restai sur le seuil, sentant que tout commentaire de ma part aurait été déplacé, pensant au long chemin que j'avais à faire pour rentrer. Lorsque Jefferson reparut, il avait les mains vides et portait sur la tête un chapeau de paille décoloré. Il me regarda dans les yeux, d'un air déterminé, comme s'il venait de prendre une décision.

— Je vais vous demander de bien vouloir m'accompagner, monsieur Freeman. J'ai quelque chose pour vous.

Je suivis sa conduite intérieure noire à travers la ville. Au moins trois personnes saluèrent le pasteur durant cette traversée. Trois kilomètres plus loin, il tourna sur une petite route qui filait vers l'ouest, bordée de fermes bâties dans le fond de vertes prairies et encadrées de bosquets de pins. Après deux kilomètres supplémentaires, il emprunta une piste de terre battue. Sa voiture soulevant la poussière, je fus obligé de garder mes distances. Finalement, il freina avant de s'engager dans une allée bordée de deux rangées de chênes qui menait à une maison de bois peinte en blanc. Une véranda courait tout le long de la façade. Au-dessus de la boîte aux lettres, dans l'angle, flottait un drapeau américain. Il gara sa conduite intérieure à côté d'une vieille fourgonnette et je m'arrêtai derrière lui.

— Voici ma maison, monsieur Freeman. Je suis désolé de ne pas vous inviter à entrer, dit-il d'une voix qui paraissait sincère.

Il me conduisit alors derrière le bâtiment. Il y avait là un grand et beau jardin puis, au-delà d'une rangée de grands arbres, une prairie. Le sentier conduisait à une petite grange, fermée par une porte coulissante. Le pasteur marcha dans cette direction. Il ne fit aucun commentaire, n'exprima aucun motif de fierté, n'offrit pas la moindre explication, ne posa aucune question, mais ouvrit grand la porte, laissant pénétrer le soleil. Des outils s'alignaient contre les murs. Il y avait un établi tout au fond et un vieux tracteur au milieu. On sentait la poussière et l'herbe sèche, l'essence et le bois. Sur l'établi, le pasteur prit un pied-de-biche long de soixante centimètres et traversa la pièce jusqu'au bas d'un escalier grossier. Là, il appuya sur un interrupteur, mais je ne vis aucune ampoule s'allumer. Je regardai en haut des marches et vis qu'une mezzanine avait été aménagée sous le toit de la grange et couvrait à peu près la moitié de sa surface. Le pasteur monta les marches qui y menaient. Je le suivis.

— Attention à votre tête, monsieur Freeman.

Je dus me tenir légèrement courbé pour ne pas me cogner contre les poutres du toit. Une ampoule était effectivement suspendue aux chevrons.

— Tout au fond, là-bas, il y a une caisse qui vient de la maison de mon grand-père.

Avec le menton, il désigna le mur du nord-est.

— C'est une des rares choses que mon père a tenu à emporter quand nous sommes partis.

Je me tournai vers lui, mais il esquiva mon regard.

— Emportez cette caisse, monsieur. Et faites-en ce que vous devez.

Il me tendit le pied-de-biche en me regardant dans les yeux. Face à ma perplexité, son visage était empreint de bienveillance sereine et, peut-être, de soulagement.

— Nous sommes dans un monde nouveau, dominé par la science, monsieur Freeman. Les experts ont percé le mystère de la double hélice de la vie et identifié les gènes à l'origine des caractères individuels. Et ils nous certifient qu'ils se font désormais une idée claire de toutes ces questions.

Il parlait maintenant sur le ton qu'il employait quand il prêchait. Je jetai un regard vers le coin de la grange qu'il m'avait désigné.

— Mais les péchés d'un père ne sont pas une affaire de substances chimiques ou de chromosomes, monsieur. Et chacun d'entre nous, à la fin, ne laisse pas seulement une hélice d'ADN.

Après quoi, il descendit les marches et sortit dans le soleil.

16

Je dus me frayer un chemin pour parvenir jusqu'au mur du fond. Il fallut pousser des cartons remplis d'appareils électroménagers, des boîtes poussiéreuses pleines de faïence brisée et un petit tonneau de clous à moitié rouillés, écarter des toiles d'araignées et baisser de plus en plus la tête sous la pente du toit. Il faisait chaud et je sentais les particules de poussière s'accumuler au fond de ma gorge dès que j'essayais de respirer par la bouche.

Finalement, à la faible lueur de l'ampoule, je repérai une caisse de bois brut posée à plat sur le plancher, tout à fait dans l'angle. Elle était longue comme mon bras et large comme un tabouret de piano mais pas vraiment lourde. Je m'escrimai à l'extirper de son coin et à la transporter dans un endroit dégagé.

Le bois était sec et propre, mais le temps l'avait rendu fragile. Aussi le couvercle céda-t-il facilement au pied-de-biche. Une espèce de mousse artificielle, qui ressemblait à des confettis, protégeait un long étui de cuir noir, craquelé et fendu. Je dénouai le rabat. Avant d'examiner ce qu'il contenait, je regardai autour de moi, attrapai un bout de serviette en lambeaux qui traînait et enveloppai ma main droite dedans. De l'étui, je sortis la crosse d'une Winchester démontable. C'était un calibre .405. L'arme devait bien avoir cent ans, mais elle était dans un état de conservation étonnant. Sur le chargeur, le métal avait terni. En revanche, les volutes gravées sur le levier étaient magnifiques et formaient le motif le plus élégant que j'aie jamais vu. Je fouillai encore dans l'étui. Le canon de la carabine était rangé dans un compartiment séparé. Sauf quelques taches de rouille, il était intact, y compris le filetage à la base. Les deux moitiés de la vieille Winchester s'ajustaient parfaitement. C'était le type d'arme que Teddy Roosevelt avait utilisé lors de ses expéditions de chasse en Afrique, vers 1910.

Je pris la précaution de toucher le moins possible la carabine et la posai dans son étui ouvert le temps de poursuivre l'inventaire de la caisse. Sous la mousse, je trouvai ensuite une petite boîte en bois contenant des munitions. Les cartouches faisaient plus de sept centimètres de long et leur culot était lourd et épais. Roosevelt appelait la cartouche de .405 la « big medicine », le remède à tous les problèmes, capable d'abattre un buffle, un crocodile ou un homme. À l'autre extrémité de la caisse, je trouvai un livre relié. Les initiales JWJ étaient gravées en lettres d'or sur le premier plat de la reliure, presque noire. À l'intérieur, les pages avaient jauni ; elles me faisaient l'effet de feuilles mortes entre mes doigts. Les schémas qui y étaient dessinés, les pleins et les déliés qu'on y avait tracés s'étaient estompés, mais ils étaient encore déchiffrables. Il s'agissait à l'évidence d'une sorte de livre de comptes. Certaines pages étaient remplies de rangées de chiffres. À des quantités vendues ou achetées correspondaient des montants en dollars. Sur d'autres pages, on avait esquissé des diagrammes et des plans de machines ou de constructions. Aussitôt que j'eus repéré des dates, je me mis à chercher celles qui se rapportaient à l'année 1924.

Parmi les pages concernées, je tombai sur une carte schématique. Des notations s'échelonnaient le long d'une ligne hachurée qui ressemblait à une voie de chemin de fer. À l'ouest, Everglades City était noté comme terminus. À l'autre bout, on avait écrit « Miami ». Le long des hachures, à intervalles irréguliers, on avait représenté des palmiers dans le style des dessins d'enfants. Près de ces palmiers, il y avait des croix en forme de X ; tantôt deux, tantôt trois, puis six, près de Miami. Au-dessus des palmiers figuraient également des chiffres, facilement identifiables à des latitudes et des longitudes, sous lesquels étaient portés des montants en dollars, comme dans les premières pages du livre. Près de l'inscription « Everglades City », c'est-à-dire à l'ouest, on avait noté : « II – 600 $ ». Sous les trois X : « III – 900 $ ». Sous les X tracés à droite, c'est-à-dire à l'est : « IIII – 1 800 $ ». Me sentant de plus en plus mal dans cet espace poussiéreux, chaud et confiné, je mis un genou au sol, en me servant de l'autre pour soutenir le livre de comptes. Des gouttes de sueur ruisselant sur mon visage, je m'essuyai sur les épaules de ma chemise et continuai à tourner les pages avec mille précautions. Le même type de notations apparaissaient sous le nom « Noren » : « 300 $ chaq. + 15 munitions ». Je savais pertinemment que les peaux d'alligator se vendaient à l'époque dans les quatre dollars cinquante le mètre. John William n'aurait donc jamais réussi à se faire payer trois cents dollars par alligator tué. Même les plus somptueuses plumes de flamant rose, dont la chasse était strictement interdite, ne se vendaient pas pour ces prix-là au marché noir.

Je rangeai le livre de comptes dans la caisse, fermai l'étui de la Winchester et remis en place le couvercle de bois. Le pied-de-biche m'aida à fixer tant bien que mal les clous. Je serrai la caisse et son contenu contre ma poitrine, redescendis l'escalier et éteignis la lumière en sortant de la grange. Le pasteur Jefferson ne se montra pas. Il était peut-être dans la maison, en train de déjeuner avec sa femme, dans le fond du jardin, ou en train de prier, seul, à l'écart.

Je transportai la caisse jusqu'au pick-up, la calai derrière les sièges, au-dessus de mon sac, puis m'installai au volant, tournai la clé de contact et mis en route l'air conditionné. La conduite intérieure du pasteur et la fourgonnette étaient encore garées côte à côte. En reculant, je jetai un regard sur la façade de la maison, mais je ne vis aucun mouvement derrière les rideaux ni sur le pas de la porte. En m'éloignant dans l'allée, je gardai les yeux fixés sur mon rétroviseur et vis la maison et les grands chênes disparaître dans un nuage de poussière.

❋

Il était tard quand j'arrivai chez Billy. En me voyant passer, le gardien jeta un regard inquisiteur sur la caisse que je tenais serrée sous mon bras.

— Bonsoir, monsieur Freeman. M. Manchester est absent pour la soirée.

Je hochai la tête et continuai à marcher jusqu'à l'ascenseur.

— Voulez-vous appeler le monte-charge de service, monsieur ? lança-t-il encore en regardant d'un air dédaigneux la caisse de bois dont les coins rugueux lui faisaient sans doute craindre le pire pour les lambris qui recouvraient les murs.

Les portes de l'ascenseur s'ouvrirent à cet instant.

— Merci. Ça ira.

L'appartement était éclairé. Lampes et appliques scellées aux murs étaient toujours en veilleuse. Billy gardait en mémoire l'époque où il vivait dans un petit appartement, dans le nord de Philadelphie, dans lequel les lampes demeuraient éteintes certains jours parce que les plombs avaient sauté ou bien parce que les factures d'électricité n'avaient pas pu être acquittées à temps. Il ne voulait plus jamais rentrer chez lui et retrouver un appartement sans lumière.

J'abandonnai la caisse sur la moquette pour me diriger vers la chambre d'amis. Dans la salle de bains, je contemplai mon reflet dans la glace et demeurai interdit. La chemise bleu Oxford mise ce matin pour me rendre à l'église était fripée et souillée et mon visage était à peu près dans le même état. La peau était brune et tannée, et le collier de barbe que je n'avais pas rasé ce matin la faisait paraître plus sombre encore. Près des tempes, les pattes-d'oie étaient profondément creusées. J'avais aussi des poches sous les yeux, résultat de plusieurs heures passées sur la route. Dans ma cabane, il n'y avait pas de miroir. Aussi m'arrivait-il de ne pas me regarder une seule fois dans la glace des semaines durant. J'examinai mes yeux. Le cercle noir au centre de l'iris. Était-ce un héritage de mon père ? Et si oui, quel aspect de sa personnalité ? Le flic implacable qui n'avait pas accepté qu'un tueur d'enfants demeurât impuni ou bien l'alcoolique raciste qui battait sa femme ? Les deux à la fois ou aucun des deux ? « Nous laissons plus qu'une formule d'ADN derrière nous », avait dit le petit-fils de John William Jefferson.

J'emportai avec moi un drap de bain, l'étendis sur la table de bois verni de la salle à manger puis, toujours avec mille précautions, posai la caisse de pin dessus. Avec l'aide d'un tournevis découvert dans un tiroir, je soulevai le couvercle et repris en main le livre de comptes. Assis au bar, dans la cuisine, sous la lumière, une bière fraîche à la main, je me préparai à l'étudier de plus près.

Apparemment, John William était un homme méticuleux. Il semblait qu'il avait pris note du moindre dollar dépensé ou gagné, depuis le jour où il était arrivé à Everglades City jusqu'à cette nuit d'automne de 1962 où il s'était tiré une balle dans la tête. Des schémas, des dates, des distances remplissaient les pages, de même que les prix des fournitures et leur évolution au fil des années. Mais ces pages au papier cassant et jauni ne contenaient pas un mot sur ses sentiments, ses idées ni ses opinions.

Un peu après minuit, je refermai délicatement le livre et sortis boire une bière sur la terrasse. Au large, le vent du nord-est soufflait, répandant une fraîcheur inhabituelle. J'entendais le bruit des vagues qui venaient se briser sur le sable. Loin du rivage, le clair de lune illuminait l'océan. Le temps était en train de changer. Alors que je tentais de suivre, avec de plus en plus de difficulté, les lumières d'un navire au large, quelqu'un prononça mon nom.

— Max !

Je passai de l'autre côté de la baie vitrée et aperçus Billy en train de considérer la caisse de bois. Il portait un smoking et une cravate noire, comme s'il venait de recevoir un oscar. Diane, à ses côtés et légèrement en retrait, était en robe longue, un châle de dentelle sur les épaules. Billy se tourna vers moi :

— M-Max, qu'est-ce que cela f-f-fait chez moi ?

— Cela, mon cher, c'est probablement l'arme qui a servi à assassiner Cyrus Mayes et ses fils.

Je décidai de m'en tenir au café pendant le reste de la soirée, et de ne pas m'éloigner de la cuisine ni de la cafetière. Diane se servit un verre de chardonnay, Billy ouvrit une bouteille d'eau et ils prirent tous deux place de l'autre côté du bar pour examiner minutieusement le livre de comptes. Billy enfila une paire de gants en Latex avant de le prendre en main et Diane se contenta de regarder par-dessus son épaule, sans toucher à rien.

Je racontai l'histoire de John William Jefferson dans les termes mêmes par lesquels elle m'avait été rapportée. Ils m'écoutèrent en silence, m'interrompant seulement pour obtenir une précision, comme de bons avocats. Finalement, Billy en vint à formuler la même hypothèse que moi. Le livre faisait probablement le décompte des morts, et les X signalaient les cadavres, enterrés ou abandonnés sur place voilà quatre-vingts ans.

— Mais ce n'est pas suffisant pour obtenir un mandat qui permettrait d'avoir accès aux archives de la PalmCo concernant le chantier.

Sans se regarder, les deux avocats firent non de la tête.

— Il n'y a pas de noms. Il n'y a pas le mot « corps ». Rien qui fasse penser à des meurtres. Ni rien qui prouve que les trois cents dollars reçus ont constitué un salaire pour avoir fait disparaître quelqu'un.

— N'importe quel avocat soutiendra que la somme se rapporte à l'éradication de serpents à sonnette ou de lynx, ajouta McIntyre.

— Nous pourrions u-u-utiliser le livre de c-c-comptes comme une pièce à c-c-conviction supplémentaire pour o-obliger la PalmCo à a-accepter un arrangement, mais ce n'est pas ce que veut M-Mayes. Ni p-personne d'autre, d'ailleurs.

Billy m'avait regardé en prononçant ces derniers mots.

— Il ne nous manque que les corps, conclus-je.

— Après quatre-vingts ans ?

McIntyre ne chercha pas à cacher à quel point elle restait sceptique.

— Nous pouvons retrouver des os, des dents, des restes de squelettes. Et même les balles qui les ont tués. À présent, nous disposons sans doute de la carte qui nous indique exactement où il faut chercher.

J'avais déjà noté toutes les coordonnées inscrites dans le grand livre de John William. Billy pourrait les reporter dès le lendemain matin sur une carte d'état-major des Glades pendant que je passerais un coup de fil à l'hôtel de Loop Road pour laisser un message à Nate Brown. Si John William avait utilisé les instruments des géomètres du chantier, et s'il avait été rigoureux dans ses relevés, nous avions une chance.

— Je dois aussi s-soumettre le livre à nos ex-experts pour qu'ils estiment son âge. Cela p-p-pourrait-il constituer un p-p-problème pour le p-pasteur Jefferson ? demanda Billy.

— Je crois qu'il ignore jusqu'à l'existence du livre, répondis-je. Je pense qu'il n'a même pas ouvert la caisse. Son père l'avait peut-être fait, mais cette caisse était pour la famille comme la boîte de Pandore. Ils

ne voulaient ni la détruire ni savoir ce qu'elle contenait. Je pense qu'ils attendaient que quelqu'un les en
débarrasse, en fait.

Cette mise au point laissa tout le monde silencieux. Billy avait depuis longtemps tombé veste et
cravate, mais il gardait encore quelque chose de son
irréprochable maintien. McIntyre, comme d'habitude,
était pieds nus. À force de concentration, elle avait
si souvent passé la main dans son épaisse chevelure
noire qu'elle était maintenant totalement décoiffée.

— D-demain sera un autre j-jour.

En prononçant ces mots, Billy posa doucement
la main sur le cou de McIntyre. Ils se levèrent tous
les deux en même temps, puis Billy s'arrêta brusquement. La Winchester était toujours sur la table de
la salle à manger. Personne ne s'en était préoccupé
depuis que nous avions commencé à examiner le
grand livre. L'aversion de Billy pour les armes à feu
ne devait rien à ses convictions démocrates. Des
accès de violence avaient marqué son passé et leurs
conséquences ne l'avaient pas laissé indemne. Je
savais ce qu'il me restait à faire.

— Je vais la descendre et l'enfermer dans le pick-
up.

— D'accord, M-Max. D-d-demain, nous la mettrons à l'abri. Et j'aimerais bien d-d-demander à notre
ami L-Lott de l'inspecter.

Les deux avocats se dirigèrent vers la chambre
de Billy pendant que je remettais en place le couvercle de la caisse. Après avoir fermé les baies
vitrées qui donnaient sur la terrasse, je pris deux
bouteilles de bière, la caisse elle-même et quittai
l'appartement. Dans la camionnette, je cachai mon
précieux fardeau derrière le siège, sous un imper-

méable, pris enfin mon sac de couchage et fermai les portières à clé.

Le vent était tombé, mais la mer restait agitée. Les lumières du front de mer illuminaient la plage et faisaient briller l'écume produite par le ressac. Je marchai un moment dans la brise jusqu'à un coin de plage plongé dans la pénombre, à l'abri d'une dune. Assis sur le sable, à demi emmitouflé dans mon sac de couchage, je débouchai la première bière et, les yeux tournés vers l'horizon, dans la direction du soleil levant, j'attendis les premières lueurs de l'aube en pensant à ce que John William avait bien pu laisser derrière lui.

❋

Au petit matin, le vent du nord-est était tombé. L'océan était de nouveau presque étale et les nuages avaient été remplacés par un ciel immaculé et d'une grande luminosité. Quand j'ouvris les yeux, 7 heures avaient déjà sonné depuis un moment. Je trouvai Billy et McIntyre sur la terrasse, en train de boire leur café en feuilletant le *Wall Street Journal*. Le temps que je fasse ma toilette, McIntyre était déjà partie pour le tribunal et Billy s'affairait dans la cuisine. Je me servis un café puis sortis sur la terrasse.

— Cette fille se shoote au travail, ma parole ! lançai-je à Billy.

Il me répondit d'un trait, de l'autre côté de la baie vitrée :

— Elle envisage sérieusement de se porter candidate au poste de juge, l'année prochaine. Je crois qu'elle teste son endurance.

— Elle est assez costaud pour ça et, à mon avis, bien assez calée.

— Exact.

De retour sur la terrasse, Billy posa sur la table deux assiettes d'œufs brouillés aux oignons, accompagnés de rondelles de piment rouge et de sauce piquante.

— Qu'est-ce qui peut la gêner, alors ?

— C'est un p-poste électif. Des c-c-considérations p-politiques interviennent.

— Et alors ?

— Je ne suis p-pas sûr que la g-g-gauche soit ravie par l'idée de p-présenter une c-c-candidate qui a un compagnon noir.

Ce n'était pas un sujet que Billy abordait volontiers. Grâce à son intelligence et ses qualités professionnelles, il avait réussi à maintenir le racisme à distance. Grâce à son sens des affaires, il était devenu riche. Il se fichait pas mal des réactions racistes qu'il pouvait susciter personnellement, il avait les épaules assez larges pour les encaisser. Mais quand d'autres que lui, moins bien lotis, étaient concernés, il devenait enragé.

— Ne me dis pas qu'elle doit choisir entre sa carrière et toi…

— Pas du t-t-tout. Elle dit qu'elle les em-m-m-merde.

Dans sa bouche, le moindre mot vulgaire sonnait bizarrement.

— Où est le problème, alors ?

Il ne répondit pas tout de suite. Il regarda le soleil, puis avala sans broncher une grande gorgée de café brûlant.

— Je v-v-voudrais lui d-demander de m'épouser.

17

J'accompagnai Billy en ville jusqu'à son bureau. Nous mîmes la carabine de John William à l'abri dans son coffre, en compagnie d'autres objets sensibles en relation avec ses affaires en cours. Autant de pièces à conviction qui ne risquaient pas de s'évanouir dans la nature. Je déposerais l'arme au bureau d'expertise de Lott le lendemain.

Puis nous nous employâmes à obtenir une carte d'état-major du parcours du Tamiani Trail à travers les Glades, donnant une représentation précise du relief sur une bande de terre de trois kilomètres de part et d'autre de la route. Les photos prises par satellite utilisées pour créer notre carte étaient assez détaillées pour faire apparaître la courbe de Loop Road. On y voyait le bureau d'accueil des visiteurs du parc national à Big Bend et, juste à la sortie d'Everglades City, l'office chargé de renseigner les touristes en balade dans le golfe. Sans être expert en cartographie, on pouvait repérer les principaux îlots de végétation, les bois de feuillus et les zones où poussaient les cyprès. Puis Billy essaya de reporter sur la carte les sites dont John William avait sommairement consigné les latitudes et longitudes sur son livre. La correspondance se révéla aussitôt étonnante. Les X notés sous un schéma suggérant des arbres, une fois reportés sur la carte, vinrent se placer au milieu de trois bosquets nettement identifiables sur l'image satellite. Tous se situaient à moins de deux kilomètres à vol d'oiseau de la route, en allant vers le sud. Je m'intéressai surtout aux trois X associés dans le livre. Si un père et ses deux fils avaient vraiment été enterrés là, nous avions désormais des chances d'en retrouver quelques traces. Il restait néanmoins à passer au peigne fin plusieurs dizaines de mètres carrés de terrain. En espérant que John William n'avait commis aucune erreur dans son livre.

Pendant que Billy terminait de reporter les X sur la carte, je me servis de son téléphone pour appeler le Frontier Hotel.

— À vot'service.

— Josie. C'est Max Freeman, le grand type qui est venu rencontrer Nate Brown l'autre jour.

— Ah oui ! J'vois bien qui vous êtes. Y a toujours du grabuge quand vous v'nez par ici.

— C'est ça, exactement. J'ai un message pour Nate Brown. Il m'a dit que vous pouviez toujours le joindre.

Il y eut un silence à l'autre bout de la ligne. Puis Josie lança :

— S'il passe par ici, j'peux le joindre.

Donc le mois prochain, avec de la chance, me dis-je. Impossible d'attendre si longtemps.

– Josie, pourriez-vous lui donner mon numéro de portable et lui demander de m'appeler aussitôt que possible ?

J'énumérai les chiffres, lentement, en prononçant distinctement, sans même savoir si elle se préoccupait de les noter.

— C'est bon ?

— C'est noté. Mais j'pense pas que M. Brown se soit servi d'un téléphone une seule fois dans sa vie. En général, il rencontre les gens quand il a envie de les rencontrer.

— Je sais. Mais il m'a dit d'appeler Josie si je voulais le joindre.

— Il a dit Josie ?

— Exactement.

— Si c'est comme ça, alors j'vais m'débrouiller pour lui faire passer l'message.

Il y avait comme un soupçon de fierté dans sa voix.

— Merci beaucoup, Josie. Je vous devrai quelque chose.

Je raccrochai aussitôt, sans lui laisser le temps de me demander combien.

Je revins à la carte. Billy avait recopié toutes les données le long du Tamiani Trail et calculé les distances entre chaque X. Mais il avait encore des doutes.

— Tout ça d-doit être t-t-très approximatif, déclara-t-il.

N'ayant jamais lui-même mis les pieds dans les Glades, il ne pouvait pas savoir jusqu'à quel point ces repères pouvaient être imprécis.

— As-tu l'intention de mettre Mayes au courant ? demandai-je.

Billy fit non de la tête.

— Ni l-lui ni les types d-d-de la PalmCo. Nous allons garder pour n-nous cette d-découverte et voir jusqu'où elle nous m-m-mène. Inutile de nous mettre la p-pression. Personne n-ne sait ce que n-nous cherchons, ni où n-n-nous cherchons.

Je pensai à la camionnette passée au peigne fin par Ramon et ses copains. À la tête réjouie de Nate Brown à l'instant où il avait réussi à nous mettre à l'abri sous la mangrove et à semer l'hélicoptère qui était à nos trousses.

— Je te trouve optimiste.

— Je suis avocat. C'est mon métier.

Je laissai un message à Richards, avec le téléphone de Billy, avant d'empocher une photocopie de notre carte au trésor.

— Quand Brown aura repris contact avec moi, je te tiendrai informé.

— B-bonne chasse.

❋

J'étais dans la camionnette, en train de me demander dans quel endroit je pouvais piquer un petit somme, quand Richards me rappela.

— Quoi de neuf ?

— On dîne ensemble ce soir, ma chérie ?

— Je voulais justement te le proposer. Nous pourrions manger quelque chose chez moi. J'ai invité une amie. Ton point de vue sur les derniers événements pourrait nous être utile.

— Je parie qu'il s'agit de ton amie battue mais qui ne veut pas l'avouer… Elle a peur de rentrer chez elle, maintenant ?

— Bravo, détective. Mais je ne peux pas en parler maintenant, je te téléphone d'une boutique. On se voit vers 18 h 30, 19 heures.

— Entendu.

— À tout à l'heure.

✳

Mon cerveau n'était plus en très bon état alors que je roulais vers le sud, sur la A1A, vers mon lieu de sieste : je manquais de sommeil, j'avais trop bu et les idées se bousculaient dans ma tête. Arrivant devant l'entrée d'un jardin public en bord de mer, je payai les sept dollars de droit d'entrée et trouvai une place de parking bien située, à l'ombre d'un petit bois de pins d'Australie. Je baissai les vitres des deux côtés pour créer un petit courant d'air, puis reculai le dossier de mon siège. En moins de cinq minutes, je m'endormis.

Le chant d'un oiseau me réveilla. À moins que ce ne soit le cri d'un enfant ou le bruit de chaises pliantes qu'on chargeait dans le coffre d'une voiture. Il me fallut en tout cas un moment pour comprendre où j'étais. Je finis par cogner mon genou contre le volant et la douleur me remit instantanément les idées en place. Je regardai ma montre : j'avais dormi pendant deux heures. Je réussis tant bien que mal à sortir de la camionnette, et il me fallut quelques minutes pour me dégourdir les jambes et calmer les courbatures dans mon dos. Derrière moi, vers l'ouest, le ciel était strié de traînées orange foncé et violettes. Vers l'est, au-delà des arbres, la plage était couverte d'écume. Je marchai vers les toilettes du parc pour me passer un peu d'eau sur le visage et me recoiffer. *Sois à l'heure ce soir, Freeman...*

Je repris la A1A pour rentrer à Lauderdale, passant devant ce qui était autrefois le Galt Ocean Hotel où

Joe Namath, au bord de la piscine, avait publiquement promis de battre les Colts lors du Super Bowl. Une promesse qu'il avait d'ailleurs tenue.

La soirée était chaude. On avait envie de se laisser un peu aller. J'étais d'une humeur enjouée, assez inhabituelle chez moi, jusqu'au moment où je me garai juste en face de chez Richards. J'entendis alors des éclats de voix rauques. Quelqu'un criait à l'entrée du jardin. Deux voitures, que je ne connaissais pas, étaient garées le long de la chaussée : un coupé Toyota et une Trans Am noire décapotable avec un spoiler à l'arrière. Avant que j'aie le temps de me demander d'où les voix pouvaient provenir, une voix d'homme répondit à ma question :

— Bordel, Kathleen ! J'ai besoin de te parler ! Tout de suite ! Je sais que tu es ici.

Je sentis la décharge d'adrénaline dans mes veines et mes réflexes de flic revinrent à la surface. Signal 38. Troubles domestiques. Le pire appel qui soit pour une patrouille. On ne peut jamais savoir ce qui va se passer.

Je tournai au coin de la rue et le vis. Il me tournait le dos, vêtu d'un jean et d'un T-shirt sans manches et avait passé un bras par-dessus le portail de bois qui fermait l'arrière-cour, essayant, j'imagine, d'actionner le loquet. Il parla ensuite moins fort, mais on sentait toujours une grande colère dans sa voix.

— Allez, Richards ! Je sais que tu es en train de foutre la merde ! Ne te mêle pas de ça. Laisse-la sortir ! Je veux juste lui parler.

D'une voix sourde, il ajouta :

— Salope !

Je m'approchai encore un peu, discrètement, puis, solidement campé sur mes jambes, lançai au policier :

— Jolie façon de s'adresser à un officier supérieur, McCrary !

Il tourna brusquement la tête vers moi, comme s'il venait de recevoir un coup de pied au derrière. Aussitôt qu'il me reconnut, il s'écarta du portail et me fit face.

— Toi, le privé, ce ne sont pas tes affaires !

Je vis les muscles de sa mâchoire se contracter. Il allait pouvoir détourner sa colère sur un autre mâle. Voilà quelque chose qu'il pouvait gérer.

— Je crois que vous avez dépassé les bornes, agent McCrary. Ça ne va pas faire beau sur un rapport adressé à votre sergent.

Tout en parlant, j'évaluai la distance qui me séparait de lui, pivotant légèrement sur la droite pour me mettre hors de portée de sa main droite. J'avais fréquenté pendant pas mal de temps le gymnase du père de Frankie O'Hara, dans le sud de Philadelphie. D'abord comme un gamin du quartier fasciné par ce qui se passait à l'intérieur, puis comme partenaire des professionnels qui venaient s'entraîner. On n'oublie jamais les fondamentaux, une fois que des champions vous les ont inculqués à leur façon.

— Je parie que tu es le genre d'abruti capable de dénoncer un flic à un autre flic. Pas vrai, le privé ?

De chaque côté de son corps, les muscles de ses bras se tendaient et ses poings se serraient.

— McCrary, c'est le moment de vous détendre un peu et d'aller faire un tour. Vous ne croyez pas ?

Comme je m'y attendais, il brandit son poing fermé et, prenant son élan, tenta de me frapper, de toutes ses forces. Mais la distance que j'avais ménagée entre nous l'obligea à allonger le bras et je pus facilement éviter le choc. Les deux mains appliquées sur son épaule, je le poussai pour dévier sa trajectoire. Si nous avions été sur un ring, j'en aurais profité pour lui assener au passage un coup derrière l'oreille. Mais nous n'étions pas sur un ring. Je me contentai de faire deux pas en arrière pendant qu'il heurtait du coude le capot de la voiture de Richards et retrouvait tant bien que mal son équilibre.

— Vous voulez que le rapport mentionne aussi « agression d'un civil », McCrary ? Vous êtes vraiment un brillant élément !

Cette fois, il prit pour de bon la pose du boxeur. Il y avait de la rage dans ses yeux. Mais, comme beaucoup d'amateurs, il ne levait pas assez haut son poing droit. J'étais déjà en train de préméditer une série de coups susceptibles de le mettre hors d'état de nuire en deux temps trois mouvements quand j'entendis derrière moi un bruit métallique et un crissement de charnières. Le regard de McCrary changea aussitôt.

— Tu es un beau salaud, McCrary ! Maintenant, tu vas déguerpir. Et plus vite que ça !

Je reculai d'un pas en regardant derrière moi. Richards tenait son 9 millimètres à deux mains, le canon pointé sur McCrary.

Il commença par desserrer les poings. Puis il ouvrit la bouche. Enfin, il recula d'un pas.

— D'accord. C'est… c'est bon.

Il bégayait et le rouge lui montait aux joues.

— Tu as perdu ton putain de sang-froid, hein, McCrary ?

Richards criait presque. McCrary hocha la tête et montra ses mains vides. Il était haletant. En fait, nous respirions fort tous les trois.

— C'est bon, je m'excuse. Je m'excuse…

Il essayait visiblement de reprendre le dessus, mais Richards ne baissa pas son revolver. Elle répondit sèchement :

— Tu peux garder tes putains d'excuses. Ça ne marche pas avec moi. Tu viens d'agresser deux de mes invités dans ma propriété privée. Déjà bien beau que je n'aie pas appelé du renfort pour te passer les menottes en pleine rue. Maintenant, tu vas partir d'ici, tout de suite ! Et je te jure que tu vas avoir dès ce soir une conversation sérieuse avec ton sergent. Tu as bien compris ?

— D'accord, c'est bon. Baisse ton arme, maintenant. D'accord ?

— Tire-toi !

McCrary ne pouvait pas savoir à quel point les nerfs de Richards étaient solides. Quant à moi, je savais, pour l'avoir vue faire une fois, qu'elle était parfaitement capable d'appuyer sur la détente.

— OK, je m'en vais, lâcha-t-il finalement en faisant marche arrière.

Je le vis hocher la tête en signe d'acquiescement, mais surpris en même temps dans ses yeux une étincelle qui ne disait rien de bon. Richards finit par baisser son arme, mais ne bougea pas d'un pouce pendant qu'il regagnait sa Trans Am. Il démarra et, après une marche arrière, commença à rouler sagement. Il disparut en tournant au coin de la rue.

Richards avait les yeux vers le sol et tenait son revolver du bout des doigts. Je demandai :

— Ça va ?

— Très bien. Et toi ?

— Un peu tendu. Comme un type qu'on a empêché de se battre.

— Je n'ai pas pu supporter que tout le plaisir soit pour vous, les mecs.

— Tu crois que c'est une bonne idée de ne pas avoir appelé la patrouille ?

— C'est ça ! Pour que ses copains viennent le chercher, lui tapent sur l'épaule et l'emmènent se calmer au bar, en sirotant quelques bières. Bien entendu, il n'y aurait pas eu le moindre rapport...

Je n'allais pas la contredire. J'étais bien placé pour savoir que les choses se passent comme ça.

— Tout, mais pas ça. J'ai appelé son sergent, et également le capitaine. Il faut que tout le monde soit au courant.

— J'espère que tu ne te trompes pas.

Elle me regarda finalement dans les yeux et se souvint à qui elle parlait. L'histoire de mon père lui revenait sûrement en mémoire. Elle changea soudain de ton.

— Tu dois avoir faim après tout ça, Freeman...

Je la suivis de l'autre côté du portail, que je refermai soigneusement derrière nous. Arrivée dans la cuisine, Richards rangea son revolver dans un tiroir. Deux lampes étaient allumées tout au fond du salon. Une femme était recroquevillée sur le canapé, un coussin serré contre sa poitrine. Elle avait de longs cheveux blond vénitien. J'essayai de ne pas la regarder et de refouler les souvenirs que cette vision faisait remonter à la surface. Richards traversa la pièce et s'assit tout près d'elle. Elles se parlèrent à voix basse pendant que j'étais encore dans la cuisine, tentant d'évacuer les relents d'adrénaline. Plusieurs petits plats, remplis de nourriture chinoise, étaient alignés sur le bar. Personne n'y avait encore touché.

— Max !

J'essayai de me composer un visage avenant et m'avançai pour les présentations.

— Max, je te présente Kathleen Harris.

— Enchanté.

Je serrai la main de la jeune femme. Debout, elle paraissait un peu plus grande que Richards. Solidement charpentée, elle avait la carrure d'un joueur de basket. L'énergie qu'elle mit dans sa poignée de main me surprit. Elle me regarda dans les yeux en me saluant :

— Ravie de vous rencontrer.

Elle avait les yeux rouges mais ne détourna pas le regard pendant qu'elle ajoutait, en désignant la rue du menton :

— Je m'excuse pour tout ça.

L'absence de maquillage et les taches de rousseur qu'elle avait sur le nez me firent tout de suite penser à une fille de la campagne.

— Pas la peine de vous excuser. Vous n'y êtes pour rien.

Richards se rendit dans la cuisine pour mettre à chauffer notre repas chinois. Je la suivis et préparai du café. Ensuite, assis tous les trois autour de la table basse du salon, nous nous racontâmes nos anecdotes datant de nos années d'école, les grandeurs et les misères du métier, des détails sur les affaires dont nous avions eu à nous occuper au fil des ans…

Richards évoqua l'affaire du casse de banque au cours duquel le cerveau du hold-up avait laissé sur place une note écrite au dos de sa facture d'électricité. Quand il était rentré chez lui avec son butin, les flics l'attendaient. Harris raconta à son tour celle du type du Middle East qui utilisait un remède maison contre les hémorroïdes et qui avait atterri aux urgences en pleine période d'alertes à l'anthrax. Quand on avait découvert qu'il avait dans le rectum une petite bouteille remplie d'une poudre blanche non identifiée, une douzaine de policiers, d'artificiers et d'agents des services secrets avaient été mobilisés pendant des heures. Il s'agissait en fait d'un mélange de laxatif, de talc et de farine de boulangerie.

Harris était un flic compétent, une femme intelligente, débrouillarde et déterminée. Séduisante, elle avait attiré des hommes qui avaient une bonne situation. Solide, elle avait déjà réussi à se tirer de mauvais pas. Elle ne correspondait en rien à l'idée reçue de la femme battue, faible, effacée, dépendante, qui s'accroche à un homme même s'il n'est qu'un salaud. L'illusion qui consiste à croire qu'il suffit, dans un cas comme celui-là, de conseiller la rupture ne tient pas compte du fait que, pour chacun d'entre nous, c'est le cœur qui commande, pas la raison.

Après le repas, je sortis chercher mon sac dans le pick-up. Je coupai la lumière dans l'habitacle le temps de prendre mon revolver dans le sac, de le déballer, de mettre en place un chargeur, d'enclencher le cran de sécurité et de glisser mon arme sous un paquet de vêtements de rechange. Personne ne savait ce qui arriverait si McCrary comprenait qu'il s'était mis dans de sales draps, que sa carrière et son avancement étaient menacés. On peut décider d'en finir pour moins que ça. J'élaborai un scénario catastrophe. C'était une habitude chez moi, et je regrettai de ne pas pouvoir m'en débarrasser.

Richards choisit une cassette vidéo et nous commençâmes à regarder tous les trois *Meet Joe Black*. Harris s'endormit sur le canapé à peu près au moment où le milliardaire incarné par Anthony Hopkins était en train d'expliquer la vie à Brad Pitt, qui joue le rôle du mort. Le film terminé, Richards éteignit le téléviseur et nous sortîmes sur la terrasse pour nous asseoir dans le hamac. Il n'y avait pas un souffle de vent. Des fleurs exhalaient leurs parfums dans l'atmosphère chaude et humide. Richards, elle, contemplait le ciel, tout contre moi.

— Tu crois vraiment que j'aurais dû le faire arrêter ?

— J'imagine que tu n'aurais pas pu prendre cette décision toute seule.

— Et qu'auraient décidé les huiles ?

— Des officiers intelligents l'auraient obligé à aller consulter. Ils auraient laissé les psys faire leur boulot et déterminer s'il est capable de reconnaître qu'il a un problème ou s'il continue à nier en bloc.

— Ah bon ? Vraiment ?

— Je parle de types intelligents. Sinon, ils pouvaient simplement lui botter le cul et renvoyer dans la rue un gars furieux et armé.

— Et s'il la menaçait ? S'il recommençait ?

— Alors, il faudrait le faire arrêter. Comme n'importe qui d'autre. Considérer qu'il a gâché sa chance.

Un long silence s'ensuivit, qui m'inquiéta un peu. Je m'allongeai finalement dans le hamac et fermai les yeux. Richards finit par m'imiter et se roula en boule à côté de moi. Je pouvais respirer le parfum de ses cheveux.

— Est-ce que tu as déjà battu une femme quand tu étais en colère ? Ton ex-femme ou une petite amie ?

Mes récentes révélations à propos de mon père la tracassaient manifestement.

— La règle qui veut que les enfants de parents violents deviennent eux-mêmes violents n'est pas absolue. Quelquefois, c'est l'inverse. Cette façon de se comporter leur apparaît si odieuse qu'ils prennent en horreur l'idée même de violence.

Elle se serra encore plus fort contre moi.

— Je comprends, professeur Freeman. Mais vous n'avez pas répondu à ma question.

J'étais sûr qu'elle était en train de sourire. Je passai un bras sous sa taille et posai une main sur la peau douce de son cou.

— Non. La réponse est non. Je n'ai jamais battu une femme.

18

Il s'écoula bien deux jours avant que j'aie des nouvelles de Nate Brown. La serveuse du Frontier Hotel m'appela à midi.

— M. Brown m'a dit qu'il serait sur le quai Dawkins demain matin à 8 heures. Vous savez où c'est ? Du côté de Chokoloskee...

— Je vois. Merci.

— Et maintenant, vous savez combien vous me devez exactement, monsieur Freeman ?

— Je passerai vous voir bientôt.

Je n'étais pas ravi de lui avoir donné mon numéro de portable. Entre les types de la PalmCo qui écoutaient mes appels et la serveuse de Loop Road qui pouvait désormais me joindre à tout instant, décidément, j'étais coincé.

Le lendemain matin, je pris très tôt la route vers l'ouest. Les couleurs de l'aube ne se décidaient pas encore à apparaître dans mon rétroviseur. Cette fois, je suivis Alligator Alley, la route qui relie les faubourgs de Fort Lauderdale à ceux de Naples, à l'autre bout de l'État. Alligator Alley, une coulée de béton d'un seul tenant, a constitué l'autre voie de pénétration à travers les marais. Construite dans les années 1960, elle a bénéficié, par rapport au Tamiani, d'un outillage plus adapté et d'une technologie plus moderne. J'imagine aussi que les conditions de travail n'étaient plus celles du début du siècle. À l'origine, cette route n'avait que deux voies. Sur plusieurs dizaines de kilomètres, rien ne venant rompre la monotonie des marais qui s'étendent à perte de vue, les collisions étaient fréquentes et souvent fatales. Les bruits de tôles froissées et les cris des passagers se perdaient dans le silence de ces solitudes. Dans les années 1990, l'État de Floride décida d'élargir la route. On doubla les voies et on posa une rambarde au milieu. Les écologistes furent aussi entendus : un tunnel fut aménagé sous la route pour que l'eau et les animaux sauvages puissent passer de l'autre côté. Beau cadeau pour les prédateurs ! Ils ne furent pas longs à comprendre que les migrateurs étaient contraints d'emprunter cet unique passage de trois mètres de large.

Grâce à ma Thermos géante, je pus m'administrer régulièrement, sur cette infinie ligne droite, ma dose indispensable de caféine et réfléchir aux recherches que j'allais demander à Nate Brown d'entreprendre. Deux jours auparavant, j'étais passé dans une boutique de fournitures pour l'armée et la marine. J'y avais acheté un détecteur de métaux haut de gamme, du type de ceux qu'utilisent les archéologues et les secouristes. J'avais aussi fait l'acquisition d'un GPS dernier cri et d'un outil pour creuser, équipé d'une pelle et d'une pioche capables de pénétrer les sols les plus résistants. J'avais entreposé le tout à l'arrière, en même temps qu'un lot de sacs en plastique, comme ceux qu'on utilise pour protéger les pièces à conviction. J'étais optimiste. J'avais aussi emporté l'appareil photo numérique de Billy ainsi qu'un téléphone satellite.

Avant d'atteindre la 29, je dus mettre mon rétroviseur en position de nuit pour ne pas être ébloui par les premiers rayons du soleil qui se levait derrière moi. Le sommet des roseaux devint alors rouge orangé. Le temps de parcourir deux kilomètres, je pus observer trois milans à queue d'hirondelle descendre en piqué vers la surface des marais. Le noir d'encre de leurs queues fourchues et de leurs fines ailes tranchait sur le ciel lumineux. L'un d'eux s'envola avec, dans le bec, un serpent qui se débattait. Je bifurquai vers le sud, le long du canal qui sert à irriguer les terres autour des hameaux de Jerome et Copeland. Je croisai la route de l'ancienne prison, celle qu'empruntaient autrefois les détenus, au terme de longues journées passées à débroussailler le bord des chemins à la hache et à la machette, sous le regard de gardiens armés. Pourtant, dans ce désert, même un désespéré n'aurait pas tenté de s'évader.

C'est un peu plus au sud que la route croise le Tamiani Trail avant de filer vers Chokoloskee. Au moment où j'entrai sur le parking qui donne accès au quai Dawkins, les deux bateaux du capitaine avaient déjà pris le large. Nate Brown était assis à un bout du ponton de bois, en train de pêcher. Je savais qu'il m'avait entendu arriver. Je garai le pick-up à l'écart du chemin qui mène jusqu'au bord de l'eau et rejoignis le vieux à pied.

— Ça mord ?

— Ça mord toujours plus ou moins, m'sieur Freeman.

Il leva les yeux vers moi, puis dirigea de nouveau son regard vers le lac, en attendant la suite. Les rayons du soleil dansaient à la surface de l'eau qu'agitait mollement la brise du sud-est. Je m'assis près du vieux *gladesman* et ouvris la carte imprimée grâce à l'ordinateur de Billy.

— Voici, au point où nous en sommes, ce qui nous semble possible.

Brown commença par poser ses yeux sur la carte, puis me regarda.

— Tout est possible, mon garçon.

J'acquiesçai avant de me lancer dans mes explications.

— Admettons que Mayes et ses fils aient rejoint le chantier de la Noren quelque part par là.

Je pointai l'endroit sur la carte.

— D'après les lettres, ils étaient déjà assez loin d'Everglades City. C'était le début de l'été. La chaleur et les moustiques sont vite devenus difficiles à supporter. Chaque journée de travail était plus pénible. D'après les reportages et les articles publiés à l'époque par les journaux, nous savons que la drague avançait de trois kilomètres par mois. Quand tout allait bien. Les deux croix que voici correspondent probablement à la lettre de Mayes datée du 3 juin. Il raconte que deux hommes se sont enfuis pendant la nuit pour tenter de rejoindre Everglades City. Cette nuit-là, son fils a entendu des coups de feu.

Brown posa alors ses doigts noueux sur la carte avec beaucoup de précaution. Je m'arrêtai de parler et tournai les yeux vers son visage, essayant de deviner les réflexions que lui inspirait la carte.

— Ces arbres, là… Ces chiffres… Ils marquent l'altitude, n'est-ce pas ? Ça veut dire que les arbres sont sur une hauteur ?

— Exact.

— Alors, c'est Curlew Hammock. Et là, cette tache, ça doit être Marquez Ridge.

Ses doigts glissaient sur l'endroit où Billy avait reporté les deux croix.

— Où c'est qu'vous avez trouvé cette carte-là ?

Cette fois, c'est lui qui me regarda, mais son visage ne laissa rien paraître de ses sentiments.

— William Jefferson. Le petit-fils de John William.

Impossible de savoir s'il se rappelait ce nom ou s'il était surpris. Il continua à me regarder dans les yeux, attendant la suite. Je lui racontai alors comment nous avions utilisé son indication à propos d'un descendant de Jefferson qui aurait pu s'établir comme pasteur dans la région. Comment nous avions établi une liste. Comment nous étions arrivés jusqu'au pasteur de Placid City et les premières réponses évasives qui nous avaient été faites. Je lui relatai les souvenirs de William Jefferson à propos de son grand-père, de son étrange mutisme et de son aveu de l'aura diabolique qui entourait son grand-père.

— Ça colle, tout c'que vous dites, déclara Brown pour finir. Je m'souviens que l'garçon était toqué de religion. Ça lui était v'nu par la fille. Beaucoup d'gens pensaient qu'il se sauvait comme ça. Qu'il n'avait rien à voir avec c'que l'grand-père faisait.

Nate Brown se tut encore une fois et se mit à regarder la surface du lac, se souvenant peut-être d'un petit garçon qui avait peur de quelque chose quand il courait sous les arbres, qui parlait moins que les autres et qui préférait s'en aller quand les adultes ou les autres enfants murmuraient le nom de son grand-père.

— Alors, c'est par lui qu'vous avez eu ces emplacements, là ?

Je lui racontai tout à propos de la caisse et de son contenu. Son expression changea seulement quand je mentionnai la carabine, cette arme à la si mauvaise réputation qui avait frappé son propre père et qui était le seul élément solide auquel se rattachaient toutes les rumeurs qui circulaient.

— Vous pensez que John William était capable de tuer ces hommes pour trois cents dollars ?

— Par ici, en c'temps-là, les gens étaient capables de faire beaucoup d'choses pour c'te somme.

Je savais que le vieux Brown parlait aussi pour lui. Quand j'avais fait connaissance avec lui, trois ans auparavant, Billy s'était renseigné sur ses antécédents et il avait découvert que Brown avait fait de la prison pour homicide involontaire. À la fin des années 1960, le garde-chasse du parc national avait poursuivi le vieux, qui braconnait les alligators, jusque dans les îles. En se faufilant adroitement à travers les chemins d'eau, comme il l'avait fait l'autre jour quand nous étions suivis par l'hélicoptère, Brown s'était débrouillé pour attirer le garde-chasse sur un banc de sable immergé. La vedette du parc était alors allée s'encastrer violemment contre l'obstacle et, en essayant de se glisser hors de l'habitacle, le garde-chasse s'était brisé le cou. Trois jours plus tard, Brown s'était rendu à la police. La rumeur s'était répandue selon laquelle le vieux avait lui-même tué le garde.

— J'crois qu'j'ai compris pourquoi vous m'avez d'mandé de vous aider, m'sieur Freeman. Si vous voulez savoir si les deux garçons et leur père sont enterrés là où sont les croix, faut aller y voir. Y a pas d'aut'moyen.

❊

Le bateau et la barque du vieux *gladesman* étaient amarrés au quai. Je sortis mes affaires de la camionnette et verrouillai les portières. Quelques minutes plus tard, nous naviguions vers le nord, sous le soleil brûlant, en remorquant la barque au bout d'une corde. Brown avait sa casquette vissée sur la tête, au ras des sourcils, et fermait presque les yeux, à cause de la luminosité ; impossible de savoir à quoi il pensait. Je songeai à la description similaire que j'avais lue de John William. Tous deux avaient vécu et travaillé toute leur vie dans ce milieu où l'eau reflétait sans cesse la lumière du soleil. Tous deux avaient choisi de mener leur existence loin de tout, dans un endroit où les conventions sociales ne risquaient pas d'occuper leurs journées. Les raisons qui les avaient conduits jusqu'ici étaient sans doute différentes, mais pas celles qui les avaient décidés à rester. Aucun des deux n'aimait se plier aux règles édictées par d'autres ni exécuter les ordres d'un chef. Une volonté d'indépendance que quatre-vingts ans n'avaient pas suffi à diluer au fil des générations.

Brown se mit soudain à parler, avec le ronronnement du moteur et le clapotement de l'eau contre la coque en bruits de fond.

— P'pa avait son alambic là-bas, dans les années 1920. Ils étaient une demi-douzaine, installés sur les p'tites îles. D'abord, ils avaient été du côté de Loop Road. Et puis on a commencé à les embêter avec la loi. Alors, il a bien fallu qu'ils partent un peu plus loin. P'pa et les autres n'aimaient pas trop qu'on vienne leur chercher des poux dans la tête jusque chez eux.

J'avais appris à ne jamais interrompre le vieux lorsqu'il avait envie de parler, ce qui ne lui arrivait que très rarement. Il racontait les choses à sa façon et au gré de ses pensées.

— C'est la même chose avec la chasse. Un temps, on pouvait s'faire une douzaine d'alligators en deux trois nuits. Les peaux s'vendaient plutôt bien. Et puis un jour, en 1947, Harry Truman est passé par là et ils ont commencé à dire qu'ici, c'était un parc naturel. Et, tout à coup, la chasse est dev'nue illégale. Plus question d'tirer un alligator dans les plus beaux coins. Et tant pis pour vous si vot'père et vous, vous aviez vécu que d'ça pendant quarante ans.

Pendant qu'il parlait, j'avais déplié la carte de Billy et je tentais de me faire une idée de notre progression. Mais même avec les photos satellites les plus précises, les innombrables chemins d'eau et les îlots couverts de végétation formaient un puzzle inextricable. J'étais complètement perdu quand, tout à coup, nous débouchâmes sur une étendue d'eau ouverte. C'était Chevelier Bay.

— On appelle ça le progrès, Nate.

— On peut bien l'appeler comme on veut, mon garçon. Ça me f'ra pas aimer davantage la chose.

Il faisait de plus en plus chaud. Les quelques nuages dispersés et haut perchés dans le ciel ne risquaient pas de faire écran entre le soleil et nous. De l'air chaud et moite commençait à s'élever au-dessus des marais et à former une sorte de brume. C'était comme si la terre elle-même se mettait à transpirer. Venus du sol et de l'eau, de tous les êtres vivants qui suaient sous le soleil, des effluves se mêlaient et parfumaient étrangement l'atmosphère. Comme nous approchions du nord de la baie, je tentai de repérer un chemin possible sur la carte, sans succès. Le vieux Brown maintenait pourtant imperturbablement le cap vers la mangrove en direction d'un objectif que lui seul pouvait discerner. Arrivé à quelques mètres de la barrière végétale, il ralentit et j'aperçus enfin l'étroit chenal qu'il devait avoir repéré depuis longtemps. Pendant une demi-heure, nous avançâmes dans une sorte de tunnel, sous la mangrove, moteur en position haute, les hélices tournant au ralenti dans l'eau sombre. Quand nous aperçûmes à nouveau devant nous une étendue d'eau libre, Brown coupa les gaz. J'essayai alors de nous situer en interrogeant le GPS. Si je n'avais pas fait d'erreur, nous ne devions plus nous trouver très loin de l'endroit que John William avait désigné par les trois X sur l'un des schémas de son livre. Le vieux était maintenant debout dans le silence, l'oreille tendue, retenant sa respiration. Pour ma part, je n'entendais rien du tout.

— Un hydroglisseur. J'ai jamais vu d'hydroglisseur dans l'coin.

J'attendis une explication qui ne vint pas.

— Jetez un œil sur la barque et r'gardez si la corde tient bon, voulez-vous, m'sieur Freeman. On va mettre les gaz.

J'eus à peine le temps de serrer le nœud qui retenait la barque. Le vieux démarra, engagea le bateau dans le chenal et commença à accélérer. À chaque instant, il paraissait prendre une conscience plus aiguë de la profondeur de l'eau et accélérait un peu plus. Debout, scrutant le chenal derrière nous, j'essayais de voir quelque chose au-dessus des roseaux. La silhouette d'un hydroglisseur, par exemple. Au moins le siège du pilote, en général surélevé. Ces engins sont conçus pour que celui qui est aux manettes domine la végétation et puisse ainsi voir le paysage et distinguer la forme d'un chenal au lieu de naviguer au jugé, comme Brown était en train de le faire. Ce fameux siège surélevé rend du coup les hydroglisseurs plus faciles à repérer. Mais je ne voyais rien à l'arrière, alors qu'à l'avant se profilait un nouvel hammock couvert d'arbres. Nous fendions maintenant l'eau comme un skieur lancé dans un slalom, le vieux ne ralentissant que dans les virages les plus serrés. Derrière nous, au bout de sa corde, la barque allait d'un côté à l'autre. Chaque nouveau virage la projetait dans les roseaux. Un petit alligator, long d'un peu plus d'un mètre, leva la tête au milieu du chenal quelques secondes avant que nous soyons sur lui. Imperturbable, Brown garda le cap sans ralentir. *In extremis*, l'animal donna un coup de queue et plongea, un quart de seconde avant d'être éperonné. Nous nous dirigions droit sur le hammock. Je me retournai encore une fois pour surveiller nos arrières. Au bout de quelques secondes, tournant la tête vers l'avant, je fus étonné de la vitesse avec laquelle nous nous précipitions vers la berge.

— Rassemblez vos affaires, Freeman. On va passer dans la barque et continuer vers l'nord sitôt que nous s'rons échoués. Vous entendez c'que j'vous dis ?

Brown contourna une langue de terre à demi immergée et nous fit pénétrer sous la voûte végétale, à deux doigts de l'échouage, selon le même scénario que le jour où nous avions été pris en chasse par l'hélicoptère.

Cette fois, je savais à quoi m'attendre. J'anticipai l'embardée. À la seconde où le vieux coupa les gaz, je sautai dans l'eau. Immergé jusqu'aux genoux, je saisis la corde de la yole. Brown était déjà à mes côtés. Ensemble, nous tirâmes la petite embarcation à fond plat au-dessus des hauts-fonds. Nous avions déjà bien avancé sous les feuillages quand je pus enfin distinguer le bourdonnement du moteur d'un hydroglisseur qui se rapprochait. Cette fois, la progression sous les arbres était facile. Nous suivions une sorte de chemin qui ressemblait au lit d'une rivière à sec. Quand il pleuvait, une vraie rivière devait couler au creux de cette tranchée qui semblait traverser le hammock du nord au sud.

— Ils ne pourront pas arriver jusqu'ici avec l'hydroglisseur. Et il va leur falloir un sacré bout d'temps pour faire l'tour et tenter leur chance de l'aut'côté.

En dépit de l'effort qu'il fournissait pour tirer la barque et se frayer un chemin dans la boue et les racines, Brown retenait sa respiration. J'écartai avec la main une sorte de rideau de fines racines aériennes couvertes d'une mousse grise qui ressemblait à la chevelure mouillée d'une vieille femme.

— Comment avez-vous compris qu'ils nous suivaient ?

— Ils n'avaient rien à faire là. J'les ai entendus il y a déjà un bon moment. Ils poussaient juste assez l'moteur pour rester à distance, sans nous rattraper. Pour sûr, ils nous suivaient.

Nous regardions tous les deux droit devant nous. La canopée n'était pas aussi dense par ici que sur ma rivière. Par endroits, la lumière réussissait à passer au travers, créant par contraste d'étranges zones d'ombre. Il était difficile de savoir jusqu'où le sentier allait nous mener. Mais Brown continuait à tirer sur la corde. Chaque fois que l'envie me prenait de me reposer, je me disais que le vieux avait deux fois mon âge, me sentais ridicule et continuais, moi aussi, à tirer. Parfois, le fond de la barque raclait le sol ou heurtait une souche, stoppant d'un coup sec notre progression. Brown se retournait alors, appréciait l'angle sous lequel il convenait d'orienter la corde et tirait de tout son poids, qui n'était pas considérable. Je l'imitai, jusqu'à ce que nous réussissions à libérer la barque. Après une demi-heure d'efforts, j'aperçus une trouée de lumière qui remontait vers le nord sur une centaine de mètres. Brown s'arrêta et dirigea son regard vers le bord du chemin. Avait-il entendu quelque chose ? Ses yeux restaient en tout cas fixés sur les arbres. Je regardai dans la même direction, mais tout ce que je vis fut un vieux pin noueux dont une branche basse semblait s'être enroulée autour d'une autre branche. Au nœud qu'elles avaient formé toutes les deux, on aurait juré qu'elles avaient grandi ensemble.

— Qu'y a-t-il ?

Le son de ma voix sembla le tirer de sa rêverie. Il secoua la tête et se remit en mouvement. Le lit de la rivière s'était peu à peu élargi et il y eut bientôt un peu plus d'eau. Au bout de quelques minutes, nous nous trouvâmes de nouveau face à une étendue d'eau libre. Le vieux regarda vers l'est, puis vers l'ouest. Personne. À quatre cents mètres de là, au nord, s'élevait un autre hammock.

— Vous voulez savoir ce qu'ils vous veulent ? me demanda le vieux en penchant légèrement la tête.

Il écoutait à la fois l'hydroglisseur et ma réponse.

— Je veux savoir qui ils sont.

Il tira de nouveau sur la corde et avança dans la lumière.

— Alors poussons jusqu'à Curlew Hammock, juste en face de nous. Et laissons-les s'approcher, poursuivit-il en désignant du menton le monticule couvert de végétation qui s'élevait un peu plus loin.

Quand il y eut assez d'eau pour que la barque puisse flotter, nous grimpâmes tous les deux à bord. Brown saisit sa longue perche, la plongea dans la vase et commença à pousser des deux mains, avant de la retirer entièrement de l'eau. Une seule poussée paraissait suffire pour faire lentement glisser la barque sur une trentaine de mètres. Je scrutai la surface de l'eau à gauche et à droite, m'attendant à tout instant à voir surgir l'hydroglisseur d'un côté ou de l'autre du hammock que nous venions de quitter. Brown, lui, regardait devant nous.

Quand la proue ne fut plus qu'à cinquante mètres des premiers arbres qui poussaient sur la colline appelée Curlew Hammock, le vieux cessa de pousser sur sa perche et regarda en arrière pour la première fois. Nous étions encore à découvert.

— Il faut qu'ils nous voient et qu'ils nous suivent.

— Vous voulez qu'ils sachent où nous sommes ?

— Ils savent où nous sommes, mon garçon. Ils l'ont toujours su.

19

Le vieux regarda vers l'ouest en plissant les yeux. L'instant d'après, je vis quelque chose qui dansait sur l'eau. Au-dessus des joncs, une forme sombre semblait monter et descendre de façon irrégulière. À première vue, on aurait dit un oiseau noir. Pendant que nous l'observions, elle devint de plus en plus grosse et le sautillement dont elle paraissait affectée se changea en un mouvement plus fluide. Le torse d'un homme se découpa bientôt sur le ciel, puis le damier des parois arrondies qui protégeaient le moteur apparut. Je pouvais à peine entendre le bourdonnement régulier du moteur tant il était discret, mais il devenait de plus en plus distinct lui aussi. Brown attendit cinq bonnes minutes avant de recommencer à pousser avec la perche en direction du petit hammock. Quand nous arrivâmes tout près de la berge, le vieux posa la perche dans la barque et enjamba le plat-bord.

— Espérons qu'ils vont nous suivre. Emportez vot' matériel. Ils penseront que nous sommes en train d'nous en servir.

Je chargeai un des sacs sur mon épaule. Brown prit celui qui contenait le détecteur de métaux. Nous nous frayâmes un chemin à travers la vase et les roseaux jusqu'au pied des arbres. Là, à l'ombre des palmiers, je pouvais maintenant distinguer la silhouette de celui qui pilotait l'engin, assis en hauteur. Et, au ras de l'eau, deux têtes coiffées de casquettes. Deux hommes semblaient se tenir accroupis sur le pont.

— Ils nous ont vus, dit Brown. Allons-y.

Le vieux me guida avec détermination sous les arbres. Au bout de quarante mètres, il s'arrêta pour examiner les alentours.

— Arrêtons-nous ici, mon garçon.

Il fit quelques pas vers le nord, pénétrant dans un taillis, traînant délibérément les pieds sur le sol. Puis il se dirigea vers le tronc d'un mancenillier tombé à terre et frotta ses semelles sur l'écorce marbrée, avant de parcourir quelques mètres de plus et de poser soigneusement au pied d'un pin, bien en vue, le sac que je lui avais confié. Pour finir, il se tourna vers moi.

— Si ces idiots s'laissent avoir, ils vont suivre le chemin que j'viens d'tracer et vous aurez tout l'temps de voir à qui vous avez affaire en restant posté là.

Je tournai sur place dans tous les sens sans apercevoir la moindre cachette possible.

— Là-dedans, dans le trou des *gators*.

Brown me montra du doigt une dépression à moitié recouverte par la végétation, remplie de boue semée de flaques d'eau. Il descendit dedans et m'indiqua une sorte de petite grotte que les alligators avaient aménagée en creusant la terre entre les racines. Il y faisait si noir que je ne pouvais pas en apercevoir le fond.

— Ils n'y sont pas à cette saison, mon garçon. L'eau est assez haute pour eux dans la plaine. Ils viennent ici quand il n'y a plus d'eau ailleurs. J'suis souvent v'nu chasser par là. En 63, ici, j'en ai pris trois de deux mètres de long.

Je le regardai encore un instant, tâchant de me rendre compte de la façon dont les choses pouvaient se dérouler. Nous allions tous deux nous cacher dans le trou des alligators. Les types de l'hydroglisseur passeraient juste à côté pour se diriger vers le leurre que constituait le sac abandonné par le vieux Brown. Ils seraient alors face à nous et je pourrais facilement les observer. Ce serait toujours ça. Une menace qu'on a sous les yeux est moins dangereuse que celle qu'on n'a encore jamais vue en face.

Le bruit du moteur de l'hydroglisseur interrompit mes réflexions. On coupa les gaz, mais le son âcre de la mécanique continua à retentir en écho jusqu'à ce qu'il se perde dans la canopée.

Mes chaussures et mes genoux baignaient dans quinze centimètres de boue et l'eau commençait à tremper le bas de mon jean. Brown, exactement dans la même situation, restait parfaitement immobile. Sa respiration elle-même était presque imperceptible. La position était pourtant très inconfortable. Je me tortillai des hanches, mais Brown ne bougea pas. Après quelques minutes de silence, il me sembla que le vieux apercevait ou entendait quelque chose. Il se retourna et me fit signe de m'enfoncer encore un peu plus dans le trou. À genoux, courbé sur ses avant-bras, il se tassa du mieux qu'il put sous une racine. Je tâchai de l'imiter. Les doigts dans la vase, je rampai à reculons sous les stalagmites végétales enchevêtrées. Le terrier sentait l'humidité, le bois pourri, les feuilles en décomposition et je ne sais quoi d'autre. J'imaginai dans mon dos la gueule fétide et froide d'un reptile qui devait commencer à saliver devant toute cette chair fraîche soudain livrée à domicile.

Mais je me courbai de plus en plus sous la voûte des racines. Dans le trou des *gators,* il faisait noir comme dans un four. À genoux, à présent dans la boue jusqu'aux coudes, je sentis tout à coup mes fesses buter contre un obstacle.

— Vous allez bientôt entendre leurs voix.

Brown avait murmuré à mon oreille et j'avais senti son souffle sur ma joue. J'écoutai, sans distinguer rien d'autre que le bruissement de la végétation tout autour de nous. Tout à coup, une branche craqua sous la pression de quelque chose de lourd. Je fermai les yeux, imaginant les trois hommes cheminant sur le sentier que nous venions d'emprunter, se penchant sur nos traces, puis avançant encore de quelques dizaines de mètres. L'un d'entre eux parlait, mais ses mots restaient incompréhensibles. On entendit des bruits de palmes froissées, écartées avec les mains, et celui d'une semelle qui s'arrachait à la boue. Ils devaient se trouver juste en face de l'entrée du trou d'alligators. Il y eut encore quelques mouvements, puis un silence. Ils avaient dû se regrouper, sans doute autour du sac disposé bien en vue. Je crus distinguer des mots, murmurés trop bas pour que je puisse comprendre. Puis l'un des hommes éleva la voix :

— Ils n'ont quand même pas abandonné ce foutu sac ici !

Un autre lui dit de ne pas parler aussi fort. Le premier reprit :

— Oh, je t'emmerde, Jim ! C'est probablement l'endroit qu'ils cherchaient et ils sont partis en reconnaissance un peu plus loin, voilà tout. Je commence à en avoir ma claque de cette petite balade.

— Faisons un repérage et fichons le camp d'ici.

— C'est ça, faisons un repérage, baisons ces deux types et mettons un point final à toute cette histoire.

J'avais maintenant de l'eau froide jusqu'au-dessus des hanches, de la boue tombait des racines qui nous dissimulaient et me dégoulinait sur le visage. Nous ne bougions toujours pas d'un pouce alors que, de leur côté, les trois inconnus s'étaient remis en mouvement. Je les entendis marcher dans l'herbe. L'une des voix nous parvint alors de plus loin. Je perçus un choc contre un tronc d'arbre et, dans ma tête, vis mancenillier abattu. Brown commença à se dégager de la boue et nous reprîmes tous deux nos positions initiales, au ras des feuillages et des fougères. De là, nous pûmes apercevoir les trois hommes de dos.

Deux d'entre eux étaient près du sac. Le troisième, le plus petit, se tenait quelques mètres plus loin, près du mancenillier, examinant les traces laissées par Brown, puis levant la tête pour balayer des yeux les environs de droite à gauche, mais pas en arrière. Le pilote, sans doute. Les autres étaient plus costauds. Ils portaient des pantalons de travail noirs et des gilets à poches multiples, comme s'ils participaient à un safari ou un reportage en plein air pour un magazine de mode. Tous deux avaient un certain âge. L'un était plus grand et plus gros que l'autre et avait des cheveux gris. C'était sans doute lui que le deuxième homme avait appelé Jim quelques instants plus tôt.

Leur allure ne me disait rien qui vaille. En les regardant, je sentis comme une poussée d'adrénaline. Je glissai la main dans mon sac couvert de boue. En cherchant mon Glock du bout des doigts, je sentis un objet que je ne reconnus pas. Un boîtier métallique de la taille d'un paquet de cigarettes. Je repensai immédiatement à Ramon, l'homme qui avait découvert les systèmes de détection sur mon pick-up. Cette petite boîte dans mon sac rappelait beaucoup l'émetteur qu'il m'avait désigné comme étant le plus classique et le moins cher. Ils avaient réussi à planquer une de ces saloperies dans mon sac ! Sans le vouloir, je les avais moi-même guidés jusqu'à nous. Décidément, ces types me gonflaient. En tâtonnant, je réussis à saisir mon revolver par la crosse et à l'extraire du sac. Brown regarda le 9 millimètres, puis me regarda dans les yeux. Le vieux soldat d'infanterie qu'il avait sans doute été se réveilla en lui. Il chuchota :

— Je vais les contourner.

Et il se mit en mouvement vers la gauche sans faire de bruit. Pendant qu'il prenait position, je regardai le plus proche des trois hommes. Il s'était mis à caresser l'écorce rugueuse du mancenillier tout en continuant à regarder à droite et à gauche, levant le nez comme un chien de chasse qui tente de repérer une odeur intéressante. Les deux autres avaient l'air de s'être mis d'accord et revenaient vers lui. Quand ils se tournèrent tous les trois dans ma direction, je surgis de la vase, tenant mon revolver à deux mains, en position de combat et en hurlant :

— Police ! Plus un geste ! Restez où vous êtes ! Et… restez où vous êtes !

Il était sans doute tout à fait inutile de crier et même de leur dire de ne plus bouger. La vision d'un type intégralement couvert de boue qui leur brandissait un 9 millimètres sous le nez avait sans doute en soi de quoi les clouer sur place. Ils n'essayèrent même pas d'esquisser un mouvement pendant que j'avançais de quelques pas. Puis je vis que le plus grand allongeait un bras derrière son compagnon pour tenter quelque chose. J'appuyai alors sur la détente. Une secousse traversa le canon de mon Glock et la balle alla se planter dans le tronc du mancenillier avec un claquement sec. Des éclats de bois volèrent. Les trois types tournèrent en même temps la tête vers la gauche. La déflagration retentit un instant sous la canopée avant de se dissiper.

— Écartez-vous les uns des autres. Exécution !

Je regardai le grand type dans les yeux.

— Toi, tu essaies encore de faire un geste et tu es un homme mort.

Il y avait de la hargne dans ma voix. Ce n'était pourtant pas dans mes habitudes de m'énerver de la sorte.

Deux des types étaient à l'évidence des citadins : leurs habits étaient trop neufs. Ils portaient des chaussures de randonneurs ou d'hommes des bois du dimanche. Le plus grand, avec ses coups de soleil, ne devait pas être dans la région depuis longtemps. La dureté qui se lisait dans ses yeux dénonçait soit l'ancien flic soit l'ancien voyou. Je pointai le canon de mon arme sur sa poitrine. Il s'écarta de son compagnon. Sa main était encore vide.

— Vous, vous n'êtes pas d'la police ! s'écria le pilote.

Je reconnus immédiatement l'accent avec lequel il parlait. Il m'était familier. Le type pencha encore une fois la tête, comme un chien de chasse qui ne comprend pas ce qui arrive. En d'autres circonstances, son air naïf m'aurait fait sourire, mais je sentais que les muscles des deux autres étaient sous tension. Ils préparaient quelque chose. Une troisième voix, qui retentit sur la droite, les prit au dépourvu.

— Ferme-la, Billy Nash !

Les trois têtes se tournèrent encore en même temps, vers la droite cette fois.

— T'es déjà dans la merde, alors n'aggrave pas ton cas. Écoute plutôt ce que dit l'monsieur.

Le jeune type ouvrit alors de grands yeux, comme le gamin du quai Dawkins quand il avait reconnu mon guide.

— Bon Dieu, mais c'est Nate Brown ! dit-il en marmonnant.

Il se retourna pour annoncer la nouvelle à ses deux compagnons derrière lui et répéta, avec dans la voix une pointe de respect qui ne parut pas impressionner plus que ça les deux autres :

— C'est Nate Brown !

Nash regarda alors le vieux *gladesman* en inclinant timidement la tête et en esquissant un salut, un sourire au coin des lèvres.

— Bon sang, Nate Brown, si j'avais pu penser… J'me disais bien qu'on suivait quelqu'un de particulier.

Nash continua à regarder le vieux avec des yeux qui brillaient d'admiration.

— J'connais personne qui puisse conduire un bateau à moteur comme ça, aussi vite et tout en douceur. C'était comme si on pistait une loutre ou quelque chose comme ça… J'vous l'avais dit, les gars.

Il tourna de nouveau la tête en arrière, mais les deux autres ne l'écoutaient pas. Ils se fichaient pas mal d'un vieux pêcheur couvert de boue. De nouveau, ils concentrèrent toute leur attention sur moi et sur le revolver que je tenais dans les mains.

— Quand j'vous ai vus tous les deux sauter d'la barque et quand j'ai vu comment vous vous y preniez pour v'nir jusqu'ici, ça m'a tout de suite rappelé les vieilles manières d'autrefois.

Nash se rendit compte tout à coup que personne ne l'écoutait, pas même Brown. Il parut aussi comprendre brusquement qu'il se retrouvait du mauvais côté de la barrière.

— Ils ne m'ont pas dit qu'il s'agissait d'vous, m'sieur Brown. J'le jure. Ils n'ont jamais parlé de suivre un vieux *gladesman*. J'savais pas, m'sieur. J'vous assure que j'savais rien.

— La ferme, Billy Nash !

Le vieux n'avait pas bougé. Il était à moitié caché par des branches de palmiers et avait pris la précaution de ne pas laisser voir ses mains. D'où ils étaient, en contrebas, les deux types ne pouvaient pas savoir s'il était armé ou non. Quant à moi, je n'avais pas baissé mon 9 millimètres.

— Dis-moi exactement ce qu'ils t'ont demandé de faire pour eux.

Nash s'écarta de ses ex-partenaires et leur fit face. Il regarda encore une fois vers le vieux Brown avant de me répondre.

— Ils sont venus au Rod & Gun et ils ont dit qu'ils cherchaient un guide qui connaisse bien la région. Ils ont d'abord raconté qu'ils étaient là pour observer un oiseau migrateur, mais j'ai tout d'suite compris que c'étaient pas les oiseaux qui les intéressaient. Quand nous avons quitté Chokoloskee, c'matin, ils n'ont rien dit, mais ils regardaient un machin électronique dans leur sac. Ils m'ont dit qu'c'était un GPS. Un GPS, j'en ai un, j'sais m'en servir. J'ai bien compris qu'ils avaient un système de détection pour suivre quelqu'un. Ils sont devenus nerveux quand on a vu qu'vous aviez abandonné l'bateau. Alors ils m'ont d'mandé de n'plus vous quitter des yeux. Et c'est c'que j'ai fait. Vous avez failli m'filer entre les doigts au-dessus d'Marquez Ridge, mais j'vous ai rattrapé, finalement.

Il jetait des regards du côté du vieux Brown pendant qu'il parlait, avec une fierté de môme dans la voix.

— Combien ils vous payent, Billy ?

— Cinq cents dollars.

Je me tournai vers les deux autres, sans regarder l'un ou l'autre en particulier, pour tenter de les prendre au dépourvu en utilisant le prénom que j'avais saisi au vol tout à l'heure.

— Et à quel nom adressez-vous la facture, Jim ?

— On vous emmerde, Freeman, répondit le plus grand. Vous êtes vous-même un privé et vous savez pertinemment qu'on ne donne jamais le nom d'un client. En plus, il ne s'est rien passé d'illégal, sinon que vous êtes en train de nous menacer avec un revolver. C'est une agression caractérisée pour laquelle nous pourrions vous traîner en justice.

— D'accord, les gars. Dans ce cas, donnez-moi le nom de votre agence. Je serais ravi de vous contacter une fois que j'aurai passé mon équipement au peigne fin pour découvrir où vous avez planqué votre foutu système de détection. C'est vous qui m'avez suivi, l'autre soir, quand je suis allé dîner à Fort Lauderdale, n'est-ce pas ?

Le deuxième type fit un mouvement vers la gauche, comme s'il voulait s'asseoir sur le tronc du mancenillier. En agitant le canon de mon revolver, je criai :

— Eh, toi ! debout !

Il ne semblait pas dans son assiette. Des gouttes de sueur perlaient sur son front et dégoulinaient sur son visage et il avait les joues écarlates. Il me lança un regard noir sous la visière de sa casquette, recula et posa sa main droite sur le tronc d'arbre, puis se retourna tout entier vers moi.

— On t'emmerde, Freeman. Toi et la petite salope de fliquesse que tu dragues, on vous emmerde tous les deux !

Celui-là, avec son accent et sa façon de jouer les durs, venait à coup sûr du New Jersey. Comme les magiciens de foire, il parlait pour détourner mon attention. Il fit mine de vouloir s'asseoir, espérant ainsi cacher son bras droit. Mais j'aperçus à temps son coude qui se levait.

Je visai sa cuisse droite. Le 9 millimètres sursauta et la balle l'atteignit au genou. Le type porta ses deux mains à sa jambe, comme pour couvrir ce nouvel orifice et le faire disparaître. L'autre essaya de fouiller dans sa veste, mais je lui mis sous le nez le canon encore tout chaud de mon Glock avant qu'il ait pu trouver la bonne fermeture éclair. Il ne connaissait pas encore assez bien son gilet tout neuf.

— Non, Jim. C'est une mauvaise idée. Tu devrais commencer à comprendre que je me fous pas mal de vos foutues règles et que je ne donne pas cher de votre peau.

Je ne m'étais pas trompé. Le grand s'appelait bien Jim. Je le vis dans ses yeux.

— Et maintenant, les gars, les mains sur la tête !

J'entendis Brown bouger dans les fourrés derrière moi. Quant à Nash, le deuxième coup de feu de l'après-midi l'avait laissé pétrifié. Le grand type croisa les mains sur sa tête. Je m'approchai, glissai la main sous son gilet et y trouvai un calibre .38 dans son étui. Debout derrière lui, je continuai à le fouiller et trouvai un portable dans sa poche. J'allai ensuite vers l'autre. Il avait croisé ses doigts pleins de sang sur sa casquette. Sa respiration était saccadée, il aspirait l'air à travers ses dents, les mâchoires serrées par la douleur. Quand j'avais tiré, il était tombé contre le tronc. Il était maintenant appuyé contre l'arbre du côté de sa hanche valide. Je trouvai le 9 millimètres Beretta qu'il avait essayé de dégainer encore passé dans son holster, au milieu du dos.

Je me plantai en face d'eux.

— Bon. Commençons par vos noms.

Aucun des deux ne répondit. Je pointai mon revolver sur le visage du grand.

— Jim ?

— Cummings, répondit-il enfin d'un ton résigné.

— Bon sang, Jim… s'écria l'autre entre ses dents.

— On fait ça seulement pour de l'argent, Rick. Ça ne vaut pas le coup…

— Ça alors ! Depuis quand tu te fiches de l'argent ?

Je tournai mon revolver vers le visage de Rick.

— Il a tout compris, ton copain, Rick. Je pourrais très bien vous flinguer tous les deux, comme vous avez essayé de me flinguer, et laisser vos cadavres pourrir sur place, ici même, au milieu de nulle part. Et personne ne le saura jamais. Jamais.

Sur le moment, je ne me rendis pas compte de l'ironie de ce que je venais de dire.

— Rick Derrer, dit enfin Cummings.

Son compagnon le regarda d'un œil mauvais.

— Qui vous paye ?

Il y eut encore un silence. Je m'adressai au vieux Brown :

— Bon. Maintenant, on s'en va.

Brown me regarda, regarda les deux types, mais n'hésita pas une seconde à s'engager sur le sentier que nous avions suivi pour arriver jusque-là.

— Toi, Nash, tu viens avec nous, lança Brown au passage.

Le garçon ne savait plus très bien où il était, mais il se souvenait parfaitement de quelle manière on répond à une légende des Glades :

— Bien, m'sieur Brown. J'vous suis.

Et il emboîta illico le pas au vieux.

Je tenais toujours mon Glock dans ma main gauche. De la droite, je balançai dans la boue le calibre .38 de Cummings et le Beretta de Derrer. En deux endroits différents. Sans un détecteur de métal, personne ne les retrouverait jamais.

— La route est à vingt-cinq kilomètres à peine. Big Jim pourra couvrir la distance sans problème. Il a l'air en forme et il a probablement été chasseur, en son temps. Mais pour toi, mon petit Rick, ça va être un long voyage dans l'état où tu es. Au bout d'un kilomètre, tu vas te sentir tout drôle. Mais bon, vous avez dit tous les deux : « Freeman, on t'emmerde. » Alors, débrouillez-vous tout seuls pour rentrer à la maison. Bonne chance, les gars !

Je tournai les talons et commençai à dévaler le talus. Le vieux Brown et Nash marchaient devant moi. Nous n'avions pas fait dix pas que Cummings s'écria :

— D'accord, Freeman. Nos clients sont les avocats de la PalmCo.

Je revins quelques mètres en arrière et attendis la suite.

— Ils ont fait appel à nous parce que les types de chez eux ne pouvaient pas se charger du boulot. Ils ne nous ont pas dit explicitement que la PalmCo était derrière tout ça, mais nous avons déjà suffisamment travaillé avec eux pour savoir qui signe les chèques.

Derrer avait dégrafé sa ceinture et il était en train de confectionner un gros pansement autour de son genou blessé avec son beau veston.

— Quel était le boulot ?

— Vous suivre. Vous espionner. Tenter de savoir avec qui vous communiquez. Le boulot classique. Pour nous, le seul problème était de vous pister dans les marais. Ce n'est pas exactement notre champ d'action habituel.

Tout en parlant, Cummings leva les bras. Je pointai mon Glock en direction de sa poitrine, mais il tourna ses mains vers moi pour me montrer qu'elles étaient vides et continua :

— Nous avons pensé que vous étiez en possession d'informations dont la PalmCo avait besoin. C'est le cas de figure le plus fréquent. Quand vous êtes parti avec le vieux type et que vous avez commencé à sillonner les marais, nous nous sommes dit que vous aviez dû localiser un gisement de pétrole ou quelque chose dans ce genre. Nous devions établir la liste de tous les lieux où vous vous rendiez et fournir un rapport sur ceux où vous restiez un certain temps. Si vous commenciez à creuser quelque part, ils nous avaient demandé de les avertir au plus vite et de leur communiquer les coordonnées de l'endroit.

Il ne donnait pas l'impression d'être particulièrement affecté d'être obligé de tout balancer. C'était de toute façon la seule façon pour lui de ne pas être abandonné dans le marais avec des chances plus que minces de s'en sortir vivant.

— Et les armes, l'hélico, les écoutes téléphoniques, les systèmes de détection sur mon pick-up ? Qu'est-ce que vous avez à dire là-dessus ?

— C'est banal dans les affaires. J'ai vu votre uniforme, Freeman. Je sais que vous avez été agent de ville. Les grosses boîtes sont capables de mettre en œuvre des moyens d'action dont nous n'aurions jamais osé rêver dans le métier.

L'intuition que j'avais eue à son propos était juste. Ce type était un ancien flic.

— C'est vous qui êtes passés au bar du Frontier Hotel, à Loop Road, et qui avez volé les photos qui étaient sur le mur ?

Il y eut un silence. J'imagine qu'ils pensaient aux témoins et aux preuves susceptibles de les mettre en difficulté. Tout ce qu'ils avaient avoué jusqu'à présent pouvait aisément être nié par les avocats de la compagnie, mais pas les éléments matériels. Je fis de nouveau mine de tourner les talons.

— Ils nous ont demandé de prendre tout ce que nous pourrions trouver en rapport avec la construction de la route, surtout les objets anciens. Les photos, nous ne les avons plus. Nous les leur avons transmises.

C'était mon tour de garder le silence. Le jeu était cruel dans la mesure où, maintenant, j'avais en main les bonnes cartes. En outre, ils ne pouvaient pas savoir que, pour moi, il ne s'agissait pas tout à fait d'une affaire comme les autres. J'appelai le jeune pilote et, par mesure de précaution, le fouillai.

— Nash, tu vas aider tes clients à regagner l'hydroglisseur.

Le gamin se tourna vers Brown. Le vieux hocha la tête et Nash se mit en devoir d'exécuter mes instructions. Derrer se cramponna aux épaules de ses deux coéquipiers comme un footballeur blessé qui quitte le terrain. Quant à moi, je repris sur l'épaule le sac qui contenait le détecteur de métaux. Quand ils furent un peu éloignés, je fouillai l'herbe à l'endroit où j'étais quand j'avais tiré sur Derrer et réussis à retrouver la cartouche. Prêt à partir, je vis que Brown regardait mon visage. C'était inhabituel de sa part. Je soutins un instant son regard.

— Vous êtes un dur, Freeman. Des gars comme vous, j'en ai connu. On en voyait par ici, dans l'temps.

Je ne trouvai rien à répondre. Était-ce un compliment ? Sur le coup, je ne le pris pas comme tel.

20

Nash avait abandonné l'hydroglisseur dans les roseaux, à quelques mètres à peine de notre barque. Je montai à bord le premier pour inspecter le matériel que les deux détectives avaient emporté avec eux. Dans un sac à dos, je découvris un 9 millimètres supplémentaire et, dans un étui fixé au siège du pilote, un fusil de chasse, de calibre .16. C'était un vieux modèle, mais il était encore en bon état. Je confisquai les deux armes. Nash râla un peu : le vieux fusil était à lui et il le tenait de son père. Mais Brown lui répéta de la fermer. Je laissai la réserve d'eau, les vivres et la trousse de secours.

Derrer fut installé tant bien que mal sur la caisse à outils, au pied du siège du pilote, puis Nash grimpa sur son siège et démarra. Cummings ne se retourna même pas. Sa mission était manifestement terminée. L'hydroglisseur s'éloigna lentement, dans un nuage de gouttelettes qui vinrent humidifier mon visage. Le vieux Brown et moi nous les avons regardés s'éloigner, puis mon guide monta dans la barque pour s'assurer qu'ils n'avaient pas l'intention de jouer aux plus malins. Assis sur le pont, les jambes croisées, je pris en main ma carte, mon GPS et le détecteur de Derrer.

Brown continuait à observer la progression de l'hydroglisseur.

— Vous n'avez pas peur que c'type file chez les flics et leur raconte qu'vous lui avez tiré dessus ?

Les coordonnées que donnait le GPS ne correspondaient à aucune des longitudes et latitudes consignées par John William.

— Il serait obligé de leur fournir un certain nombre d'explications qui pourraient se révéler gênantes pour les gens qui le payent. À mon avis, les avocats vont leur proposer un peu plus d'argent pour qu'ils se tiennent tranquilles. La PalmCo ne tient pas trop à ce que la zone devienne plus fréquentée. Surtout par la police.

Brown hocha la tête et se mit à regarder par-dessus mon épaule pendant que j'essayais de faire le point, la carte dans une main, le GPS dans l'autre. Notre petite rencontre avec Cummings et Derrer m'avait fait perdre le nord. Je finis tout de même par comprendre que l'endroit que nous cherchions était derrière nous, tout près de Marquez Ridge. Nous l'avions dépassé au moment où nous tentions d'attirer nos poursuivants sur le hammock.

— Nous devons revenir sur nos pas.

Brown sauta dans la boue pour pousser la barque.

— Exact.

Il n'ajouta pas un mot ni ne donna la moindre indication sur la direction qu'il convenait de prendre. Pendant qu'il maniait la perche pour traverser la prairie inondée qui séparait les deux îlots de végétation, je restai immobile, les yeux fixés sur l'horizon. J'avais la tête qui bourdonnait. J'essayais de ne pas trop penser à ce que je venais de faire. J'avais tiré sur un homme. Peut-être par nécessité, peut-être poussé par la colère ou la frustration. D'ordinaire, un flic ne tire que pour tuer. Il n'essaie pas de blesser. C'est ce qu'on lui apprend. Nous ne vivons pas dans une série télévisée. Mais l'homme de la rue voit les choses autrement. Après chaque bavure, il se demande pourquoi le flic ne s'est pas contenté de blesser le salaud armé d'un simple couteau. Pour lui, c'est l'évidence : un cinglé qui se balade avec un couteau à la main, il faut chercher à le blesser, pas à le tuer. Le type payé par la PalmCo qui avait essayé de m'avoir, tout à l'heure, était dans la même situation que le tueur armé d'un couteau qui se balade dans le métro. Au fond de moi, j'avais toujours partagé la façon de penser de l'homme de la rue. Et je ne savais pas trop quelle leçon tirer des événements de l'après-midi.

La végétation se faisant plus dense autour de nous, nous dûmes bientôt nous arrêter et, une fois de plus, tirer la barque au bout d'une corde pour remonter un lit de rivière presque à sec. J'allumai mon GPS tout en examinant le paysage. Mais le vieux n'avait pas besoin de mes lumières ni de celles de l'électronique. Il savait parfaitement ce qu'il avait à faire. Je finis par ranger mon attirail pour l'aider à tirer la barque.

Après une vingtaine de minutes, il s'arrêta brusquement. Je pressentis que ce n'était pas à cause de la fatigue. J'en profitai pour chercher ma bouteille d'eau dans mon sac et en prendre une gorgée, appuyé contre la barque. Brown resta immobile, le regard tourné vers un pin qui avait quelque chose d'étrange. Une branche avait été brisée précisément à la perpendiculaire d'une autre branche horizontale et était restée bloquée dans sa fourche. Les deux rameaux avaient continué à pousser entremêlés.

Ainsi, je m'en aperçus tout à coup, ils formaient une croix parfaite.

— C'est ici, Freeman, conclut Brown. Vous pouvez sortir vot'carte et vot'détecteur. J'vous l'dis, c'est ici.

Je vérifiai les coordonnées données par le GPS pour les confronter à celles que Billy avait reportées sur le fond de carte. Elles ne correspondaient pas tout à fait, mais ce n'était pas le moment de chipoter. Le détecteur de métaux était en pièces détachées, aussi commençai-je à les ajuster pendant que le vieux Brown m'expliquait son raisonnement. Pour l'essentiel, il se fondait sur ses intuitions, et j'avais déjà constaté que la méthode n'était pas la plus mauvaise, surtout dans cette région dans laquelle tout, à commencer par la terre elle-même, avait une façon bien particulière d'évoluer et de bouger.

— Si les dernières lettres datent de l'été, on était alors en plein dans la saison des pluies.

Le vieux scrutait les alentours, mais son regard revenait avec insistance et une nuance d'angoisse sur la croix formée par les deux branches de pin.

— Avec les pluies, l'eau monte de dix ou douze centimètres et le lit de la rivière est plein. D'où nous sommes, y a pas plus d'trois kilomètres jusqu'au Tamiani Trail.

Pour avoir consulté la carte pendant notre trajet vers le nord, je savais que nous étions en fait tout près de la route. Cummings allait avoir une mauvaise surprise en constatant qu'ils n'étaient pas aussi éloignés qu'ils le pensaient de la civilisation au moment où j'avais menacé de les abandonner.

— Jefferson a chargé les trois corps dans sa barque. Il est v'nu jusqu'ici à travers les marais et il a juste descendu c'bras d'rivière.

J'escaladai le mamelon où s'enracinaient les deux pins pour passer le détecteur sur le sol, en commençant par l'aplomb de la croix. Avec précaution et méthode, je tournai lentement autour des deux branches.

— S'il connaissait les Glades comme mon p'pa, il pouvait faire ça dans l'noir. Même pas b'soin d'la lune. En tout cas, moi, c'est comme ça que j'aurais fait.

L'écran du détecteur restait muet. Désespérément muet. Pas de métal. Le détecteur que j'avais choisi était censé repérer instantanément la moindre boucle de ceinture, le plus petit pendentif, des pièces de monnaie, un canif. Je savais que nous avions tous les deux la même chose en tête et je finis par poser la question :

— Vous pensez que c'est John William qui a cassé la branche exprès pour marquer l'emplacement de la tombe ?

Le vieil homme laissa encore son regard errer un instant sur les deux branches entrelacées.

— J'suis pas très connaisseur dans les choses d'la religion, Freeman. C'est peut-être un hasard. C'est peut-être la main de Dieu. Ou peut-être encore autre chose. J'ai vu des trucs, à la guerre, dans la nature ou même chez les hommes, j'ai jamais trop su c'qu'il fallait en penser. Tout c'que j'peux dire, c'est qu'il faut pas sous-estimer l'Tout-Puissant.

J'étais à deux mètres de la base du tronc, plein sud, quand le détecteur se mit à biper. Je m'arrêtai aussitôt pour passer de nouveau l'appareil au-dessus d'un buisson de fougères. Le bip retentit à nouveau et l'écran indiqua que l'objet repéré se trouvait à soixante-quinze centimètres sous la terre.

Brown alla chercher la pelle dans la barque pendant que je tentais d'éclaircir la végétation au-dessus de l'endroit désigné tout en examinant la mousse humide et les racines qui recouvraient le sol. Je me mis à genoux et commençai à racler de mes mains la couche de terre superficielle. Au bout de quelques minutes, je creusai avec la pelle, déposant en pluie, aussi délicatement que possible, chaque pelletée de terre humide au creux du poncho imperméable que Brown gardait d'habitude dans la barque et qu'il venait, pour la circonstance, de déployer sur le sol. Je montrai au vieux comment passer le détecteur et il le fit circuler au-dessus de chaque nouveau petit tas de terre, qu'il émiettait ensuite avec ses doigts, en quête du moindre petit bout d'os. Régulièrement, nous repassions le détecteur sur le trou que, de mon côté, j'étais en train de creuser. Le signal se déclenchait à chaque fois.

La fosse était déjà profonde d'une soixantaine de centimètres quand Brown s'écria :

— Un os !

Il tenait entre ses doigts sales un fragment de la taille et de l'épaisseur d'un jeton de poker. Nous l'examinâmes ensemble ; les choses semblaient soudain prendre tournure.

— Il pourrait appartenir à un animal…

— Ça se pourrait. J'suis pas un expert.

En continuant à tamiser la terre, quatre fragments d'os supplémentaires apparurent, que Brown mit à l'abri dans les sacs en plastique que j'avais apportés. Je pris la précaution de noter sur chacun la profondeur à laquelle nous avions découvert le fragment en question. Puis vint le moment où quelque chose résista sous la pelle. Ce n'était pas un objet dur. Je me baissai pour fouiller la terre avec mes doigts et vis apparaître quelque chose qui ressemblait à un bout de tissu. Dans un des livres que Billy possédait sur les Glades, j'avais lu que la boue épaisse possédait d'étonnantes facultés pour conserver les matières non organiques. Du fait qu'en surface elle était couverte de racines et d'une végétation rase mais dense, l'air pénétrait peu à l'intérieur. Or, en l'absence d'air, la décomposition de toute matière inorganique était extrêmement lente.

Il me fallut peut-être une demi-heure pour dégager de la boue ce qui restait d'un brodequin de cuir. L'épaisse semelle était presque intacte, mais le dessus avait la consistance du carton mouillé. Je le soulevai avec la terre qui y était attachée et le déposai sur le poncho. Brown passa le détecteur, qui bipa.

Le vieux s'accroupit pendant que je séparais avec beaucoup de précaution la terre du cuir. L'intérieur de la chaussure était plein de boue, qu'il fallut sortir poignée après poignée. Brown se pencha sur chaque petit tas de terre et l'examina avant de le mettre de côté. Dans la boue proche de la semelle, il trouva des os de petites dimensions en forme de phalange, qu'il identifia comme appartenant à la plante d'un pied. J'explorai la partie antérieure de la chaussure, dont le dessus était bien mieux conservé que le reste quand, du bout des doigts, je touchai du métal. Je saisis l'objet. Et, de ce qui avait été une chaussure, je parvins à retirer une montre ancienne, de forme arrondie.

Le cœur battant, je restai les yeux fixés sur ma trouvaille, au creux de ma main. Brown poussa un long soupir puis courut jusqu'à la barque et revint avec son bidon d'eau. Je n'avais pas bougé. Il versa le liquide sur ma main tandis que je tournais la montre dans tous les sens pour la frotter avec mes doigts. Elle était en or, mais le métal avait perdu tout son éclat. Je manœuvrai le petit crochet qui la maintenait fermée et dus glisser les doigts sous le couvercle pour le soulever. Brown versa encore de l'eau pour évacuer la vase qui s'était infiltrée. Quand j'eus frotté le dessous du couvercle avec mes doigts, une inscription gravée apparut :

Le Seigneur est le berger, mon fils.
Laisse-le te guider
et le royaume de Dieu t'appartiendra
pour l'éternité.
Ton père qui t'aime,
Horace Mayes.

Je m'assis un instant, la montre au creux de la main, essayant de mettre en relation le peu que je savais de Cyrus Mayes avec cet endroit qui était devenu le lieu de son repos éternel. Un homme bon et droit et ses fils innocents avaient perdu la vie du fait d'un individu qui était leur exact antagoniste. Si John William Jefferson avait volontairement marqué cette tombe d'une croix, sous l'influence de je ne sais quel sentiment religieux perverti, il n'avait pas gagné pour autant son pardon. Et si cette disposition pour les choses de la religion, profondément refoulée, était passée dans son patrimoine génétique et avait conduit son petit-fils à adopter une conduite à l'exact opposé de la sienne, alors l'évolution avait peut-être un sens.

J'enregistrai les coordonnées de la tombe fournies par le GPS et les notai par ailleurs sur un morceau de papier ; deux précautions valaient mieux qu'une. Nous n'étions évidemment pas habilités à explorer plus avant les lieux du crime. Billy allait convaincre la police d'envoyer ses experts quadriller le terrain, recueillir les restes de la famille Mayes et tenter de préciser les circonstances de ce triple meurtre. Brown et moi essayâmes de recouvrir tant bien que mal la fosse avec le poncho, après l'avoir rebouchée. Il fallait espérer qu'il ne pleuvrait pas pendant les prochaines vingt-quatre heures. Je mis la montre, la chaussure et les fragments d'os dans des sachets en plastique et rangeai le tout dans mon sac à dos. Il ne resta plus qu'à remonter dans la barque pour rejoindre le bateau à moteur là où Brown l'avait abandonné. Je fus un peu surpris que les privés de la PalmCo n'aient rien fait pour le couler.

Après avoir poussé le bateau dans l'eau et attaché la barque, Brown démarra et nous quittâmes Chevalier Bay. Assis sur le banc, je sortis de mon sac le système de détection et le jetai sans remords par-dessus bord. Les vibrations du moteur résonnaient dans tout mon corps, mettant en évidence les douleurs dans mes muscles, peu habitués à déterrer des cadavres. Quand l'horizon s'élargit enfin, le soleil se couchait et le ciel bleu virait déjà au noir. Je regardai le vieux Brown pour la première fois depuis des heures. Ses vêtements étaient couverts de terre et de vase séchée. Il ressemblait à la caricature d'un garnement qui se serait roulé dans la boue. Et j'étais exactement dans le même état. Je me mis tout à coup à rire. Le vieux n'avait pas dit un mot depuis que j'avais tiré la montre de Cyrus Mayes des restes de la chaussure. Il me regarda à son tour et je surpris l'expression la plus proche de la gaieté que j'aie jamais vue se peindre sur son visage. Puis il se retourna dans le soleil, ajusta le bord de son chapeau et se mit à siffloter « *It's a Long Way to Tipperary* ». Cet air nous accompagna presque tout au long du trajet de retour jusqu'au quai de Chokoloskee.

21

Lorsque nous arrivâmes près des quais, le soleil avait disparu et les nuages, sur l'horizon, se teintaient de rouge sang. Les deux bateaux de pêcheurs qui mouillaient le long du quai Dawkins étaient encore au large. Je pris des vêtements propres et une serviette de toilette dans le pick-up. Un tuyau d'arrosage traînait, dont le capitaine devait se servir pour évacuer le sel qui s'accumule sur la coque des bateaux. Grâce à lui, je pus prendre un semblant de douche. Redevenu à peu près présentable, je m'assis sur le siège du conducteur et appelai Billy. Il écouta attentivement mon compte rendu de notre découverte et le récit des aveux des deux privés recrutés par les avocats de la PalmCo.

— Je reste sans voix, Max. Je ne pensais pas que nous pourrions aller aussi loin quand nous avons lancé l'enquête. Tous ces événements me rendent à la fois content et triste.

Je lui expliquai que les enquêteurs de la PalmCo ne connaissaient probablement pas l'existence de la tombe et que leurs instructions étaient seulement de ne pas me quitter d'une semelle. J'ajoutai que nous les avions libérés avant d'avoir découvert la tombe et qu'ils n'étaient sans doute pas en mesure de trouver par eux-mêmes son emplacement. J'évitai d'évoquer le coup de feu.

— J'ai un ami procureur dans le comté de Collier. Grâce aux preuves dont nous disposons, nous allons pouvoir faire envoyer sur place une équipe qui va s'occuper des fouilles, ainsi que des experts. Dès demain, sans doute.

— Parfait. Je vais faire un détour par Lauderdale et voir si Sherry ne serait pas en contact avec des collègues de la police criminelle de Collier. Un assassinat qui s'est passé il y a quatre-vingts ans et sur lequel personne n'a jamais enquêté, ça pourrait les intéresser.

— À propos de Sherry… Elle m'a laissé un message ce matin. L'un de ses adjoints a reçu un appel du shérif du comté des Highlands à ton propos. C'est bien la région où habite le pasteur Jefferson, n'est-ce pas ?

— Exact. J'ai rencontré le shérif quand j'étais là-bas. Un type étrange. Il est obsédé par une série de meurtres qui ont eu lieu dans son secteur.

— Justement ! Il s'intéresse à toi. Il voulait connaître tes antécédents. C'est peut-être sans importance, mais Richards tenait à ce que tu sois au courant. J'ai essayé de la rappeler, sans succès. Elle reste apparemment injoignable.

— Je vais passer la voir. Tiens-moi au courant pour les fouilles. Je crois qu'il n'y a plus à s'inquiéter pour les écoutes téléphoniques.

— Sois prudent sur la route, Max, conclut Billy avant de raccrocher.

Je revins sur le quai pour dire au revoir à Nate Brown. Le vieux avait ôté sa chemise pour se laver la tête et le torse avec le tuyau d'arrosage. Je lui prêtai ma serviette qui, même un peu humide, pouvait encore servir. Pendant qu'il s'essuyait le visage, je remarquai qu'il avait le dos et le bas-ventre constellés de cicatrices. Son torse était couvert d'une épaisse toison de poils blancs comme la neige. À la base du cou, juste à l'endroit où le col de sa chemise protégeait sa peau contre le soleil, il y avait une bande de peau très foncée. Partout, des rides profondes marquaient son corps, et son ventre maigre ne respirait pas précisément la santé.

— Je rentre, Nate. Merci pour votre aide. Surtout, ne vous inquiétez pas à propos des types qui nous suivaient. On ne peut rien vous reprocher à propos de ce qui s'est passé.

Le vieux ne répondit pas.

— Des flics et des experts de la police vont venir voir la tombe demain. Ils auront probablement besoin d'un guide. Vous pourriez vous faire payer pour ça.

Je savais déjà ce que le vieux allait me répondre.

— Leur parlez pas d'moi, s'il vous plaît. Ces gars n'auront qu'à se débrouiller avec le GPS. Ils mettront p't'êt' du temps à trouver l'endroit, mais ils y arriveront bien tout seuls.

Il ramassa sa chemise et la jeta dans le bateau. Puis il me tendit la serviette.

— J'vais aller voir l'môme Nash. Si possible, j'aimerais bien lui rendre le fusil de son père.

Je le regardai descendre du quai dans son bateau avec l'agilité discrète d'un chat, et j'eus l'impression que Nate Brown n'appartenait déjà plus tout à fait à ce monde. Il avait sans doute vu de trop près ce que j'avais appelé, pour plaisanter, le progrès. Il n'aimait décidément pas ça et ne demandait pas à voir la suite.

Le vieux démarra le moteur et dénoua l'amarre. Après avoir éloigné le bateau du quai, il ajusta son chapeau sur sa tête et mit les gaz, sans se retourner.

❋

Pendant le trajet, je composai trois fois le numéro de Richards. J'attendis huit ou neuf sonneries à chaque fois avant de raccrocher, mais elle ne répondit pas, et son répondeur n'était pas en service. En abordant la longue ligne droite d'Alligator Alley, je branchai le régulateur de vitesse. De part et d'autre de la route, tout était plongé dans l'obscurité à l'exception du halo de lumière ménagé par mes phares qui, au lieu de me tenir éveillé, me plongeait dans un état proche de l'hypnose. Je mordis sur le bas-côté à deux reprises. Les yeux grands ouverts, je n'y voyais plus rien. Je baissai les deux vitres avant, coupai le régulateur de vitesse pour me concentrer sur la conduite et mis un CD de Stevie Ray Vaughan que j'avais rangé dans la boîte à gants. Je réglai le son à fond et chantai à tue-tête pour tenter de me réveiller.

Il était presque 9 heures quand j'arrivai dans l'ouest du comté de Broward, dont les lumières et le trafic me réveillèrent définitivement. Je pris alors la direction de Fort Lauderdale et traversai la ville pour me rendre directement chez Richards. À l'instant où je tournais enfin au coin de sa rue, j'aperçus les lumières rouges et bleues des gyrophares. Mon cœur se mit tout à coup à battre très fort.

Je ne me souviens même pas d'avoir garé le pick-up. J'essayai de me dominer, comme un bon flic. De me comporter en professionnel. Alors que je marchais presque mécaniquement entre les voitures de police et les groupes de badauds formés par les voisins, je vis une bâche jaune jetée sur un corps, juste en face de chez Richards. Je passai devant deux policiers qui me prirent probablement pour l'un des leurs. Au moment où j'allais entrer dans la maison, quelqu'un m'agrippa par l'épaule.

— Excusez-moi, monsieur. Vos papiers, s'il vous plaît, dit une voix d'homme.

Je n'arrivais pas à quitter des yeux la tache jaune sur le sol. Par réflexe, je dégageai mon épaule.

— Qui est-ce ?

J'avais posé la question sans tourner la tête vers le flic qui était derrière moi.

— Je dois voir vos papiers, monsieur. Un meurtre vient de se produire et nous sécurisons la zone…

Le regard que je lui lançai le fit reculer d'un pas, l'air inquiet. C'est alors que j'entendis sa voix venant du perron.

— C'est bon, Jimmy. Il est avec moi.

Elle était encore en tenue de travail, costume gris clair et chaussures noires, mais elle était décoiffée. C'était tout à fait inhabituel. Elle parla à un homme qui portait une cravate et tenait à la main un bloc-notes, puis descendit les marches pour me rejoindre. Nous fîmes quelques pas vers l'entrée du garage. J'avais envie de la prendre dans mes bras, mais je me retins.

— McCrary, dit-elle en baissant les yeux. Kathy m'a appelée quand j'étais encore au travail. Elle pleurait et m'a dit qu'elle ne savait pas où aller. Je lui ai expliqué où se trouvaient les clés de la maison et lui ai dit que je serais là vers 6 heures.

Je baissai la tête à mon tour, et nos fronts se touchèrent presque. Mais il ne s'agissait pas d'une conversation intime.

— Il n'a pas fallu longtemps à McCrary pour savoir où Kathy avait trouvé refuge. Il est arrivé en uniforme et a commencé à frapper à la porte. Les voisins ont vu un flic qui s'agitait dans la rue. Ils ont pensé qu'il se passait quelque chose.

Elle leva la tête. Je vis qu'elle essayait de retenir ses larmes.

— Il a tant cogné contre la porte avec son épaule qu'il a réussi à casser la serrure.

— Elle a tiré ?

Elle s'essuya le coin de l'œil avec la manche de son veston, le plus discrètement possible.

— Oui. Avec son revolver de service. Les voisins ont entendu le coup de feu. Ils ont vu un policier étendu devant la porte et ils ont aussitôt appelé les secours.

— Qui ont déboulé en force.

Richards hocha la tête, respira profondément et reprit le dessus.

— Kathy est encore là. Les types de la brigade criminelle sont en train de l'interroger. Tu veux bien attendre ici qu'ils soient partis ?

— Bien sûr que je veux bien.

En regardant Richards entrer dans la maison, j'eus le temps d'apercevoir plusieurs types qui faisaient cercle autour du canapé dans lequel Kathy avait regardé *Meet Joe Black* avec nous, quelques jours auparavant. Richards referma les portes derrière elle et je m'assis, le cœur lourd, sur les marches. La piscine était illuminée, et les reflets renvoyés par l'eau du bassin me parurent glacés.

J'entendis le murmure sourd de voix d'hommes, mais même sans comprendre leurs paroles, je savais ce qu'elles disaient. Vous a-t-il menacée ? Vous êtes-vous sentie en danger de mort ? A-t-il franchi le palier ? Dans quelle direction se dirigeait-il au moment où vous avez tiré ? Vers vous ? Ou dans l'autre sens ? Je connaissais tout ça par cœur. Au bout d'une heure, j'entendis la porte se fermer. Les voitures qui étaient garées devant la porte démarrèrent. Quelques minutes plus tard, Richards sortit, une tasse de café chaud à la main.

— Elle voulait rester avec moi. Ils ont dit que c'était une mauvaise idée, des fois que nous aurions passé la nuit à échafauder une histoire...

Elle s'assit sur une chaise longue près de moi et allongea les jambes.

— Elle sait où aller ?

— Sa grand-mère habite du côté de Pompano Beach.

— Tu n'es pas arrivée toute seule ?

— J'ai suivi l'ambulance. Et toutes les patrouilles qui étaient aux quatre coins de la ville sont accourues aussitôt. Il y avait une bonne trentaine de flics.

— Il était déjà mort ?

— Oui. Juste devant ma porte, le salaud.

Je laissai s'écouler quelques minutes en silence. Richards venait d'être mise à rude épreuve, et elle n'échapperait pas à un interrogatoire, le lendemain matin, à propos des relations de Kathy avec la victime. Au bout d'un petit moment, je repris la parole pour essayer de faire diversion :

— Il a tout fait pour en arriver là.

Je m'attendais à ce que Richards approuve ma conclusion, mais elle était en train de réfléchir comme les enquêteurs chevronnés savent le faire : sans laisser leurs émotions altérer leur jugement.

— Elle a dit qu'il a basculé vers l'extérieur de la porte après qu'elle a tiré son coup de feu.

Le ton était sceptique. Je n'intervins pas. Si elle voulait me faire partager ses réflexions, j'étais prêt à l'écouter. Après quelques secondes, elle poursuivit :

— Une seule balle. Dans la bouche. Elle savait qu'il fallait viser la tête. Elle a pensé au gilet pare-balles.

— Il l'a quand même mérité.

Si Richards tenait à argumenter pour savoir s'il y avait eu préméditation ou s'il s'agissait d'un acte de légitime défense accompli sous l'emprise de la peur, libre à elle. Mais je n'étais pas disposé à la suivre sur ce terrain. Je posai ma tasse et tendis le bras pour poser ma main sur la sienne tout en écoutant les bruits de la nuit. Elle soupira. J'avais enfin réussi à changer le cours de ses pensées.

— Billy a dû te raconter que le shérif des Highlands se pose des questions à ton propos.

— Exact. Qu'est-ce que c'est que cette histoire ?

— Un ami à lui, qui est aussi l'un de mes collègues, m'a appelée pour savoir si je te connaissais. Il m'a expliqué que le shérif t'avait croisé et qu'il aimerait connaître tes antécédents. Je lui ai donné quelques informations. J'espère avoir bien fait.

— J'ai rencontré ce type devant un restaurant, à Placid City. Je cherchais le pasteur Jefferson. Il m'a semblé très soupçonneux pour le shérif d'une petite ville.

— Selon mon collègue, Wilson prend ses précautions, comme n'importe quel flic. Mais il paraît qu'il est un peu obsessionnel. Il y a eu quatre meurtres en quinze ans dans son district. Quatre affaires qui se ressemblent et qui n'ont toujours pas été éclaircies.

Mon amie semblait ne plus penser à l'éventualité que Kathy ait prémédité de commettre un meurtre chez sa copine Richards. Ça devait être trop dur à envisager.

— Il m'a expliqué que les quatre victimes avaient été tuées par le même type d'arme. Un gros calibre. Peut-être même par la même arme.

J'étais en train de prendre une gorgée de café mais j'interrompis tout à coup mon geste. Elle me regarda et fut surprise par mon expression.

— Qu'est-ce qu'il y a ? Qu'est-ce qui se passe, Max ?

— Il t'a dit de quel calibre il s'agissait ?

Je pris mon portable dans ma poche.

— Non. Je ne suis pas sûre que le shérif l'ait précisé.

Je composai le numéro de l'appartement de Billy. Le répondeur était branché. J'appelai son bureau. Il décrocha à la première sonnerie.

— Salut, Max. Tu as pu joindre Richards ?

— Je suis chez elle en ce moment.

— Parfait. J'ai eu mon ami procureur à Collier. Il est d'accord pour envoyer une équipe d'experts sur place, mais il aimerait obtenir la collaboration d'autres enquêteurs. Sherry peut sans doute faire quelque chose…

J'essayai de mettre de l'ordre dans mes idées.

— C'est formidable, Billy, mais nous avons peut-être un problème plus urgent. Est-ce que Lott t'a parlé de la vieille carabine ?

— Pas du tout. Je crois qu'il l'a rangée dans un coin pour le moment. Rien ne presse, de toute façon.

— Il faut qu'il l'examine tout de suite. Il faut absolument que nous sachions si elle a servi récemment. De toute urgence.

Mon ami resta muet pendant quelques secondes, puis reprit :

— Qu'est-ce qui se passe, Max ?

Je lui relatai ma rencontre avec le shérif O. J. Wilson à Placid City et ses manières de bouledogue ; sa fouille de ma camionnette pour savoir si j'avais une arme, son coup de fil au collègue de Richards pour demander des renseignements sur moi et les quatre meurtres qui l'avaient rendu paranoïaque.

— Un gros calibre, Max, ça peut être n'importe quelle arme…

Billy connaissait trop bien ce genre d'affaire pour y voir une simple coïncidence. Il continua :

— As-tu appelé le shérif Wilson pour lui parler de la carabine que Jefferson gardait dans sa grange et lui raconter son histoire ?

— Je vais le faire, Billy. Si du moins j'arrive à le joindre à cette heure-ci.

— Il faut absolument que tu essaies, Max. Ce matin, j'ai eu une conversation avec Mark Mayes. Je lui ai parlé de nos découvertes et je lui ai dit que tu avais retrouvé la montre de son grand-père. Tout ça l'a laissé stupéfait.

— Tu lui as parlé de Jefferson ?

— Oui, et il a paru plutôt intrigué par le fait que le petit-fils soit devenu pasteur.

— Il croit que c'est son propre destin. La foi que laissent transparaître les lettres de son grand-père, son désir de savoir ce qui s'est passé exactement et cette histoire à propos du pardon…

Je réfléchissais à voix haute. À l'autre bout de la ligne, Billy me suivait parfaitement.

— Tu penses que Mayes va essayer de rencontrer Jefferson ? Pour boucler le cercle, en quelque sorte ?

— C'est ce que je pense, en effet. Mais je ne suis pas sûr que Jefferson ne veuille que du bien aux gens. Où est Mayes à l'heure qu'il est ?

— Je vais essayer de l'appeler.

— Tiens-moi au courant.

Mon appel suivant fut pour les renseignements, afin d'obtenir le numéro du bureau du shérif du comté des Highlands. Je tombai sur un répondeur qui donnait les heures d'ouverture et le numéro de police secours, mais proposait aussi la mise en relation avec un standard.

— Services de police du comté des Highlands, j'écoute.

La voix féminine récitait ces mots sur un ton fatigué et ennuyé. Je lui expliquai que je cherchais un moyen de joindre le shérif Wilson. La voix me répéta les horaires d'ouverture de son bureau et me conseilla de rappeler demain matin. C'est alors que j'eus l'idée de me présenter comme étant le lieutenant Richards, du bureau du shérif de Broward, et j'ajoutai qu'il s'agissait d'une affaire importante. La voix devint immédiatement beaucoup plus agréable, m'expliqua qu'elle allait tenter d'appeler le shérif et me demanda de lui indiquer le numéro qu'il devait rappeler. Je n'aimais pas mentir mais, quand je le faisais, c'était en général avec beaucoup de conviction. Richards me foudroya du regard à l'instant où je raccrochai. Elle venait de passer une drôle de soirée. J'étais encore en train de me justifier lorsque O. J. Wilson rappela :

— Le lieutenant Richards, s'il vous plaît.

— Shérif, ici Max Freeman.

Je restai silencieux pendant deux secondes, me demandant s'il n'allait pas raccrocher immédiatement et si j'allais avoir le temps de lui expliquer de quoi il s'agissait.

— Désolé de vous avoir menti, shérif, mais je dois vous parler d'une affaire qui pourrait se révéler importante pour vous.

— Vous venez de vous faire passer pour un officier de police, monsieur Freeman. J'espère pour vous que vous avez réellement quelque chose d'important à me dire.

— On m'a dit que vous tentiez d'expliquer un certain nombre de meurtres qui pourraient être en relation. D'après ce que je crois savoir, tous font intervenir une arme de gros calibre.

Il y eut un instant de silence. Le shérif devait être en train de froncer les sourcils.

— Il s'agit de quatre meurtres, pour être exact, monsieur Freeman.

— Connaissez-vous le calibre de l'arme utilisée, shérif ?

— Le shérif qui était en fonction à l'époque du premier meurtre avait retrouvé une cartouche sur les lieux. Elle était assez particulière. Nous n'avons pas eu la même chance pour les trois autres meurtres. Pour deux d'entre eux, nous n'avons même pas retrouvé les balles. Elles avaient traversé les victimes de part en part et nous n'avons pas réussi à mettre la main dessus.

— La cartouche correspond-elle à un vieux calibre .405 ?

Cette fois, la précision de ma question sembla déconcerter le shérif Wilson.

— Monsieur Freeman, si vous voulez avoir une conversation avec moi ou si vous avez des explications à me fournir, je préférerais que ce soit de vive voix. Je peux me déplacer et vous rencontrer dès demain matin. Le bureau du shérif de Broward vous convient-il ?

— En fait, je vais partir d'un moment à l'autre pour Placid City. Il me faut un peu plus de deux heures de route.

Avant qu'il reprenne la parole, je lui racontai dans ses grandes lignes l'affaire Mayes. Comment son arrière-petit-fils avait pris contact avec nous, comment j'avais été amené à enquêter sur John William Jefferson et comment j'étais parvenu jusqu'au pasteur Jefferson de Placid City. Je lui révélai alors ce que le pasteur avait gardé pendant toutes ces années dans sa grange, en précisant que la carabine qu'il m'avait laissé emporter était un calibre .405, conçu pour la chasse au gros.

— Vous dites que le premier meurtre a eu lieu voilà environ quinze ans ?

Je repensai tout à coup à certains détails de la longue conversation que j'avais eue avec le pasteur.

— C'est exact. Je n'étais pas encore ici.

— Vous devriez vérifier la date à laquelle le père du pasteur s'est suicidé. Il m'a dit que ça s'était passé quinze ans plus tôt. J'aimerais savoir si les dates concordent.

Il y eut un nouveau silence à l'autre bout de la ligne. Je repris :

— Je crois que Mark Mayes, l'arrière-petit-fils du Mayes dont je vous ai parlé, va venir parler avec le révérend. Et je ne suis pas certain que le pasteur prendra bien la chose.

Cette accusation directe fit tout à coup sortir le shérif de ses gonds. Le ton de sa voix devint glacial.

— Freeman, vous commencez à m'énerver sérieusement. Le révérend Jefferson est depuis plus de dix ans un citoyen exemplaire de cette ville et il est apprécié comme tel. Il a même célébré le mariage de ma fille. Quant à vous, mon garçon, j'ai pris mes renseignements. Je sais que vous avez tué un môme, à Philadelphie, en lui tirant dans le dos. Je sais que vous êtes venu ensuite dans le sud de la Floride et que vous avez fréquenté un pédophile que vous avez fini par tuer. Je sais qu'un garde du parc, parfaitement innocent, est mort lui aussi à ce moment-là. Je sais aussi que vous avez été surpris, il n'y a pas très longtemps, en train de battre à mort un suspect, et qu'un autre flic, dans les mêmes circonstances, a été contraint de tirer sur un deuxième suspect et de l'abattre avant qu'il réussisse à s'enfuir. On dirait que vous aimez bien le sang, Freeman… Je crois que je ne vais pas vous laisser traîner longtemps dans mon secteur. À moins que je ne vous mette la main au collet en tant que suspect.

Personne n'avait jamais récapitulé mes antécédents avec autant d'efficacité. Et encore, Wilson ne savait pas tout. Il ignorait que j'avais tiré quelques heures plus tôt sur un type payé par la PalmCo pour m'espionner. Et il ne pouvait pas avoir entendu parler de la rencontre qui hantait ma mémoire, dans un couloir de métro, avec l'homme au regard de démon. Telle était la liste complète de mes forfaits. Il y avait en effet de quoi se demander si je connaissais vraiment l'homme dont j'apercevais en ce moment le visage sur les vitres de la cuisine de Richards.

— Sur la cartouche qui a été retrouvée sur les lieux du premier meurtre, il devait y avoir des empreintes… Vous avez le relevé ?

Le shérif hésita à répondre.

— Bien sûr que je l'ai.

— Et les empreintes digitales du révérend, vous les avez ?

Il hésita une fois de plus avant de répondre :

— Bien sûr que non. Il n'a jamais été mêlé à une affaire criminelle, que je sache.

— Maintenant, c'est le cas. Shérif, je serai à Placid City aussitôt que possible.

Quand je raccrochai, je vis que Richards baissait la tête et gardait les yeux fixés sur les carreaux de la cuisine.

22

Je parcourus la première partie du trajet à cent kilomètres/heure. La seconde, après le coup de fil de Billy, à cent quarante. Il n'avait pas réussi à joindre Mark Mayes sur son portable. À l'hôtel, sa chambre était vide. Le concierge l'avait aperçu au volant de sa petite voiture noire dans la matinée. Il avait vaguement dit qu'il allait à l'église.

— J'ai appelé le professeur Martin à Atlanta. Sa dernière conversation avec Mayes date d'hier. Mayes lui a tout dit à propos de la tombe que tu as découverte. Il lui a aussi parlé de la montre. Selon lui, Mayes est prêt à accepter la vérité. Il est même heureux que tout soit fini. Il a obtenu des réponses aux questions qu'il se posait.

— Et Jefferson ? Le pasteur, la coïncidence… il en a parlé ?

— Il a dit à Martin qu'il avait pris sa décision à propos du séminaire et qu'il allait prier à ce sujet aujourd'hui à l'église. C'est tout.

— Oui, mais quelle église ?

Billy comprenait aussi bien que moi ce qui était en train de se passer. Non seulement il n'était visiblement pas rassuré, mais le ton sur lequel il parlait avait pour effet de redoubler ma propre inquiétude.

— J'ai aussi parlé à Lott. Il était dans une boîte de nuit et déjà un peu éméché. J'ai quand même réussi à lui faire ouvrir le labo en lui promettant une petite rallonge budgétaire.

Billy poursuivit sur un ton encore un peu plus tendu :

— Il a inspecté la carabine. Selon lui, il y a des traces de rouille dans le canon. Certains des échantillons qu'il a pu prélever sont anciens, mais ils ont été rayés depuis que le métal s'est oxydé et une autre couche de rouille s'est formée par-dessus, qui a elle-même été rayée. Ses premières conclusions sont que la carabine a dû rester rangée pendant un temps assez long, avant de servir de nouveau. Il ne peut rien dire de plus précis pour le moment. Il va continuer ses analyses. Voilà.

Le pasteur pouvait s'être servi à quatre reprises, voire davantage, de l'arme de son grand-père sans prendre soin de la nettoyer ou de la huiler. Les exploits anciens de cette arme n'incitaient pas particulièrement au respect. Elle n'était probablement pour lui rien de plus qu'un outil.

Billy avait aussi effectué des recherches sur Internet.

— J'ai retrouvé des articles de presse à propos des quatre meurtres qui ont eu lieu dans le comté des Highlands. Des assassinats à l'arme à feu dont les dates semblent correspondre à ceux dont le shérif t'a parlé. Les victimes n'étaient pas précisément de braves gens.

Billy m'expliqua que, dans les quatre cas, il s'agissait en fait de criminels confirmés : un violeur, un pédophile, un type connu pour battre sa femme. Le quatrième avait commis tellement de forfaits que le journal n'entrait même pas dans les détails, à part pour signaler qu'il avait fini par agresser et par étrangler une femme pour lui voler sa voiture de sport.

— Il allait passer en jugement quand il a été tué. Ça s'est passé à Sebring, à quelques kilomètres de Placid City.

— On dirait que le révérend s'est donné pour mission de débarrasser la Terre du Mal.

— On dirait. Dans ce cas, le jeune Mayes ne risque rien.

— C'est ton avis, Billy. Mais toi, tu raisonnes de façon rationnelle.

Arrivé à la hauteur d'Okeechobee, j'obliquai vers le nord et j'appuyai encore un peu plus sur l'accélérateur.

❋

Le ciel commençait à peine à s'éclaircir quand j'entrai dans Placid City. Il était très tôt, même pour des gens de la campagne. Je passai devant chez Mel et j'y aperçus de la lumière du côté de la cuisine. Peut-être une mesure de sécurité. Ou bien un cuisinier qui commençait à préparer le petit déjeuner. Aucune trace du shérif Wilson, qui aurait dû être quelque part à m'attendre de pied ferme. Ce n'était pourtant pas son genre de se cacher. Je traversai la petite ville dans la direction de l'église.

Au moment où je tournai pour entrer dans l'allée qui menait à la porte du petit édifice, l'horizon commença à s'éclaircir. L'aube illuminait déjà les branches les plus hautes des grands chênes. Des traces de pas étaient restées marquées dans l'herbe mouillée par la rosée. Quelqu'un était venu, puis reparti. Une autre série de traces menaient d'une fourgonnette jusqu'aux marches. Je reconnus la voiture de Mme Jefferson.

Je descendis du pick-up pour l'examiner. D'après l'humidité qui s'était accumulée sur le toit de la fourgonnette, elle devait être là depuis un moment. La buée obstruait les vitres sur les côtés, mais je pus regarder à l'intérieur par le pare-brise. Il n'y avait personne. Je pris la précaution de passer la main sur la vitre arrière et d'examiner le plancher derrière la banquette. Rien.

Je me retournai alors vers l'église. Les premiers rayons du soleil frappaient le clocher. Tout était plongé dans un silence seulement rompu par quelques bruits émis par le moteur du pick-up qui refroidissait. Il avait été mis à rude épreuve pendant deux heures. Je suivis les traces de pas dans l'herbe jusqu'au porche avant de m'apercevoir qu'on avait laissé la porte entrouverte. Mais pas assez toutefois pour pouvoir regarder à l'intérieur. Ma main droite retomba, vide. J'avais laissé mon revolver dans le pick-up.

Je fis le tour du bâtiment pour vérifier si aucune autre voiture n'était garée derrière. La hauteur des fenêtres empêchait d'observer ce qui se passait à l'intérieur. Je revins donc vers l'entrée, pénétrai sous le porche en retenant ma respiration et poussai doucement la porte. L'intérieur était sombre mais, à mesure que mes yeux s'adaptaient à la pénombre, je devinai une forme humaine assise à l'extrémité d'un banc, au premier rang. La tête était penchée, comme pour une prière, et restait immobile. Je marchai au centre de l'allée tout en regardant autour de moi, mais rien ne paraissait anormal. J'avais parcouru la moitié de l'allée quand je m'écriai :

— Mark !

La silhouette leva la tête puis se retourna vers moi. Son mouvement déclencha en moi un début de panique. Tout à coup, mon cœur se mit à battre très fort. Je ne tenais plus sur mes jambes.

— C'est vous, monsieur Freeman ? Qu'est-ce que vous faites là ?

Margery Jefferson portait un châle sombre sur les épaules. Très pâle, elle avait les yeux rouges. Elle me regarda, stupéfaite, un peu comme si elle avait attendu quelqu'un d'autre. Je m'assis à côté d'elle en retrouvant ma respiration.

— Madame Jefferson, excusez-moi. Tout va bien ?

Je regardai droit devant moi.

— Mais oui, monsieur… Évidemment.

— Euh… Le révérend est-il ici ?

— Mon mari est à la maison, monsieur Freeman. Est-ce lui que vous cherchez ou bien M. Mayes ?

L'angoisse me saisit.

— M. Mayes est passé par ici ?

— Il attendait dehors quand je suis arrivée.

Elle tourna son visage vers l'autel.

— Nous avons parlé un moment. Il s'est montré très réconfortant. Il a évoqué ce que vous avez découvert concernant son arrière-grand-père et le passé de sa famille. Il ressemble beaucoup à M. Jefferson quand il avait son âge : tourmenté et se posant beaucoup de questions.

Je restai silencieux. Mes yeux se posèrent sur le plancher ciré, la porte ouverte au fond de l'église, l'étoffe blanche qui recouvrait l'autel.

— Je ne sais pas si je dois vous remercier ou vous en vouloir de tout cela, monsieur Freeman. Je suis venue demander à Dieu de m'éclairer.

Je ne sus trop que répondre à part :

— Vous avez bien fait, madame.

— J'imagine que vous allez trouver M. Mayes chez nous. Je lui ai indiqué la bonne direction.

— Merci du renseignement.

Mes pneus patinèrent sur l'herbe humide quand je fis marche arrière devant l'église. Je traversai la ville en sens inverse de mon premier trajet, puis je pris la route goudronnée vers l'ouest. Je roulai vite. Assez en tout cas pour attirer l'attention de la police locale. Quand je me garai entre les chênes, devant la maison de Jefferson, le soleil commençait son ascension dans le ciel. Je refermai la portière sans faire de bruit. Il n'y avait pas un souffle de vent, et la poussière soulevée par ma camionnette m'enveloppa lentement. Tout près de la maison, la petite voiture de Mayes était garée juste à côté de celle du pasteur. Personne sous la véranda. La porte d'entrée était fermée. Je jetai un regard sur les fenêtres avant de faire le tour de la maison et, après un instant d'hésitation, décidai de suivre le chemin qui menait jusqu'à la grange. La porte était entrouverte. De loin, la lumière oblique du soleil ne laissait deviner qu'une ombre entre les deux battants. Il me restait à parcourir une centaine de mètres à découvert. Et sans arme.

— Révérend ?

Mais je n'espérais pas de réponse.

— Mark Mayes ? C'est moi, Max Freeman.

Mes appels restèrent sans réponse. Je n'avais plus le choix. Je marchai lentement et en ligne droite vers la grange, les yeux fixés sur l'ombre au-delà de la porte coulissante, attentif au moindre mouvement. Un parfum d'herbe brûlée par le soleil se mêlait à celui de la terre retournée. En arrivant devant la porte, j'hésitai encore une fois et me tournai vers la maison, troublé par le reflet du soleil sur les vitres.

— Mayes ?

À l'instant où je franchis la porte, je fus pris à la gorge par l'odeur de la poussière. La grange n'avait pas de fenêtre et l'intérieur était plongé dans l'obscurité. Je poussai la porte pour faire entrer le jour. Aussitôt, un rai de lumière tomba sur les chaussures vernies du pasteur.

Il était habillé de noir. Le pardessus ouvert laissait voir la chemise, qui était remontée du fait de la torsion imposée au corps. Le nœud coulant avait sali le col blanc. L'extrémité de la corde était fixée au sommet du pilier central qui courait du sol au grenier et formait une croix avec une des poutrelles qui traversaient la grange dans sa largeur à hauteur d'un premier étage. La poitrine du pasteur se trouvait placée exactement à l'intersection de la croix ainsi formée. J'avais déjà vu assez de morts dans ma carrière pour comprendre, au premier regard, qu'il était trop tard pour essayer de lui porter secours.

— Il n'a pas attendu que je lui accorde mon pardon, monsieur Freeman.

Ces mots avaient été prononcés dans mon dos. Pour la seconde fois de la matinée, je sursautai.

Mark Mayes était assis sur le sol, les jambes croisées, probablement à l'endroit même où elles avaient dû lui faire défaut sous le choc de cette vision : un homme de Dieu se balançant au bout d'une corde.

— Pourquoi a-t-il fait une chose pareille, monsieur Freeman ? Le Seigneur avait pardonné depuis longtemps le mal que son grand-père avait fait.

J'aidai Mayes à se mettre debout et le conduisis hors de la grange, dans la lumière du soleil.

Après avoir marché jusqu'à l'entrée de la maison, je le fis asseoir sur les marches du perron et appelai O. J. Wilson depuis mon portable. Mayes ne broncha pas quand il m'entendit demander à la standardiste d'envoyer le shérif chez les Jefferson.

— Vous savez, quand M. Manchester m'a expliqué que vous aviez retrouvé la montre de mon grand-père, c'était comme si tout se mettait en place dans ma tête. Il n'avait pas laissé tomber sa famille. Il était resté fidèle à ses convictions. Tout jeune, j'étais déjà tourmenté par ma foi en Dieu. Je me suis toujours demandé d'où me venait cette foi, comment elle était entrée en moi. Je crois que je voulais savoir si c'était de lui, de Cyrus Mayes, que je l'avais héritée. Alors, quand M. Manchester m'a expliqué ce que vous aviez découvert à propos de ce Jefferson mentionné dans les lettres et de son petit-fils, j'ai tourné et retourné tout ça dans ma tête. Ainsi, le petit-fils de l'assassin de Cyrus Mayes avait choisi cette voie, il était devenu pasteur. Pourquoi ? Comment ? J'ai cherché l'adresse de l'église et j'ai pris ma voiture pour venir ici. J'ai parlé avec sa femme et je lui ai demandé si elle pensait que je pourrais lui parler. J'aurais tant voulu lui accorder une sorte de pardon…

Le crucifix en argent qu'il portait autour du cou était sorti du col de sa chemise. Il avait dû le tenir en main pendant qu'il était resté assis dans la grange, à prier. Son innocence, si éclatante, finissait par m'agacer. J'ajoutai simplement, devant tant de candeur :

— C'est ce que vous avez fait.

23

Wilson arriva bientôt, escorté d'une autre voiture de police. Il m'adressa un salut glacial.

Mayes et moi nous étions réfugiés à l'ombre des grands chênes. Mon client évitait soigneusement de regarder la porte de la grange, toujours entrouverte. Les flics en uniforme, dont l'un portait des galons de sergent, ne paraissaient pas très à l'aise avec l'énergumène ombrageux qu'ils accompagnaient. Le shérif serrait les mâchoires et affichait une mine résolue.

— Hank, sépare-moi ces deux-là, s'il te plaît, ordonna-t-il. Je prendrai leurs dépositions dans un moment. L'un après l'autre.

Puis il tourna les talons pour se diriger vers la grange. J'allai m'asseoir dans la camionnette et l'un des policiers conduisit Mayes vers leur voiture. Le sergent fit mine de venir me rejoindre. Je levai la tête et mes yeux croisèrent les siens. Il s'arrêta alors tout net et préféra finalement rester en faction à bonne distance. Je ne dis pas un mot. Au bout d'un moment, Wilson sortit de la grange et revint dans notre direction. Il passa devant nous, se dirigea droit vers le coffre de sa Crown Victoria et l'ouvrit pour en sortir une boîte, que je reconnus comme un kit qui sert à relever les empreintes digitales.

Puis il repartit vers la grange et disparut pendant quelques minutes avant de ressortir, son kit dans une main, et de se diriger à nouveau vers le coffre de sa voiture où il plongea la tête pour examiner quelque chose. Finalement, il m'appela. Mon gardien me suivit.

— Je n'aime pas beaucoup me tromper, monsieur Freeman. Mais quand j'ai tort, je sais le reconnaître. C'est mon père qui m'a appris ça.

Ce n'était pas une question. Et il n'y avait rien à répondre.

— J'ai suivi des cours au FBI pour relever et identifier les empreintes, et j'en sais assez pour constater que celles du défunt M. Jefferson semblent correspondre à celles qui avaient été relevées sur la cartouche de .405 retrouvée sur les lieux du premier meurtre. Nous allons les soumettre pour vérification à nos experts, à Orlando, mais il me semble que nous avons dès maintenant des choses à nous dire à propos de toute cette affaire, monsieur Freeman. Je propose donc que nous ayons une petite conversation.

Depuis son portable, Wilson appela le bureau du médecin légiste du comté. Après quoi, il donna ses instructions aux policiers pour qu'ils placent les scellés. Enfin, il se tourna vers moi.

— Allons nous asseoir, maintenant, monsieur Freeman.

Il se dirigea vers les arbres et je lui emboîtai le pas. Le sergent fit un mouvement pour me suivre, mais le shérif lui adressa un signe de la main :

— Pas la peine, Hank. Ça ira comme ça. Freeman, si vous n'y voyez pas d'inconvénient, je préférerais que votre jeune ami vous attende dans la voiture.

— Autant faire ça dans les règles, shérif.

Assis tous deux à l'ombre d'un chêne, je lui racontai mon arrivée à l'église, un peu après 6 heures, ma rencontre, sur place, avec Mme Jefferson, puis comment j'avais trouvé Mayes dans la grange, en précisant que je n'avais touché à rien, si ce n'est à la porte, que j'avais poussée.

Il hocha la tête puis entreprit de me livrer sa propre version des faits.

— Mon garçon, vous avez dû quitter l'église peu de temps avant que nous arrivions nous-mêmes là-bas. Mme Jefferson a appelé Judy, au standard, et lui a expliqué qu'elle avait découvert son mari pendu dans la grange en se levant. Elle a ajouté qu'elle ne voyait pas ce qu'elle pouvait faire à part aller à l'église et prier.

J'en déduisis que Mme Jefferson, au moment où j'avais pénétré dans l'église, savait déjà que le pasteur était mort. Je tentai de me souvenir des mots qu'elle avait prononcés à ce moment-là, et de comprendre pourquoi je ne m'étais douté de rien.

Wilson me fit ensuite un résumé de l'enquête qu'il avait menée pendant dix ans sur les quatre meurtres commis dans le comté. Les faits étaient bien tels que Billy me les avait détaillés d'après ses recherches sur Internet, mais ils m'étaient relatés par le représentant de la loi qui les avait vécus en personne et qui, manifestement, y avait réfléchi pendant des années. La façon dont il essayait maintenant d'accepter la vérité avait quelque chose d'émouvant. Il semblait bien que le pasteur avait conçu ses assassinats comme autant de châtiments. L'instinct de violence qu'il tenait de son grand-père avait en somme trouvé là une expression justifiable à ses yeux.

Pendant que nous discutions, l'ambulance de la médecine légale arriva, en même temps qu'une autre voiture de police. Le sergent parla au chauffeur, qui devait remonter l'allée jusqu'à l'entrée de la grange. L'ambulance fit le parcours en marche arrière en émettant un signal sonore sinistre et lancinant. Mayes fermait les yeux de toutes ses forces.

— Pendant dix ans, j'ai vu le révérend Jefferson deux ou trois fois par semaine, continua le shérif. J'étais assidu aux séances de prière qu'il organisait dans son église. Autant vous dire que cette histoire, c'est un coup dur pour moi, monsieur Freeman. Qu'est-ce qui peut bien s'emparer d'un homme, parfois ?

Je n'étais pas précisément qualifié pour répondre à une telle question. Comme je restais muet, Wilson se leva et me mit la main sur l'épaule.

— Je dois parler avec M. Mayes. Ensuite, vous pourrez partir tous les deux. Il faudra que je récupère la carabine que le pasteur vous avait confiée.

— Elle est en cours d'expertise balistique, shérif. Et je peux vous garantir que le rapport sera fouillé.

Pendant l'interrogatoire de Mayes, je tentai d'appeler Billy à son bureau, puis chez lui. Sans succès. Finalement, je réussis à le joindre sur son portable, mais la communication était mauvaise.

— Je suis à Miami, Max. Les avocats de la PalmCo essaient d'introduire un recours pour faire interdire toute espèce de fouilles dans les Glades et nous empêcher de réunir nos preuves. Ils prétendent intervenir au nom des Indiens Miccosuki, qu'ils ont réussi à convaincre. Il s'agirait de protéger d'anciens sites sacrés.

— Jamais à court d'imagination, les avocats…

— Ils cherchent à gagner du temps. Les hommes du shérif du comté de Collier sont déjà sur place, en train de sécuriser les lieux. Si les types de la PalmCo veulent jouer à ce petit jeu, nous mettrons la presse dans le coup. C'est le message que je leur ai fait passer.

— « Nous avons bâti la Floride sur les tombes de nos ouvriers. »

— Exactement.

J'informai Billy du suicide du pasteur Jefferson et de la découverte du shérif à propos de ses empreintes digitales.

— Et Mayes, comment prend-il tout ça ?

Du côté de la voiture de police, Wilson était encore en discussion avec le jeune homme qui hochait la tête, respectueux et poli.

— Le môme a eu des réponses. Et puis, il a la foi…

— Et de quoi la mettre à l'épreuve. Peut-être plus qu'il ne l'escomptait.

❋

Quand le shérif eut recueilli le témoignage de Mayes, il le raccompagna jusqu'à l'endroit où je les attendais et vint me serrer la main.

— Je vais être obligé de vous demander de revenir un peu plus tard pour signer vos dépositions. J'espère que ça ne vous prendra pas trop de temps. Je sais que vous avez des obligations dans le Sud.

Mayes remonta dans son véhicule juste au moment où une nouvelle voiture de police faisait irruption. À l'arrière, je reconnus Mme Jefferson. Mayes la vit aussi.

— Pourrions-nous passer par l'église ? me demanda-t-il. J'en ai pour quelques minutes.

J'acquiesçai. Il démarra aussitôt.

En m'engageant dans l'allée de terre battue qui menait au bâtiment, j'aperçus, arrêtée sur la pelouse, une vieille camionnette toute rouillée. Je me garai juste à côté de la voiture de Mayes et ouvris ma portière.

— Puis-je vous suggérer d'appeler Billy aussitôt que possible ? Il a des informations à vous communiquer. Une équipe d'experts est sur les lieux où nous avons découvert le corps de votre arrière-grand-père. Si vous avez envie d'y aller, Billy pourrait prendre ses dispositions pour vous emmener là-bas.

Il hésita quelques secondes avant de me répondre.

— Je ne pense pas avoir besoin d'aller jusque là-bas, monsieur Freeman.

Nous étions tous les deux debout à côté du pick-up quand un couple sortit de l'église. L'homme était un gaillard à la carrure imposante avec de grosses mains de paysan. La femme était menue et maigre et courbait les épaules comme si elle avait porté un fardeau invisible. L'homme ouvrit pour elle la portière de la fourgonnette côté passager avant de se mettre au volant, puis il démarra.

— Je vais entrer un instant. Vous n'aurez qu'à me rejoindre.

Je regardai Mayes passer la porte puis revins m'asseoir sur mon siège en levant les yeux vers les rayons de soleil qui transperçaient le feuillage et tombaient sur le toit de la camionnette. Je n'avais pas fermé l'œil depuis quarante-huit heures. Sans avoir vraiment sommeil, je me sentais un peu abruti et physiquement lessivé. Je n'avais pas cessé une seconde de retourner toute l'affaire dans ma tête. À l'arrière du pick-up, je mis la main sur le sac que j'avais rangé là après ma douche improvisée sur le quai Dawkins et pris un des sachets en plastique.

En rentrant dans l'église, je vis Mayes assis au premier rang, les mains jointes. Au lieu de baisser la tête, il fixait la grande croix qui surmontait l'autel. Je m'assis à côté de lui en essayant d'imiter son attitude, sans y parvenir vraiment. Dans le sachet, je pris la montre en or et la plaçai au creux de ma main, juste à côté de son genou. Il finit par baisser les yeux, tendit le bras pour la saisir et la tint au bout de ses doigts, comme intimidé par le métal qui avait perdu tout son éclat. Je dis simplement :

— Elle peut encore s'ouvrir.

Il actionna le cliquet et souleva le couvercle, puis l'orienta vers la lumière de façon à pouvoir lire les mots gravés à l'intérieur. Il leva alors la tête et regarda de nouveau la croix.

— C'était un homme bon et pieux, n'est-ce pas, monsieur Freeman ?

— J'en suis certain.

— Alors, je vais pouvoir lui pardonner.

Il n'y avait rien à répondre à ça.

24

De retour chez Billy, je dormis quatorze heures d'affilée, et tout habillé pendant les six ou sept premières. Il était tard dans la soirée quand je me levai et pris une douche, avec la ferme intention de rester debout. Mais je me laissai aller à m'allonger pour un moment sur le lit, tournai la tête sur l'oreiller et rempilai aussitôt pour six ou sept heures supplémentaires. Il faisait encore nuit quand je rouvris les yeux, ignorant où je pouvais bien me trouver et quel jour de la semaine nous étions. Mon cœur se mit à battre très fort. Involontairement, je passai les doigts sur la cicatrice ronde que je portais au cou et allumai la lampe de chevet. Quelques minutes furent nécessaires pour me calmer.

J'enfilai un short et me dirigeai à pas feutrés vers la cuisine. Les seules lumières allumées étaient les veilleuses placées au-dessus de la porte d'entrée et du bar. J'avais un mal de tête phénoménal, manifestement dû au manque de caféine. Il y avait sans doute des années que je n'étais pas resté aussi longtemps sans ma dose de drogue. Je remplis donc à ras bord le filtre de la cafetière électrique de Billy et la mis aussitôt en marche. En attendant de boire ma première tasse, je sortis sur la terrasse. Il faisait nuit noire. Contre toute attente, je n'aperçus pas la moindre lumière sur l'océan. Pas le moindre pêcheur au large, ni le moindre cargo à l'horizon. Tous les repères familiers manquaient. Le seul son perceptible était celui des vagues sur la plage. Le ressac rythmait les heures de la nuit, comme toujours. Je restai assis jusqu'au matin, avec mon café, attendant que le jour se lève.

Au petit matin, j'entendis Billy s'agiter à l'intérieur. Il me rejoignit bientôt, un verre plein d'un obscène mélange de jus de fruits et de vitamines dans une main, le *Wall Street Journal* dans l'autre, et me lança :

— Heureux d-d-de vous voir d-d-de retour parmi les vivants, m-m-onsieur le loir !

Puis il me mit au courant des dernières nouvelles. Le juge du comté de Collier à qui les avocats de la PalmCo s'étaient adressés ne comptait apparemment pas parmi les principaux bénéficiaires des pots-de-vin versés par la compagnie. Leur recours avait donc échoué et les fouilles étaient lancées. Billy avait désigné William Lott pour le représenter sur place. La perspective d'un séjour dans les Glades n'avait pas immédiatement ravi l'ex-agent de la CIA, qui avait beaucoup râlé contre les moustiques et la chaleur, mais l'affaire le passionnait.

— Il a appelé hier soir pour nous d-d-dire qu'ils avaient d-d-découvert un crâne en p-p-parfait état. Les autres voulaient le tenir à l'écart, mais il n'a p-p-pas eu de p-p-peine à leur montrer qu'il avait une certaine expérience en matière légale et ils l'ont f-f-finalement laissé t-t-travailler. Pour le moment, ils ne p-p-peuvent p-p-pas dire avec certitude s'il s'agit du crâne de Cyrus Mayes ou de celui de l'un de ses fils. En tout cas, il y a un petit trou rond dans la p-p-partie p-p-postérieure qui ne laisse aucun doute quant à la cause du décès. Ils ont déjà conclu à l'homicide. Lott croit que beaucoup d'os ont dû être éparpillés par les animaux qui ont t-t-traîné autour des c-c-corps. Mais, d'après lui, dans un milieu infesté d'insectes comme les Glades, il suffit de quelques jours pour que des corps abandonnés soient réduits à l'état de squelettes. Si bien qu'ils vont s-s-sûrement t-t-trouver d'autres ossements.

— La PalmCo a de quoi se faire du mouron.

— Ils sont déjà au courant. Trois services sont sur l'affaire, y compris un représentant du parc naturel, et il y a eu des fuites. Un ami à moi qui travaille au *Florida Sun Sentinel* m'a d'ailleurs appelé, à la suite d'un tuyau qu'on lui avait donné. Ce qui signifie que la presse aussi est déjà au courant.

— Nous qui comptions les menacer des médias…

Billy parut tout à coup très content de lui.

— Aucune importance. Leurs avocats viennent de me laisser un message à mon bureau. Ils veulent me rencontrer.

Je le laissai jouir de son triomphe pendant deux minutes avant de l'interroger sur la stratégie qu'ils allaient, selon lui, adopter.

— Ils vont sans doute proposer d'indemniser les familles des victimes. Même si la PalmCo n'est pour rien dans ces meurtres, elle est pour quelque chose dans le chantier lui-même. Ils voudront montrer qu'ils sont pleins de respect envers les ouvriers qui ont donné leur vie pour que le Tamiani Trail existe.

— Quelle hypocrisie !

— Ils ont peur, Max. Et étant donné que nous n'avons aucun élément sur les liens qui unissaient John William Jefferson à la Noren, négocier est probablement ce que nous pouvons faire de mieux.

— Et ça te paraît suffisant ?

J'en étais à me demander si mon vieil ami Billy n'était pas soudain devenu un peu trop conciliant. Mais je n'aurais pas dû poser la question.

— Bien sûr que non ! Nous allons exiger qu'ils financent des fouilles et des expertises sur tous les lieux mentionnés dans le livre de comptes de John William. Si nous parvenons à identifier les restes des autres victimes, il faudra aussi qu'ils indemnisent toutes les familles concernées. Nous exigerons aussi que la PalmCo édifie à ses frais, sur un site bien choisi, un monument à la mémoire des ouvriers morts pendant la construction de la route.

— Et ça te paraît suffisant ?

Billy finit par revenir de son enthousiasme.

— Il y a peu de chances que nous puissions avoir un jour accès à des archives de l'époque, reconnut-il. À supposer qu'elles aient jamais existé, à l'heure qu'il est, ils ont dû les détruire. Ils connaissent peut-être même les noms des autres hommes mentionnés dans les lettres de Mayes, mais je doute qu'une enquête criminelle parvienne à les découvrir.

En écoutant Billy faire allusion aux lettres de Cyrus Mayes, je repensai à Mark. À l'église, je lui avais demandé s'il repartait sur la côte. Il m'avait répondu qu'il ne savait pas et m'avait tendu la montre de son arrière-grand-père :

— C'est une pièce à conviction. Vous en aurez sans doute besoin.

Je l'assurai qu'elle lui serait restituée aussitôt que possible.

— Je sais, avait-il simplement répondu.

Je l'avais laissé en prière, sur son banc, la tête baissée. Mais impossible de savoir pour qui il priait. Pour sa famille ou pour celle de Jefferson ?

— Combien peut-il obtenir ?

— Je vais demander un million de dollars et je l'obtiendrai. Tu sais, en fait, ça n'a aucune importance pour lui. Il m'a appelé pour me dire qu'il entrait au séminaire.

— Je m'en doutais. Il est écrit : « La vérité vous rendra libre. »

❋

Je passai les deux jours suivants sur la plage, à nager, à lire des récits de voyage trouvés chez Billy, à faire la sieste en me remplissant les poumons d'air salé et à tourner et à retourner dans ma tête des idées noires. Je parlai à Richards au téléphone, lui racontai en détail tout ce qui s'était produit, y compris comment j'avais tiré sur l'un des détectives de la PalmCo.

De son côté, elle me fit un compte rendu de l'enlèvement du corps de McCrary devant sa porte et de son interrogatoire par la police des polices au sujet des relations que la victime entretenait avec son amie Harris. La conversation resta très professionnelle et, même au téléphone, je pus percevoir une certaine réticence à mon égard dans sa voix. Je lui demandai si je pourrais venir la voir, si elle n'aimerait pas venir passer une journée au soleil, sur la plage. Elle m'expliqua qu'Harris habitait chez elle pour le moment et qu'elle n'aimait pas l'idée de la laisser seule. Elles parlaient toutes les deux jusque tard dans la nuit et la jeune femme était encore très fragile. Lors mon dernier appel, je lui demandai :

— Et toi, comment te sens-tu, après tout ça ?

Le téléphone se fit soudain très lourd dans ma main. À l'autre bout du fil, j'entendis quelques instants la respiration de Richards, puis elle me répondit :

— Eh bien, en fait, j'ai beaucoup réfléchi à ces vies qui ressemblent à des cercles vicieux.

Elle n'en dit pas plus. Je tentai de décrypter le message, de saisir ses sous-entendus. Finalement, j'ajoutai :

— Nous devrions essayer d'en parler ensemble.

Il y eut un silence. Le cœur serré, je compris que j'étais en train de la perdre.

— Oui... Peut-être... Il faut que j'y aille.

Et elle raccrocha.

❋

D'un mouvement de l'épaule, en même temps que je levais les bras pour plonger ma pagaie dans l'eau, j'essuyai sur ma chemise la sueur qui me coulait dans l'œil gauche. Je fis la même chose du côté droit l'instant d'après. J'étais dans mon canoë, au beau milieu de la rivière, me démenant pour remonter le courant, avec une rage que je n'avais pas éprouvée depuis longtemps. Le soleil était haut dans le ciel et il faisait si chaud que je n'avais même pas aperçu mon vieux compagnon de solitude, le balbuzard qui d'ordinaire montait la garde sur les dernières branches des cyprès. Il devait se terrer quelque part, à l'ombre. J'avais rempli le canoë de provisions. Cette fois, j'allais rester longtemps dans les parages. J'en avais assez des cadavres et des squelettes, du béton et de la climatisation, des souvenirs et des réminiscences. J'avais besoin de me ressourcer.

Je pagayai de toutes mes forces jusqu'au moment où j'arrivai sur le cours supérieur de la rivière. J'avais les poumons prêts à exploser et le sang qui affluait aux tempes ; j'étais au bord de la syncope. Le canoë continua à avancer grâce à l'élan que lui avaient donné mes derniers coups d'aviron et glissa dans l'ombre des rochers. Je plaçai alors ma pagaie à l'horizontale, les deux extrémités reposant sur les plats-bords, croisai les bras dessus, appuyai mon front sur mes bras en sueur et fermai les yeux. J'avais dans le nez l'odeur des feuilles et des racines chauffées par le soleil, dans la bouche le goût du tanin qui saturait l'eau couleur de thé et, dans mon dos, la sensation de fraîcheur de l'ombre verte des feuillages. J'aurais voulu rester dans cette position pour l'éternité. C'est à cet instant que j'entendis, venant d'un peu plus loin, le son d'un marteau qui frappe du bois dur.

Je recommençai alors à pagayer tout en essayant d'imaginer ce que ce bruit pouvait bien signifier. Mais impossible de tenir le même rythme qu'avant. La rivière se faufilait maintenant entre des berges plantées de cyprès et de chênes. Ici, le courant ralentissait considérablement ma progression. Et j'avais les muscles des épaules déjà raidis par l'effort.

Les coups de marteau, irréguliers, résonnaient de plus en plus fort, couvrant les bruits de la forêt. Huit ou dix coups retentissaient. Puis plus rien. Puis de nouveau quatre coups. Je devinais bien assez d'où provenait le son, mais j'ignorais tout des raisons de ce vacarme. Au moment où j'aperçus les grands chênes signalant l'entrée du petit affluent qui menait à ma cabane, le bruit cessa brusquement. J'engageai le canoë sur le chemin d'eau, scrutant les feuillages et les buissons de fougères, épiant le moindre mouvement, me préparant à prendre sur le fait l'homme au marteau. J'avançai lentement, en veillant à manier la pagaie en silence. Je vis alors, amarrée à l'un des pilotis qui supportaient le ponton derrière la cabane, la coque d'une vedette à moteur. Une échelle en aluminium se dressait bizarrement sur la poupe. Arrimée elle aussi au ponton, elle s'élevait parallèlement au mur nord-ouest. Perché sur les derniers barreaux, Griggs, le garde-chasse, tenait dans une main une planche qui venait manifestement d'être sciée. Minutieusement, il l'ajusta dans l'angle formé par les deux murs et saisit, de l'autre main, le marteau glissé dans sa ceinture. Sans lui laisser le temps de planter un clou de plus, je lui lançai :

— Et combien vous prenez pour ce genre de boulot ?

Ma voix le fit sursauter. L'extrémité de l'échelle se mit à tanguer dangereusement.

— Nom de Dieu ! s'écria-t-il.

Pendant que le jeune garde-chasse se remettait de sa frayeur, je m'approchai en pagayant jusqu'au pied de l'échelle, puis j'attachai le canoë à la poupe de la vedette. Le garçon n'était manifestement pas très à l'aise et j'augmentai encore un peu son trouble par mon silence.

— J'ai... euh... j'ai récupéré du pin de Floride et j'ai pensé que... eh bien, que je pourrais m'en servir.

Les mots semblaient avoir du mal à sortir.

— Tiens, tiens...

— J'ai lu la note de l'administration comme quoi, à la suite d'un incendie, la cabane était devenue inhabitable. Les règlements, je connais ça... Je me suis dit qu'après tout, ce n'était sûrement pas si difficile que ça à réparer.

— Tiens, tiens...

Il s'assit sur le plat-bord, tendit le bras, souleva le couvercle d'une petite glacière, saisit du bout des doigts deux canettes de Rolling Rock et m'en tendit une. Comment refuser ?

— J'étais de repos aujourd'hui, et comme je n'avais pas grand-chose d'autre à faire… J'espère que vous n'êtes pas fâché ?

Je renversai la tête en arrière pour boire ma première gorgée de bière tout en inspectant le coin où il avait déjà mis en place trois planches neuves après avoir déposé ce qui restait de celles qui avaient brûlé.

— On dirait que vous savez vous y prendre.

— C'est-à-dire… Mon père était charpentier et mon grand-père aussi. Alors, forcément, je m'y connais un peu.

Nous restâmes assis quelques instants sans parler, un peu embarrassés, regardant tous les deux en l'air, tous deux inquiets de ce que chacun aurait pu lire dans les yeux de l'autre.

Finalement, je lançai joyeusement :

— Eh bien ! Puisque vous avez commencé, continuons !

1. Roger CARATINI, Hocine RAÏS, *Initiation à l'islam.*
2. Antoine BIOY, Benjamin THIRY, Caroline BEE,
   Mylène Farmer, la part d'ombre.
3. Pierre MIQUEL, *La France et ses paysans.*
4. Gerald MESSADIÉ, *Jeanne de l'Estoille.*
   I. *La Rose et le Lys.*
5. Gerald MESSADIÉ, *Jeanne de l'Estoille.*
   II. *Le Jugement des loups.*
6. Gerald MESSADIÉ, Jeanne de l'Estoille.
   III. *La Fleur d'Amérique.*
7. Alberto GRANADO, *Sur la route avec
   Che Guevara.*
8. Arièle BUTAUX, *Connard !*
9. James PATTERSON, *Pour toi, Nicolas.*
10. Amy EPHRON, *Une tasse de thé.*
11. Andrew KLAVAN, *Pas un mot.*
12. Colleen McCULLOUGH, *César Imperator.*
13. John JAKES, *Charleston.*
14. Evan HUNTER, *Les Mensonges de l'aube.*
15. Anne McLEAN MATTHEWS, *La Cave.*
16. Jean-Jacques EYDELIE, *Je ne joue plus !*
17. Philippe BOUIN, *Mister Conscience.*
18. Louis NUCÉRA, *Brassens, délit d'amitié.*
19. Olivia GOLDSMITH, *La Femme de mon mari.*
20. Paullina SIMONS, *Onze heures à vivre.*
21. Jane AUSTEN, *Raison et Sentiments.*
22. Richard DOOLING, *Soins à hauts risques.*
23. Tamara McKINLEY, *La Dernière Valse de Mathilda.*
24. Rosamond SMITH *alias* Joyce Carol OATES,
    Double diabolique.
25. Édith PIAF, *Au bal de la chance.*
26. Jane AUSTEN, *Mansfield Park.*
27. Gerald MESSADIÉ, *Orages sur le Nil.*
    I. *L'Œil de Néfertiti.*

Cet ouvrage a été composé par
Atlant'Communication
au Bernard (Vendée)

Impression réalisée par

BLACK PRINT

pour le compte des Éditions Archipoche
en avril 2011

Imprimé en Espagne
N° d'édition : 174
Dépôt légal : mai 2011